Verratenes Dorf

MCE KRIMI

Das Buch

Der aufstrebende Politiker Gregor Dietz wird nach einer Versammlung im Alten Land brutal ermordet. Eine Bombe, explodiert im Jugendzimmer seines Elternhauses, tötet den jungen Landespolitiker. Die Ermittler um Hauptkommissarin Celia Dörfer und Staatsanwalt Jaron Karloff stehen vor einem Rätsel. Gibt es einen politisch motivierten Anschlag? Hat die Protestbewegung gegen den Bau einer Startbahn des Flugzeugherstellers FlyPlan damit zu tun oder ist das Mordmotiv in der Vergangenheit des Politikers zu suchen?

Die Ermittlungen laufen in beide Richtungen. Dabei wird immer deutlicher, dass der Getötete ein skrupelloser Mensch war, der ein verlogenes Doppelleben führte. Menschen, deren Hass auf Gregor Dietz so groß war, dass sie ihm nach dem Leben trachteten, gibt es mehrere. Doch so recht kommen die Beamten nicht weiter. Schließlich haben sie die überraschende Erkenntnis, aber zu dem Zeitpunkt ist es bereits zu spät …

Wie schon in ihrem ersten Krimi *Tatort Altes Land* (MCE Verlag) gelingt es der Autorin Cäcilia Balandat, einen großen Spannungsbogen aufzubauen – mit einem völlig überraschenden Ende. Dabei tauchen wieder allerhand skurrile Altländer Typen auf, die die Menschen in diesem weit über Norddeutschland bekannten Landstrich vor den Toren Hamburgs charakterisieren.

Die Autorin

Cäcilia Balandat, Jahrgang 1963, lebt im Alten Land. Wie ihre Protagonistin Celia Dörfer ist Balandat gebürtige Kölnerin. Nach Abitur, einigen Semestern Jura-Studium und einer Ausbildung zur Reiseverkehrskauffrau hat sie sich Familie und Kindern gewidmet. Balandat hat als passionierte Krimileserin vor einigen Jahren selbst mit dem Schreiben begonnen. Mit dem vorliegenden Buch veröffentlicht die Autorin ihren zweiten Krimi beim MCE Verlag.

Cäcilia Balandat

Verratenes Dorf

Celia Dörfers zweiter Fall im Alten Land

Kriminalroman

Impressum:

(MCE Verlagsgesellschaft mbH & Co. KG – Medien Contor Elbe)
Sietwender Straße 48, D-21706 Drochtersen
Tel. 0 41 43 / 4 35, Fax 0 41 43 / 67 82
Internet: www.mce-verlag.de, Mail: info@mce-verlag.de
2. Auflage Juni 2011

Titel, Gestaltung und Satz: Digiscreen – Herwig Baak, Stade
Druck: CPI – Clausen & Bosse, Leck
ISBN: 978-3-938097-19-9

Für Anette von Allwörden.

Sie gab mir die Chance, meine Krimis zu veröffentlichen und glaubte an den Erfolg. Leider hatte sie keine Gelegenheit mehr zu überprüfen, ob sie mit ihrer Einschätzung richtig gelegen hat.

Sie bleibt mir in beeindruckender Erinnerung.

Kapitel 1

Leise schlich sich der Mann davon. Niemand hatte ihn gesehen, niemand hatte ihn gehört. Die Nacht schützte ihn. So war es schon für gestern geplant, nur hatte ihm das Wetter einen Streich gespielt – es war zu gut. Der Mond schien zu hell, keine Wolke war zu sehen. Die ganze Nacht war hell wie die Morgendämmerung.

Heute hatte das Sommerwetter einen Dämpfer bekommen. Dunkle Gewitterwolken waren aufgezogen und hatten sich den ganzen Tag gehalten – auch in der Nacht.

Als er die Straße erreichte, beschleunigte er seine Schritte. Nun war er nicht mehr durch Büsche und Hecken geschützt. Sollte ein Auto vorbeifahren, würde er in einen torkelnden Gang fallen. Wenn jemand genauer hinsah, würde er für einen spät heimkommenden Betrunkenen gehalten werden. Aber er hatte Glück. Es kam kein Auto. Unbemerkt kehrte er zurück.

Die Stimmung im Gemeindesaal von Neuenfelde drohte überzukochen. Nicht aus Begeisterung. Die Menge war aufgebracht.

„Hast du vergessen, wo du herkommst?"

„Schäm dich, du Verräter."

„Dir kann es ja egal sein, was hier mit uns passiert. Du bist ja weit weg in deinem Hannover. Da stört dich kein Fluglärm."

„Freunde, nun macht doch mal halblang. Seid doch vernünftig."

Gregor Dietz, der Landtagsabgeordnete aus Hannover,

konnte seine früheren Freunde und Nachbarn nicht beruhigen. Ein gellendes Pfeifkonzert übertönte die starken Lautsprecherboxen.

Theo Husen, der für die Einladung von Gregor Dietz verantwortlich war, hatte seine Gesichtsfarbe eingebüßt. Seine ursprüngliche Idee, Gregor Dietz' Position zu benutzen, um seiner eigenen Kandidatur für die Kommunalwahl behilflich zu sein, kehrte sich offenbar ins Gegenteil und ging in gellenden Protestrufen unter.

Theo Husen musste sich den Vorwurf gefallen lassen, die Reaktion der Gemeinde auf den Ausbau der Start- und Landebahn des großen Flugzeugswerkes und die Konsequenz auf die anstehende Wahl unterschätzt zu haben. Er drängte Gregor Dietz sachte vom Rednerpult weg und übernahm das Mikrofon.

„Freunde, Nachbarn, Parteifreunde, nun beruhigt euch mal. Wir können alles in Ruhe bereden. Dafür sind wir doch eure Volksvertreter."

Die Neuenfelder kochten jedoch vor Wut und sahen in den Männern auf dem Podium keinesfalls ihre Vertreter. Eher ihre Verräter.

Was die Bürger des kleinen Ortes aufbrachte, war ein in Hamburg ansässiges Flugzeugwerk.

Dort wurden neue Flugzeuge gefertigt. Bisher war das Unternehmen willkommen, da es mit Abstand der größte Arbeitgeber der Region war.

Das änderte sich jedoch schnell, als die Flugzeugbauer begannen, mit Unterstützung der Landesregierung Niedersachsens und des Hamburger Senats Expansionspläne zu schmieden: Sie wollten ein größeres Werk für einen größeren Flieger, der noch mehr Platz zum Starten und Landen benötigte.

Gregor Dietz stand am äußeren Rand des Podiums und beobachtete die Menschen im Saal. Er war ein kühler Rechner. Schon als Jugendlicher hatte er erkannt, dass er seine Fähigkeiten nicht so sehr in schulischen Leistungen suchen, sie dafür aber umso ausgeprägter in der Menschenführung finden konnte. Mit seinem Charme und seiner Gewandtheit konnte er nicht nur seine Mitschüler, sondern auch die Lehrer um den Finger wickeln. Erstaunlicherweise fielen nicht nur die weiblichen Lehrkräfte auf ihn herein, was man wegen seines Aussehens hätte verstehen können. Die Noten auf seinen Zeugnissen fielen immer wesentlich besser aus, als er sie sich mit seinen schulischen Leistungen verdient hatte. Der Weg in die Politik war vorgezeichnet.

Für einen Jugendlichen ungewöhnlich, erkannte Gregor Dietz seine Bestimmung sehr früh. Bereits als 17Jähriger begann er, sich einen Namen in der Politik zu machen. Und heute, mit nicht ganz 30 Jahren, war er auf dem besten Weg nach oben.

Wenn nicht dieser Abend dazwischen gekommen wäre. Während er den tumultartigen Szenen im Saal zusah, wog er seine Chancen ab, dennoch Kapital für sich aus diesem Abend zu ziehen. Er erspähte einen Journalisten. Er kannte ihn, so wie die meisten anderen im Saal, aus seiner Jugendzeit. Gregor Dietz war hier aufgewachsen, seine Eltern lebten nach wie vor hier. Aber im Gegensatz zu vielen anderen seiner Mitschüler, hatte es ihn immer schon weggezogen, raus aus der Provinz. Er wollte den Mief des Bauernlebens hinter sich lassen. Das war ihm bis jetzt vorzüglich gelungen. Und wenn es nach ihm ging, sollte es auch so bleiben – trotz des Verlaufs des heutigen Abends.

Zielstrebig steuerte der Politiker auf seinen früheren

Klassenkameraden und heutigen Journalisten zu. Mit dessen Hilfe gedachte Gregor Dietz dafür zu sorgen, dass die Berichterstattung seinen persönlichen Zielen zugute kam.

Kapitel 2

„Happy birthday to you, happy birthday to you“, Staatsanwalt Jaron Karlofff stand mit seiner Freundin, Hauptkommissarin Celia Dörfer, im „Marktschreier“. Die Kneipe wurde von der opulenten und herzlichen Wirtin Mona Müller geführt. Das Geburtstagsständchen galt Celia. Unterstützt wurden Jaron und Mona durch Celias Assistenten Thorsten Brandt, Richie Saalmann, dem Chef der Spurensicherung, und dessen Freundin.

Celia Dörfer, eine ausnehmend hübsche, brünett gelockte, schlanke Frau, genoss ihren Geburtstag in diesem Kreis. Nachdem sie und Jaron vor knapp zwei Monaten aus dem Rheinland zugezogen waren, hatte Celia beinahe ein wenig Angst vor dem Geburtstag fernab der Heimat. Jaron hatte sie jedoch mit dieser kleinen Party überrascht.

Mona Müller, die Wirtin, hatten die drei Staatsbeamten ebenso wie einige der anderen Geburtstagsgäste während Celias erstem Altländer Fall kennengelernt. Mona betrieb den „Marktschreier“ in Jork, wo Celia und Jaron sich angesiedelt hatten.

Der Ort und damit auch die Kneipe lagen mitten im Herzen des Alten Landes zwischen großen Obstplantagen mit Apfel- und Kirschbäumen. Besonders romantisch und bezaubernd war die Gegend im Mai, zur Blütezeit der Bäume. Jetzt war es bereits später Sommer, die Kirschen waren geerntet, die Äpfel reiften an den Bäumen. Das sah auch schön aus – lockte aber lange nicht so viele Touristen in die Gegend wie die Blütezeit.

Die Kneipe für die Überraschungsparty zu mieten, war daher nicht so kostspielig, wie sie es in der Hauptsaison gewesen wäre. Aber egal wie hoch, kein Preis hätte Jaron davon abgehalten, die Geburtstagsfeier für seine Lebensgefährtin auszurichten. Celia war die Liebe seines Lebens. Dabei hätte er sich früher gehütet, so etwas nur zu denken. Obwohl zahlreiche Freundinnen Teile seines Lebensweges begleiteten – was nicht nur seiner charmanten und bezaubernden Art zu verdanken war, auch sein Äußeres beeindruckte die Frauen –, hatte es zuvor keine geschafft, eine so tiefe Liebe in ihm auszulösen.

Hellhäutig, ohne blass zu wirken, mit blonden kurzen Haaren, die sich nie bändigen ließen und deshalb immer aussahen, als wäre er gerade dem Bett entstiegen, und die tiefgründigen Augen waren Jarons äußere Attribute. All dies stand im Widerspruch zu seinem Namen. Obwohl er auf russische Herkunft schließen ließ, traf dies nicht zu. Er war israelischer Abstammung mit einem hohen Anteil deutscher Vorfahren.

So lässig Jaron Karloff in der Robe des Staatsanwaltes wirkte, hatte sich schon so mancher in ihm getäuscht. Wenn er Unrecht witterte, konnte er ein Pitbull sein.

Celia und er waren sich zunächst in Köln begegnet. Aus dem beruflichen Kontakt war nach und nach eine tiefe persönliche Beziehung geworden, die alle ihre bisherigen Erfahrungen in den Schatten stellte.

Damals in Köln beschlossen sie, einen Neuanfang zu machen – beruflich wie privat. So waren sie im Norden gelandet. Celia litt mitunter an Heimweh nach ihrer Geburtsstadt Köln. Jaron, der als Sohn eines Diplomaten eine wirkliche Heimat nie kennengelernt hatte, litt nicht unter solchen Gefühlswallungen. Das hinderte ihn jedoch nicht daran, Verständnis für seine Freundin zu haben. So entstand die Idee, Celias' Geburtstag bei Mona zu feiern. Dass die Wirtin aus Düsseldorf stammte, störte dabei niemanden. In der Fremde konnten Kölner sich mit anderen Rheinländern durchaus verständigen und sogar mit ihnen feiern.

„Mein Geburtstag ist lange vorbei. Ihr braucht nicht mehr zu singen." Celia lachte über den leicht angetrunkenen und völlig ausgelassenen Jaron.

So seriös Jaron in seinem beruflichen Umfeld war, so frei und unbeschwert konnte er privat sein. Celia schmiegte sich an ihn.

„Jetzt, wo die anderen Gäste weg sind, könnten wir beide die Party Zuhause alleine weiter feiern, oder?"

Jaron sah das Funkeln in den Augen seiner Freundin und ihm wurde heiß.

Ohne absichtlich aufreizend zu sein – Celia trug selten etwas anderes als Jeanshosen – strahlte Celia eine Erotik aus, die Jaron magisch anzog.

„Bist du nicht ein bisschen unhöflich Thorsten und Mona gegenüber?", erwiderte Jaron wenig ernsthaft.

„Ich glaube, die beiden sind ganz froh, wenn wir endlich Schluss machen. Thorsten muss schließlich morgen – oder besser heute – für mich die Stellung halten. Und Mona ist schon lange genug auf den Beinen."

„Dann habe ich gegen eine Fortsetzung im intimsten Kreis nichts einzuwenden", flüsterte Jaron Celia ins Ohr. Tatsächlich hatte Celia ihren Kollegen und auch die Wirtin gut eingeschätzt.

Thorsten Brandt wollte gerne nach Hause. Abgesehen von der Schicht, die er später für Celia übernehmen sollte, wartete sicher inzwischen seine Freundin Eva auf ihn. Sie war zwar am frühen Abend bei ihren Eltern zu Besuch gewesen, wollte aber nicht so lange dort bleiben. Und Mona war für jeden Abend, an dem sie früher ins Bett kam, dankbar.

Zu Fuß machten sich Jaron und Celia auf den Heimweg in den Blütenweg, in dem sie ein kleines Haus angemietet hatten. Thorsten ließ sich mit einem Taxi nach Buxtehude zurückbringen. Mona schloss hinter ihnen die Kneipentür und ging ein Stockwerk höher in ihre Eigentumswohnung.

Obwohl Gewitterwolken den Himmel bedeckten, war es nach wie vor sommerlich warm. Im Juni hatte der ununterbrochene Regen vielen Bauern im Alten Land die Kirschernte ruiniert. Danach war zur Erleichterung aller der Sommer doch noch eingekehrt – so heftig, dass mancher inzwischen wünschte, er wäre bald vorbei.

Celia zählte nicht zu ihnen. Da sie beruflich gerade erst angefangen hatte, stand ihr noch kein Urlaub zu. So genoss sie die Sonne nach Feierabend auf der wunderschönen Terrasse ihres gemieteten Hauses.

Der Heimweg der beiden nahm beinahe die doppelte Zeit in Anspruch wie unter normalen Umständen. Sie konnten nicht voneinander lassen.

Als sie endlich das Haus erreicht hatten, zögerte Celia keinen Moment das umzusetzen, was sie Jaron in der Kneipe ins Ohr geflüstert hatte.

Celia war rundum zufrieden mit ihrem Geburtstag. Irgendwann in der Nacht hatten sie den Weg vom Wohnzimmer ins Schlafzimmer gefunden. Dort lag Celia nun, mit einem Tablett auf ihren Knien, im Bett gegen die Rückwand gelehnt.

„Hey, du bist ja nett. Ich habe doch gar keinen Geburtstag mehr."

Jaron, der auf der anderen Seite wieder ins Bett gestiegen war, knabberte an ihrem Ohr.

„Das ist die Belohnung für die letzte Nacht."

„Und wie möchtest du von mir belohnt werden. Du warst auch nicht schlecht", lachte Celia.

Jaron grinste schelmisch: „Vielleicht mit einer Wiederholung?"

Celia konnte dem Vorschlag eine Menge abgewinnen, zumal sie keine Eile hatte. Ihr Dienst begann erst ab Mittag.

Sie stellte das Tablett auf den Boden neben das Bett.

Erst das Klingeln von Celias Handy holte sie in den Alltag zurück.

„Och nee", nölte Celia, „das kann nichts Gutes bedeuten."

Sie traf den Nagel auf den Kopf.

„Verflucht", entfuhr es ihr, als Thorsten sie in kurzen Zügen informierte.

„Ist gut, ich bringe ihn gleich mit. Ja, ja kein Problem. Ich war schon wach. Es ist bestimmt besser, wenn ich den Tatort jetzt sehe. Könnte brisant werden."

Bei Celias Worten, ahnte Jaron bereits, dass es sich bei der Person, die mitgebracht werden sollte, um ihn handeln musste. Was wiederum die Schlussfolgerung nahelegte, dass es sich um eine besondere Tat handeln musste. Im Normalfall legte die Kripo keinen großen Wert auf die Anwesenheit des Staatsanwaltes.

Celia lief noch mit dem Telefon am Ohr ins Schlafzimmer zurück. Jaron wünschte der Anruf wäre nicht gekommen. Aber das veränderte Verhalten seiner Freundin ließ keinen Zweifel aufkommen.

Mit einem bedauernden Blick auf das Frühstückstablett hatte Celia nach der Kaffeetasse gegriffen und sie geleert. Jaron hatte es ihr gleich getan. Dann hatten sie sich fertig gemacht und in Rekordgeschwindigkeit das Haus verlassen.

„Jetzt noch mal zum Mitschreiben. In dem Haus ist ein Sprengsatz hochgegangen?“

Jaron war verwirrt. Celia zuckte als Zeichen der eigenen Irritation mit den Schultern.

„Das ist aber noch nicht alles“, brummte Jaron unzufrieden.

„Genau, die Bombe hat einen Politiker ins Jenseits befördert.“ „Das habe ich mir immer schon gewünscht. Das gibt so einen richtigen Karriereschub“, konnte Jaron seinen Missmut nur schwer zügeln.

Celia lachte. Sie konnte der ironischen Bemerkung nur beipflichten. Auch bei ihr verursachte die Situation Unbehagen. Politische Verquickungen brachten selten Lorbeeren ein – im Gegenteil, sie führten häufig zu einer Einmischung durch übergeordnete Stellen, die in den normalen Fällen ausblieb.

„Das ist ungefähr so gut wie der Fall mit dem Unteroffizier, der auf der Gorch Fock stationiert war. Kannst du dich erinnern?“

Jaron konnte sich erinnern. Aber auch sein Leben als Diplomatensohn hatte ihm genügend Einblicke in die Kreise der Politiker gewährt, um zu wissen, was auf sie zukommen konnte.

„Vielleicht wird es ja nicht so dramatisch. Lass uns erst sehen, was anliegt. Vielleicht galt die Bombe gar nicht dem Politiker“, versuchte er ohne rechte Überzeugung sich und Celia zu beruhigen.

Celia war mindestens ebenso skeptisch: „Es gibt keine weiteren Opfer. Aus der Ferne betrachtet scheidet eine Verwechslung wohl eher aus. Aber du hast recht, lass uns abwarten. Mutmaßungen helfen nie.“

„Weißt du mehr über das Opfer?"

Celia schüttelte den Kopf.

„Eigentlich nicht. Ich weiß nur seinen Namen und dass er Landtagsabgeordneter ist. Ich weiß noch nicht mal, für welche Partei er im Landtag sitzt. Frag mich nach den Jungs und Mädels in Nordrhein-Westfalen, dann kann ich dir sagen, wo die hingehören. Aber hier bin ich noch nicht auf dem Laufenden. Aber du ja anscheinend auch nicht." Sie konnte sich ein hämisches Grinsen nicht verkneifen.

Jaron drohte ihr spielerisch mit dem Zeigefinger. „Sei nicht gehässig, sonst muss ich andere Seiten aufziehen."

„Ach? Andere als bisher? Das könnte spannend werden. Den Keller hatten wir noch nicht. Wäre eine neue Seite unserer Beziehung."

„Celia ich hatte keinerlei Hintergedanken."

„Schade, ich schon."

Zärtlich strich er ihr mit der Hand über den Nacken.

„Du machst mich ganz schön an. Ich bin froh, dass wir nicht immer zusammenarbeiten. Das würde ich nicht aushalten." „Du mich auch. Ich kann mich gar nicht erinnern, jemals so gerne mit einem Mann geschlafen zu haben. Nicht, dass es nicht gute Situationen gab. Aber so wie mit dir?"

Um sich abzulenken, öffnete Jaron sein Fenster und ließ Celia fahren. Dabei versuchte er, sich auf das einzustellen, was sie beide am Tatort erwarten würde.

Bomben auf dem Land – damit hatte er bestimmt nicht gerechnet. „Hattest du schon mal was mit Bombenattentaten zu tun?"

Celia verneinte: „In der Ausbildung. Aber sonst habe ich keine Ahnung. Eigentlich dachte ich auch nicht, ausgerechnet hier damit konfrontiert zu werden."

Jaron lächelte über die Parallelen ihrer Gedanken.

Celia bremste den Wagen und fuhr an den Seitenrand der Fahrbahn. Auf der linken Seite erhob sich der Deich. Rechts der Straße standen in großzügigem Abstand voneinander Häuser unterschiedlichster Bauweise. Es gab sowohl die ortstypischen reetgedeckten Bauernhäuser, gleichzeitig konnte Jaron aber einige stattliche Villen erkennen. Die Sicht war jedoch durch Rettungs- und Löschfahrzeuge behindert. Ganz offensichtlich hatten sie den Ort des Geschehens erreicht.

„Moment, Sie können hier nicht durch. Presse hat keinen Zugang."

Celia lächelte den Streifenpolizisten an.

„Keine Sorge, mit denen haben wir nichts zu tun." Sie hielt ihm ihren Ausweis unter die Nase.

Jaron tat es ihr gleich.

Der Polizist setzte zu einer wortreichen Entschuldigung an, die Celia ungeduldig abwürgte: „Kein Problem. Bin ja noch nicht so lange im Dienst. Ist Herr Saalmann von der Spurensicherung schon da?"

Der Mann deutete auf das Haus hinter der Absperrung.

„Für einen Bombenanschlag ist von dem Haus erstaunlich viel übrig geblieben."

Sie erntete ein Schulterzucken.

„Ungewöhnlich", bekräftigte Jaron dagegen Celias Eindruck.

Sie betraten das imposante Fachwerkhaus durch eine reich verzierte, handgefertigte Eingangstür. Unter anderen Umständen hätte Celia sich sicher dafür begeistern können. Auch die Einrichtung der Diele ließ erkennen, dass Tradition in diesem Haus einen hohen Stellenwert hatte.

Bilder aus vergangenen Epochen zeigten das Haus im Wandel der Zeit und die Besitzer in traditionellen Trachten. Truhen und Stühle dekorierten die Diele. Jaron war beeindruckt.

Ein weiterer Polizist erschien an einer der Türen, die von der Diele abgingen. Um nicht wieder unnötig Zeit zu vergeuden, zückte Celia ihren Ausweis, bevor er etwas sagen konnte. „Möchten Sie mit den Eltern des Opfers sprechen oder möchten Sie sich zuerst den Tatort ansehen?"

Der Beamte schien zumindest eine grobe Vorstellung von dem zu haben, was ihre Aufgaben waren.

„Ist das Opfer noch da?"

Der Beamte nickte.

„Das wenige, was von ihm übrig geblieben ist. Oben", wies er mit dem Kinn die Treppe hinauf. „Da befinden sich die Schlafräume. Dort ist es passiert."

Celia beschloss, sich zunächst ein Bild der Situation zu machen. Jaron folgte ihr.

„Komisch, man merkt hier unten überhaupt nichts von einer Explosion."

Auch diesmal stimmte Jaron Celias Einschätzung zu. Der Eindruck änderte sich schlagartig, als sie den ersten Stock des Hauses erreichten. In der Diele lagen Holztrümmer, die früher zu einer Zimmertür gehört haben mussten. Dazwischen lagen Porzellanscherben, Glasscherben und Tapetenfetzen. Und alles war mit einem schwarzen Schleier Ruß überzogen, durchbrochen von Löschschaum, der an einigen Stellen verteilt lag. Die Luft war erfüllt mit den beißenden Gerüchen eines Brandes. Die drei anderen Türen, die ebenfalls von der Diele abgingen, waren unversehrt.

Eines war jetzt schon klar: Die Bombe konnte keine

hohe Sprengkraft besessen haben, sonst hätte sich den Beamten ein anderes Bild gezeigt.

An der Zimmertür des betroffenen Zimmers blieben Celia und Jaron stehen, um die Arbeit der Spurensicherung nicht zu behindern.

Celia machte jedoch Richie, den Chef der Truppe, auf sich aufmerksam. Er kam zu ihnen herüber. In seinem weißen Schutzanzug sah er unförmig und aufgeplustert aus. Vage ließ der Anzug an einen Astronautenanzug denken.

„Na, den Tag nach deinem Geburtstag hätte ich mir ein wenig ruhiger gewünscht."

Richie und seine Freundin, die mit auf der Party gewesen waren, hatten dem Alkohol gut zugesprochen. Scheinbar hatte die kurze Nacht nicht gereicht, um ihn aus seinem Kopf zu vertreiben. Er machte einen verkaterten Eindruck.

„Tut mir leid", entschuldigte sich Celia. „Ich hatte mir den freien Vormittag auch anders vorgestellt."

Jaron und Richie begrüßten sich mit einem kollegialen Schlag auf die Schultern. Sie hätten unterschiedlicher nicht sein können. So hell Jaron war, so dunkel war Richie. Bei seinem Anblick drängte sich schnell der Gedanke nach südlichen Vorfahren auf. Aber Richie behauptete nach wie vor steif und fest, niemanden dergleichen in seinem Stammbaum zu haben.

Celia verschaffte sich einen ersten Überblick über den Tatort. Beim Anblick, der sich ihnen bot, war Celia froh, das Frühstück nicht gegessen zu haben. Der Kaffee machte ihr schon zu schaffen. Dennoch überwand sie sich. „Können wir rein?"

„Könnt ihr. Wir sind fast fertig. Ihr könnt nichts mehr versauen."

Celia forderte ihn auf zu erzählen.

„Da gibt es nicht viel zu sagen."

Es war eine von Richies üblichen Untertreibungen. Ganz offensichtlich hatte sich der Sprengkörper direkt unter dem Bett befunden. Das jedenfalls lege, so erläuterte er, die begrenzte Auswirkung des Sprengsatzes nahe.

„Vom Opfer ist nicht viel übrig geblieben. Allerdings genug, um es mit Hilfe von DNA eindeutig identifizieren zu können. Thorsten spricht unten mit den Eltern. Die haben keinen Zweifel daran, dass es sich um ihren Sohn handelt. Sie waren es auch, die verhindert haben, dass mehr passiert ist. Nach der Explosion haben sie geistesgegenwärtig sofort den Feuerlöscher betätigt. Dadurch ist außer hier im Zimmer und auf dem Flur kaum Schaden entstanden. Allerdings sind die Chancen auf Beweise in Form von Fingerabdrücken sehr gering."

„Habt ihr sonst noch was gefunden?"

Richie grinste und angelte nach einem Plastikbeutel. Wie eine Trophäe schwenkte er ihn hin und her.

„Ein Kondom?"

„Ein benutztes Kondom. Und weil Safersex mit sich selbst so wenig Spaß macht, solltet ihr versuchen rauszufinden, mit wem er das Ding benutzt hat."

Obwohl die Situation weit davon entfernt war komisch zu sein, entlockte der Spruch Jaron und Celia ein Grinsen. Er war typisch für Richie.

„Und es gibt nur ein Opfer?" Jaron wollte es noch einmal genau wissen.

Richie hatte keine Zweifel.

Kapitel 3

„Ich möchte mich gerne mit den Eltern unterhalten. Brauchst du noch ein bisschen Zeit hier oben?“, wollte Jaron von Celia wissen.

Celia, die konzentriert im Zimmer umherging und versuchte Besonderheiten zu entdecken, nickte ihm zu.

Ohne etwas zu berühren, ging sie vorsichtig durch den Raum. Die Wände waren mit Blut, Knochen und Hautfetzen übersät. Celia beneidete Richie und seine Leute nicht um ihre Aufgabe, daraus den Beweis erbringen zu müssen, dass es sich um Gregor Dietz, den Sohn des Hauses, handelte. Abgesehen von den verunstalteten Wänden, war jedoch auch in diesem Zimmer die Auswirkung der Explosion überraschend gering. Und dennoch hatte die Sprengkraft gereicht, um den Körper des Mannes völlig zu zerstören.

Unklar war nur, ob der Täter eine so niedrige Sprengkraft aus Versehen gewählt oder mit Absicht gehandelt hatte. Sie setzte ihren Weg durch das Zimmer fort.

Zu einem erwachsenen Mann mit politischen Ambitionen passte das Zimmer nicht. An den Wänden hingen zwar keine Teenagerposter mehr, aber das Inventar war im typischen Jugendzimmerstil gestaltet.

Auch in ihrem ehemaligen Zimmer in ihrem Elternhaus sah es so aus. Wenn Celia ihre Eltern besuchte, lag sie nachts in ihrem alten Zimmer, das nicht umgestaltet wurde, obwohl sie bereits seit über 15 Jahren das Haus verlassen hatte. Sie konnte sich nicht so recht erklären, warum ihre Eltern so handelten. Es konnte kaum damit zusammenhängen, dass sie damit rechneten, sie würde zurückkehren. Vielleicht lag die Erklärung in der einfachen Tatsache, dass ihre Eltern und vielleicht auch die Eltern von Gregor Dietz über genug Platz im Haus verfügten und daher nicht auf das Zimmer angewiesen waren.

Celia unterbrach ihren Rundgang am Schreibtisch, der genau zwischen zwei Fenstern des Zimmers stand. Etwas hatte ihre Aufmerksamkeit auf sich gezogen. Sie schaute sich genauer um, konnte aber im ersten Moment nicht sagen, was sie hatte innehalten lassen. Sie sah sich die Gegenstände auf dem Schreibtisch genauer an.

Ein alter Kalender aus dem Jahr 2001 lag, fein säuberlich geordnet, am Rand der Schreibfläche. Daneben die übliche Schreibunterlage. Anders als in Celias Jugendzimmer war diese nicht mit Gemälden oder politischen Sprüchen verziert, sondern tadellos sauber. Am oberen Rand stand ein Wecker, bei dem ebenfalls die Zeit stehen geblieben war. Ein Brieföffner, ein alter Kugelschreiber und eine Box für Notizblätter vervollständigten das Equipment.

Celia lächelte. Sie hatte entdeckt, was ihren Blick eingefangen hatte. Aus der Box mit Notizblättern lugte etwas Silbernes. Celia zog sich Gummihandschuhe, von denen sie immer einige Exemplare in ihrer großen grünen Umhängetasche mitführte, über. Vorsichtig zog sie eine silberne Armbanduhr aus der Box.

„Richie, schaust du mal?"

Richie, der zwischen den Trümmerresten des Bettes nach weiteren Spuren suchte, kam auf die Beine und zu ihr herüber. „Oh, hübsch. Gehört aber bestimmt nicht dem Mann. Vielleicht der Dame, die durch das Kondom geschützt werden sollte?"

„Ja, vielleicht. Aber, wo ist die Dame? Du bist immer

noch sicher, dass wir es hier nur mit den Überresten eines Menschen zu tun haben?“

„Ich sage es gerne noch mal. Ja, hier ist nur einer gestorben. Und ich gehe sogar noch weiter. Das Opfer war definitiv männlich.“

Celia stutzte.

„Wie kannst du das so sicher behaupten?“

„Ja, warum wohl? Ich habe eindeutige Überreste gefunden.“

Richie nickte ihr zu und hielt die Hand auf, um die Uhr in einen Plastikbeutel zu packen.

„Lass sie mich bitte mit zu den Eltern nehmen. Vielleicht wissen sie, wem sie gehört.“ Vorsichtig bahnte Celia sich den Weg zwischen den Leuten der Spurensicherung zur Zimmertür. Auf dem Weg ins Erdgeschoss schaute sie sich aufmerksam um. Alles wirkte bedrückend düster. Treppengeländer, die Treppe und auch die Gestaltung der Wände. Ein Grund lag wohl darin, dass weder ins Treppenhaus noch in den Rest der Diele Tageslicht drang.

Sie hörte gedämpfte Stimmen aus einem der Räume im Erdgeschoss. Als sie den untersten Absatz der Treppe erreicht hatte, sah sie den Beamten, der ihnen den Weg nach oben gewiesen hatte. Er verharrte nach wie vor an der Tür zur Stube, wie Celia richtig vermutete.

In diesen Gegenden auf dem Land, empfing man Gäste – das hatte sie während der Ermittlungen in ihrem ersten Fall lernen müssen –, selbst wenn sie noch so unwillkommen waren, in der guten Stube. Dass es so etwas wie die gute Stube überhaupt noch gab, hatte sie dabei noch weit mehr verwundert. Sie hatte sie für ein Relikt aus längst vergangenen Zeiten gehalten. Bei Jaron und ihr würde es wahrscheinlich eine gute Stube nie geben. Ihre

Gäste wurden in der Küche empfangen und bewirtet. Nicht aus Mangel an Höflichkeit, sondern weil Jaron und sie sich dort am wohlsten fühlten.

Ohne ein Wort zu sagen, trat der Polizeibeamte zur Seite, um Celia den Zutritt in die Stube zu gewähren. Sie klopfte, bevor sie eintrat.

Für einen Moment wurde sie von der Helligkeit im Raum geblendet. Im Gegensatz zur Diele war dieser Raum in hellstes Sonnenlicht getaucht. Ungehindert fielen die heißen Sonnenstrahlen, die seit Tagen auf das Alte Land schienen, in den Zimmer. Keiner hatte sich die Mühe gemacht, Vorhänge zuzuziehen, um die Hitze abzuhalten. Auch hatte es niemand für nötig befunden, ein Fenster zu öffnen, um frische Luft hinein zu lassen. Es war erschreckend stickig. Und das lag nicht ausschließlich an den heutigen Temperaturen. Deutlich konnte Celia die abgestandene Luft riechen. Unbemerkt atmete sie tief ein und konzentrierte sich auf die Menschen im Raum.

Vor der großen Fensterfront, die überladen mit Pflanzen aller Art war, stand ein großes Sofa, auf dem dicht nebeneinander ein Mann und eine Frau saßen. Celias Einschätzung nach waren sie Mitte siebzig und wirkten recht senil, verbraucht und bitter. Dazu hatten die Umstände der letzten Nacht sicher ihr Übriges getan. Aber man konnte an ihren Gesichtern ablesen, dass sie auch vorher nicht zu denen zählten, die viel zum Lachen benutzt wurden.

Celia stellte sich dem Ehepaar vor. Thorsten und Jaron nickte sie nur kurz zu, obwohl sie Thorsten heute noch nicht gesehen hatte. Aber eine persönliche Begrüßung in einer solchen Situation erschien ihr unangemessen.

Jaron und Thorsten, das konnte sie spüren, hatten gute

Arbeit geleistet. Das Ehepaar Dietz machte einen traurigen, aber gefassten Eindruck.

Celia entschied sich, nicht lange drum herum zu reden. „Sie sind Eberhard und Martha Dietz?", eröffnete sie das Gespräch. Das Ehepaar nickte zur Bestätigung zeitgleich mit den Köpfen. „Ich kann mir vorstellen, wie furchtbar das alles für Sie ist. Und ich weiß, dass Sie schon mit Staatsanwalt Karloff und meinem Kollegen Brandt geredet haben. Ich muss Ihnen dennoch auch ein paar Fragen stellen. Ich hoffe, Sie nehmen es nicht übel, wenn dabei ein paar Fragen sind, die sie vorher bereits beantwortet haben."

Erneut nickten die beiden im Gleichtakt.

„Ihr Sohn wohnte nicht mehr bei Ihnen?"

Beide setzten gleichzeitig zur Beantwortung der Frage an. Die Frau aber ließ ihrem Mann den Vortritt. „Gregor ist schon lange ausgezogen. Der Junge wollte in die Welt. Und da ist er auch hin. Er hat immer gemacht, was er sich in den Kopf gesetzt hat."

Die Worte klangen keinesfalls bitter. Im Gegenteil: Man konnte eine gehörige Portion Stolz heraushören.

„Weshalb war er gestern bei Ihnen. Hat er Urlaub gemacht?" Auch diesmal reagierten beide gleichzeitig. Allerdings schüttelten sie nun gemeinsam den Kopf. Jetzt war es Martha Dietz, die zuerst sprach und sich das Wort von ihrem Mann auch nicht nehmen ließ:

„Urlaub? Nein! Urlaub hat er im Ausland gemacht. Bestimmt nicht bei uns."

Diese Worte waren zweifelsfrei bitter. Mochte der Vater stolz auf seinen Sohn sein, die Mutter war auch enttäuscht.

„Der war nur hier, um einen politischen Wahlkampf zu unterstützen. Aber mit uns hat er nicht viel zutun gehabt. Sachen abladen und wieder weg. So war es immer, seit er ausgezogen ist. Er hätte eben so gut in einer Pension wohnen können."

„Martha nun reiß dich mal zusammen. Das interessiert die Beamten nicht. Außerdem ist unser Sohn tot. Hast du das vergessen?"

„Nein, habe ich nicht. Aber deshalb bleibt die Wahrheit immer noch die Wahrheit."

Die letzten Worte der Frau wurden von aufsteigenden Tränen begleitet.

„Sie haben Ihren Sohn nicht sehr oft gesehen? Wissen Sie trotzdem, mit wem er die Nacht verbracht hat?"

Das Ehepaar schaute zunächst fragend zu Celia, dann zueinander. Die Alte war erneut schneller als ihr Mann: „Ich verstehe Sie nicht? Außer uns Dreien war hier keiner."

„Hatte Ihr Sohn keine Frau oder Lebensgefährtin?"

Jetzt gelang es Eberhard Dietz, schneller zu antworten. Dabei stahl sich wieder der stolze Unterton ein: „Klar hat er eine Freundin. Eine ganze Reihe sogar. Aber die meisten haben wir nicht kennengelernt. Die Aktuelle aber schon."

„Wo ist die Frau jetzt?"

Erneut entstand Ratlosigkeit auf den Gesichtern des Ehepaares.

„Sie war mit hier?", half Celia ihnen auf die Sprünge.

Gemeinsam schüttelten sie den Kopf.

„Nee, die ist in Hannover geblieben, hat Gregor erzählt. Wollte nicht mit aufs Land."

Celia überlegte und warf Jaron einen kurzen Blick zu. Er musste den gleichen Gedanken wie sie gehabt haben.

„War eine andere Frau gestern mit hier bei Ihnen?"

„Ach, das meinen Sie." Martha Dietz wagte das erste Mal so etwas wie ein Lächeln.

„Das war aber nicht seine Freundin, das war seine Sekretärin." Celia hakte nach: „Aber sie ist über Nacht geblieben?"

Celia fühlte Ungeduld in sich aufsteigen, als das Ehepaar erneut, wie Marionetten, zur gleichen Zeit die gleiche Kopfbewegung vollführte. Innerlich stöhnte sie. Es spiegelte in Celias Augen nicht eben ihr Idealbild einer erstrebenswerten Form einer Beziehung wieder.

„Nein, sie war vor der Versammlung im Gemeindehaus hier und hat mit Gregor und uns einen Kaffee getrunken. Dann sind sie zusammen losgezogen."

Die Beschreibung, die Martha Dietz abgab, klang wie die von Eltern eines Jugendlichen, der loszog, um sich eine Nacht in der Disco um die Ohren zu schlagen. Nicht aber wie die Beschreibung eines Mannes, der beruflich unterwegs war.

„Wie ist der Name der Sekretärin?"

Ehepaar Dietz schaute sich an und zuckte mit den Schultern. Sie hatten ihn vergessen. Auch das natürlich gemeinsam. „Wissen Sie denn den Namen der Lebensgefährtin Ihres Sohnes?"

Celia lag es auf der Zunge sarkastisch zu werden. Im letzten Moment besann sie sich jedoch.

„Natürlich wissen wir den." Martha Dietz war empört über die angeklungene Unterstellung, sie wüssten über das Leben ihres Sohnes nicht Bescheid.

„Rebecca Münch. Oh Gott. Wir müssen ihr Bescheid sagen. Die Arme."

Celia ließ sich Telefonnummer und Adresse der Frau geben und beruhigte das Ehepaar, dass sie es übernehmen würde, die Lebensgefährtin zu informieren. Die beiden nahmen es erleichtert zur Kenntnis. Celia beendete das Gespräch mit den Eltern des Opfers.

Gregor Dietz hatte augenscheinlich sein Leben nicht mit seinen Eltern geteilt. Informationen über ihn und sein Leben würden sie von anderen Menschen holen müssen, so viel stand für Celia fest.

Bevor die drei Beamten den Raum verließen, wies Celia sie noch darauf hin, dass sie das Zimmer ihres Sohnes vorerst nicht betreten durften. Sie waren schon beinahe zur Tür heraus, als Celia sich noch einmal zu dem Ehepaar, das regungslos auf dem Sofa verharrte, umdrehte. „Sagen Sie, wem gehört diese Armbanduhr?"

Celia hatte es beinahe erwartet. Gleichzeitig erschien ein Ausdruck der Verblüffung auf den Gesichtern des Eltern. Sie wussten es nicht.

In der Diele, sie hatten die Tür gerade hinter sich geschlossen, lehnte Celia ihren Kopf an Jarons Brust. Sie stöhnte: „Gott steh uns bei, dass wir nie so werden. Ehe, Liebe, Zweisamkeit, alles gut und schön, aber das muss ja nicht das Ende jeder Eigenständigkeit sein, oder?"

Sie bemerkte den irritierten Blick des Polizeibeamten, über die Vertrautheit zwischen Jaron und ihr. Celia war verwundert, dass die Buschtrommeln unter den Polizeikollegen noch nicht alle Reviere erreicht zu haben schienen. Demonstrativ fasste sie Jaron um die Hüfte und führte ihn und Thorsten vor die Haustür.

„Kommt, wir setzen uns einen Moment auf die Stufen", forderte sie die beiden Männer auf, nachdem sie zufrieden festgestellt hatte, dass die Meute der Journalisten inzwischen von den Streifenpolizisten verscheucht worden war.

Noch bevor die beiden Männer antworten konnten, hatte Celia sich bereits niedergelassen, froh, dass der Hauseingang im Osten lag und keiner Sonneneinstrahlung ausgesetzt war.

Die Temperaturen waren zwar nicht frisch, aber vergleichsweise angenehm gegenüber denen, die im Haus und speziell in der Stube geherrscht hatten.

„Was war das gerade für ein Anfall von Vertraulichkeit in Gegenwart von Kollegen?“ Jaron feixte, weil es bisher Celia war, die streng darauf geachtet hatte, die nötige Distanz zwischen sich und ihm zu wahren, solange Kollegen in der Nähe waren.

Celia musste über sich selbst lachen. „Keine Ahnung. Ist einfach so über mich gekommen. Und als der Kollege da drinnen vor der Tür so komisch gekuckt hat, musste ich leider noch einen drauf setzen. Sauer?“

Jaron legte seinen Arm um Celia und zog sie näher zu sich heran: „Im Gegenteil. Ich habe kein Problem damit. Ich weiß, was ich beruflich zu tun habe. Auch dann noch, wenn ich dich im Arm halte.“ Er zögerte: „Oder vielleicht auch nicht? Wenn ich an heute Morgen denke – du kannst mich schon um meinen Verstand bringen.“

Thorsten, der aus seinem Auto eine Flasche Wasser geholt hatte, räusperte sich gedämpft, um auf sich aufmerksam zu machen.

„Wie geht es weiter?“

„Vorrangig sollten wir die Sekretärin ausfindig machen. Die muss doch hier irgendwo untergebracht sein. Oder meint ihr, die ist in der Nacht nach dem Schäferstündchen noch nach Hannover zurück?“, konzentrierte Celia sich wieder ganz auf den Fall.

Thorsten schaute irritiert von einem zum anderen.

„Richie hat oben ein benutztes Kondom gefunden. Und wenn die Freundin nicht hier ist, muss er es folgerichtig wohl mit jemand anderem benutzt haben. Ich verstehe nur nicht, wieso die Eltern das nicht mitbekommen haben“, schloss Celia für ihn die Informationslücken.

Thorsten pfiff durch die Zähne.

„Dann muss es ja nicht zwingend ein politisch motivierter Mord sein, oder? Eifersucht käme auch in Frage."

„Wie kommst du auf politische Gründe? Hier ist schließlich nicht der Nahe Osten und die RAF gibt es schon seit Jahren nicht mehr."

Diesmal war Celia im Nachteil. Diesen Teil der Befragung zwischen Jaron, Thorsten und den Eltern Dietz hatte sie nicht mitbekommen. Jaron klärte sie auf, nachdem Thorsten ihn durch ein Kopfnicken dazu aufgefordert hatte.

„Ihr wollt mir aber jetzt nicht erzählen, dass ihr glaubt, der Mann wurde, nur weil er der Vergrößerung eines Flugzeugwerkes zustimmte, umgebracht? Wir sind doch nicht in Palermo."

„Ja. Ich bin mir auch nicht sicher, ob die Eltern nicht übertrieben haben. Aber immerhin waren sie gestern mit auf der Veranstaltung, als das Thema zur Sprache kam. Das war zwar nicht vorgesehen, wenn ich die Eltern richtig verstanden habe, aber schließlich ist es für alle Einwohner des Ortes ein interessantes Thema. Die meisten sind sich einig, dass sie der Erweiterung nicht zustimmen wollen. Wie es scheint, hat sich nicht nur hier im Ort, sondern inzwischen im gesamten Alten Land eine Widerstandsbewegung formiert."

„Saß Dietz denn an entscheidenden Stellen, um so etwas zu befürworten oder zu verhindern?"

Die Männer konnten die Frage nicht beantworten.

„Tja, dann wird sich wohl einer von uns mal mit dem Organisator der Veranstaltung des gestrigen Abends unterhalten müssen. Thorsten, würdest du dich um die Lebensgefährtin in Hannover kümmern?"

„Du meinst die Frage doch gar nicht ernst. Ich bin

doch immer der Überbringer der Hiobsbotschaften."

Celia lächelte ihn gewinnend an.

„Du kannst das eben auch am besten."

„Lüg nicht so dreist. Du bist viel einfühlsamer. Aber du willst die Aufgabe nicht übernehmen."

Als Thorsten vorschlug, die Aufgabe in Hannover an die dortigen Kollegen zu delegieren, wurde Celia ernst: „Wir brauchen einen Mann in Hannover, um das berufliche und private Umfeld abzuchecken. Wir brauchen aber auch jemanden hier, der ein wenig im früheren Leben und dem gestrigen Abend rumstochert. Das können wir keinem anderen aufs Auge drücken. Dafür ist es zu wichtig. Aber du kannst dir aussuchen, was du lieber möchtest."

Das Verhalten war typisch für Celia – sie kehrte selten die Chefin heraus. Allerdings brachte sie Thorsten damit in Schwierigkeiten. Beide Aufgaben reizten ihn, auch wenn er sich vorhin über die zugewiesene Aufgabe beschwert hatte.

Jaron wartete die Entscheidung nicht ab.

„Bevor ihr euer Revier absteckt, könnte ich mich eigentlich vom Acker machen, oder? Hier braucht ihr mich nicht mehr. Und wenn etwas Brisantes auftauchen sollte, wisst ihr ja, wo ihr mich finden könnt."

Celia schaute auf die Uhr.

„Mensch, stimmt ja! Du musst zum Gericht. Das hatte ich fast vergessen. Soll ich dich schnell fahren?"

Jaron war erst mit vier Wochen Verzögerung in seinen neuen Job eingetreten. Im Gegensatz zu Celia durfte er noch Überstunden und Resturlaub abfeiern. Seit er im Dienst war, hatte er natürlich weit mehr zu tun, als Celia und Thorsten Gesellschaft zu leisten.

Jaron winkte ab: „Ich lass mich von einem Kollegen

der Streife nach Jork zurück bringen. Dann hole ich meinen Wagen. So viel Zeit habe ich noch. Sonst komme ich ja heute Abend auch nicht nach Hause."

Er winkte Thorsten zum Abschied zu und wandte sich an Celia. Er nahm sie zärtlich in den Arm. Es fiel ihm schwer, sich von ihr zu trennen. Dabei hatte sein Verhalten nichts Besitzergreifendes. Der letzte Fall in Köln hatte ihm klar gemacht, welchen Stellenwert Celia in seinem Herzen hatte. Aber es hatte ihm auch gezeigt, wie brüchig Momente des Glücks sein konnten.

„Pass gut auf dich auf. Ich liebe dich", raunte er ihr ins Ohr. Celia war gerührt. Sie wusste nur zu gut, dass Jaron sich mit solchen Offenbarungen bisher nicht leicht getan hatte.

„Ich liebe dich auch. Wir sehen uns später. Vielleicht könnten wir uns am späten Abend zu einer Besprechung treffen, wenn Thorsten aus Hannover zurück ist."

Thorsten warf einen zweifelnden Blick auf die Uhr.

„Es ist schon elf Uhr. Das schaffe ich so schnell nicht. Bis Hannover brauche ich mindestens zwei Stunden. Und wenn ich dann noch etwas in Erfahrung bringen soll?" Er schüttelte zweifelnd den Kopf. Ohne dass es ihnen bewusst geworden war, hatten sie die Aufgabenverteilung vorgenommen.

Celia stimmt ihm zu. Sie hatte die Uhrzeit nicht berücksichtigt.

„Dann telefonieren wir."

Thorsten und Jaron verließen den Tatort.

Celia kehrte noch einmal in das Haus zurück.

Der Polizeibeamte stand im Flur, als hätte er dort Wurzeln geschlagen. Er wies Celia den Weg in die Küche.

„Oh, Sie sind noch da? Ich dachte Sie sind lange weg."

Die Frau wirkte peinlich berührt. Der Mann hatte sich

schneller wieder im Griff. Beide hatten Tränen in den Augen. Scheinbar hatte Celia sie in ihrer Trauer gestört.

„Es tut mir leid, wenn ich noch einmal stören muss. Aber wir haben überhaupt nicht darüber gesprochen, um was für eine Veranstaltung es sich gestern Abend gehandelt hat und wer sie organisiert hat."

Eberhard Dietz schnäuzte sich geräuschvoll in ein Stofftaschentuch, das er aus seiner schwarzen Manchesterhose zog.

Ehepaar Dietz zählte zu der aussterbenden Generation der Stofftaschentuchbenutzer. In ihrem Alter kannte Celia niemanden, der noch Stofftaschentücher besaß. Sie vermutete, dass nicht nur jeden Morgen ein sauberes Exemplar in die Tasche des Mannes wanderte, sondern dieses zudem sorgfältig gebügelt war. Mit einem solchen wischte der Alte verstohlen seine Augen, bevor er zu einer Antwort ansetzte: „Das war eine Wahlveranstaltung, wegen der Kommunalwahl."

„Darf ich fragen, für welche Partei ihr Sohn tätig ist?"

Für einen kurzen Moment huschte ein empörter Ausdruck über das Gesicht des Mannes: „Für die Christdemokraten natürlich."

Celia ließ sich nicht erklären, warum sie dies als natürlich empfanden.

„Schon als Jugendlicher hat er angefangen, sich für Politik zu interessieren und ist sehr früh zu der Jungen Union gegangen. Und dann hat er richtig Karriere gemacht. Das mit dem Landtag sollte noch lange nicht das Ende sein."

„An wen kann ich mich wenden, um mehr über den gestrigen Abend zu erfahren?"

Während Eberhard Dietz scheinbar noch in Gedanken bei der politischen Karriere seines Sohnes verweilte, kam die Antwort nun von seiner Frau: „Theo Husen."

Ihre Stimme klang brüchiger, als sie Celia beim vorherigen Gespräch vorgekommen war. Sie schaute Martha Dietz fragend an.

„Theo Husen ist der Organisator. Außerdem ist er Vorsitzender der Ortspartei."

„Pff", entfuhr es dem Alten unwillig.

„Ist etwas nicht in Ordnung mit dem Mann?"

Nichts war offenbar in Ordnung mit diesem Menschen, erfuhr Celia. Der Mann sei ein schlechter Apotheker, ein schlechter Christ und ein noch schlechterer Verlierer, der ihrem Sohn die Karriere nicht gegönnt habe. Benutzt habe er ihn auf der gestrigen Veranstaltung. Habe seinen guten Namen haben wollen, um die Kommunalwahl zu gewinnen. Aber dann sei die Sache total aus dem Ruder gelaufen.

„Was hat es eigentlich mit diesem Flugzeugwerk auf sich. Ich wohne noch nicht so lange im Alten Land und habe nicht mitbekommen, um was es geht."

Was Celia nun zu hören bekam, erinnerte sie fatal an einen gut recherchierten Frederick Forsyth-Krimi.

Dabei schmiedete ein in Hamburg angesiedelter Flugzeugbauer Erweiterungspläne. Um ein größeres Flugzeug bauen zu können, brauchte das Werk eine längere Start- und Landebahn. Dabei wurden sie nicht nur durch den Hamburger Senat unterstützt, sondern auch durch die Landesregierung Niedersachsens. Obwohl das Flugzeugwerk auf Hamburger Territorium lag, betrafen die Erweiterungen niedersächsischen Grund und Boden. Dabei interessierte es die Regierenden überhaupt nicht, dass Naturschutzgebiete geopfert werden mussten, Deiche eingerissen und verlegt werden sollten und höhere Flugaufkommen die Landwirtschaft der Region in besonders hohem Maße belastete. Ganz zu schweigen von der

Lärmbelästigung durch vermehrte Starts und Landungen für die Menschen in dieser Region.

„Die Start- und Landebahn wird bis in den Ort führen. Kurz vor der Kirche wird sie enden."

Celia konnte es nicht glauben.

„Hat denn niemand geklagt?"

Es gab jede Menge Klagen vor unterschiedlichsten Gerichten, erfuhr sie von den recht gut informierten Alten. Bisher verliefen sie jedoch allesamt mit wenig Erfolg. Es schien einmal mehr so zu sein, dass wirtschaftliche über private Interessen gestellt wurden. Man munkelte von Schmiergeldern in unvorstellbaren Höhen.

„Wie stand Ihr Sohn und wie stehen Sie zu der ganzen Sache."

Das Ehepaar, vorhin in der Meinung über den Sohn uneins, war nun wieder vereint. Gemeinsam nickten sie in Anerkennung seiner Einstellung: „Uns ist es recht. Jetzt sowieso. Wir haben niemand, dem wir den Hof hinterlassen können. Und was nach uns passiert, hier im Ort ...", der Satz blieb unvollendet und dennoch klar in seiner Botschaft, die lautete: „Nach uns die Sintflut."

„Wie stand Ihr Sohn zu der ganzen Sache?"

Celia bekam prompt seine politische Argumentation geliefert. Man merkte den beiden an, dass ihr Sohn ihnen deutlich erklärt hatte, was sie zu denken hatten. In diesem Fall lag das Hauptargument der Befürworter im Wirtschaftsstandort Hamburg. In Zeiten mangelnder Arbeitsplätze ein guter Grund, zumal das Unternehmen durch die Erweiterung 2000 Arbeitsplätze schaffen wollte.

Celia hatte sich bereits von dem Ehepaar verabschiedet, als sie in einem Bilderrahmen das Foto eines jungen Mannes entdeckte. Wie Celia richtig vermutete, handelte es sich dabei um den ermordeten Sohn.

„Nicht unattraktiv“, dachte sie. In der Tat sah ihr ein sympathischer junger Mann entgegen, der entfernt etwas von dem jungen Bill Clinton hatte. Sie machte eine entsprechende Bemerkung. Dem Vater entlockte sie ein stolzes Lächeln.

Kapitel 4

„Rebecca Münch?" Thorsten Brandt stand vor einer ausgesprochen hübschen Endzwanzigerin. Dabei wurde ihr Gesicht, das von schwarzen Locken in Kinnhöhe umrahmt war, von einer äußerst mürrischen Miene verunstaltet.

„Was ist los? Wer sind Sie?"

Thorsten hatte den Ausweis schon in der Hand, aber erst jetzt bemerkte die Frau ihn. Verdutzt schaute sie ihn mit feurigen, beinahe schwarzen Augen genauer an. Ihr Blick wurde nur um Nuancen freundlicher.

Thorsten hätte gerne gewusst, wem der Ausdruck vorhin gegolten hatte. Es war offensichtlich, dass sie jemand erwartete, dem sie ihren Missmut kundtun wollte. Aber sie hatte sich mit Bedacht zurecht gemacht. Sie trug einen kurzen Rock, der kaum noch diesen Namen verdiente, Strümpfe mit Naht, auffällig hohe Stöckelschuhe, alles farblich auf die Haarfarbe abgestimmt, und unter der durchscheinenden weißen Bluse schimmerte ein schwarzer BH. In Gedanken stieß Thorsten einen Pfiff aus. Nicht, dass er sich eine solche Frau als Freundin gesucht hätte. Der Anblick gefiel ihm dennoch gut.

„Frau Münch, es wäre besser, die Angelegenheit drinnen zu besprechen."

Thorsten deutete auf die Wohnung, zu der Rebecca Münch ihm noch keinen Zutritt gewährt hatte. Misstrauisch trat sie zur Seite und ließ ihn ein.

„Um was geht es?", wollte sie ungeduldig wissen.

Thorsten Brandt hasste diesen Moment. Da die junge Frau ihn weder ins Wohnzimmer, noch in die Küche bat, wo sie sich hätte setzen können, blieb ihm keine Wahl, als der Frau in der Diele die Nachricht vom Tod ihres Freundes zu überbringen. Im Laufe der Jahre hatte Thorsten festgestellt, dass es keine Möglichkeit gab, eine solche Mitteilung schonend zu vermitteln. Egal welche Worte man wählte, die Tatsache des plötzlichen Todes blieb bestehen. Und in ihrem Metier, in der der Tod in der Regel vorsätzlich, durch andere Menschen verursacht wurde, gab es wenig zu beschönigen.

Thorsten bemühte sich dennoch. Er hielt die schlimmsten Fakten zurück.

„Gregor Dietz, Ihr Lebensgefährte, ist letzte Nacht verstorben." Rebecca Münch taumelte ein wenig und hielt sich am Türrahmen des Zimmers fest, vor dessen Tür sie stehen geblieben war, ohne Thorsten herein zu bitten. Sprachlos, dafür weiß wie die Wand hinter ihr, schaute sie Thorsten mit ihren großen schwarzen Augen an.

Wäre der Rock ein wenig länger, wäre sie passend gekleidet, schoss es dem Beamten durch den Kopf.

„Ich muss Ihnen ein paar Fragen stellen. Vielleicht sollten wir uns irgendwo hinsetzen?"

Die junge Frau drehte sich wortlos um und ging in den Raum, vor dem sie bisher gestanden hatten. Als Thorsten hinter ihr eintrat, verschlug es ihm die Sprache. Rebecca Münch hatte nicht nur sich selbst, sondern scheinbar auch ihre Wohnung gestylt.

Das Wohnzimmer war weiß. Regale, Sofas, Teppiche, Vorhänge. Die Bücher in den Regalen waren weiß eingebunden, die Blumen vor den zwei großen Fenstern hatten weiße Blüten und die wenigen Bilder, die an der selbstverständlich weißen Wand hingen, beinhalteten Schnee- und Eismotive.

Wohl wissend um die sommerlich drückenden Temperaturen, fröstelte es Thorsten. Nach wie vor sprachlos, deutete die Frau auf eines der beiden Sofas, die mitten im Raum standen. Zwischen ihnen stand ein niedriger Tisch aus Glas, so dass der weiße Teppich unter dem Tisch sichtbar war. Thorsten setzte sich auf den Rand des Sofas, aus Angst er könne es beschmutzen. Er fühlte sich unbehaglich. Ein Gefühl, dass er nicht gebrauchen konnte. Bewusst setzte er sich bequemer auf das kühle Ledersofa und beobachtete die Frau ihm gegenüber. Ihr Gesicht war unbewegt, keine Träne in den Augen.

„Was ist passiert?"

Rebecca Münchs Stimme war beinahe nicht zu hören. Sie passte jedoch wenig zu dem künstlich gestalteten Drumherum. Sie klang angenehm weich und freundlich. Thorsten beugte sich über den Tisch, um der Frau näher zu sein.

„Es tut mir sehr leid, aber es sieht so aus, als hätte jemand ihren Freund ermordet."

Nun brach sie doch in Tränen aus.

„Das kann doch nicht sein. Warum sollte jemand Gregor umbringen?", schluchzte sie unter den Händen, die sie erschreckt vor den Mund gehalten hatte.

„Wir hatten gehofft, Sie könnten uns das vielleicht beantworten."

Rebecca Münch schüttelte den Kopf. „Wie ist er umgekommen? Was haben sie mit ihm gemacht?"

„Wie kommen Sie darauf, dass es eine Tat von mehreren Personen war?"

Sie zuckte die Schultern: „Ich weiß nicht. Was ist passiert?"

„Jemand hat eine Bombe unter das Bett ihres Freundes in seinem Elternhaus deponiert. Kennen Sie jemanden, der Ahnung von diesen Dingen hat?"

Schockiert und mit weit aufgerissenen Augen starrte die Frau Thorsten an. Dann sprang sie auf, hielt erneut die Hand vor den Mund und rannte hinaus. Thorsten konnte hören, wie sie sich im Badezimmer übergab.

Bereits von außen drängte sich der Verdacht auf, Gregor Dietz' Eltern könnten mit ihrer Einschätzung Theo Husens und seiner Fähigkeiten recht haben. Die Apotheke des Mannes schien aus einem anderen Jahrhundert zu stammen. Celia hatte in der Regel nichts gegen Erinnerungsstücke aus der Vergangenheit. In dieser Apotheke ging es jedoch nicht um Erinnerung, sie dokumentierte lediglich Stillstand.

Sie bemühte sich, ihre Voreingenommenheit zu bändigen, und betrat den Verkaufsraum. Beinahe musste sie lachen, als über ihr an der Tür ein kleines Glöckchen bimmelte. Sie hatte nichts anderes erwartet. Es passte zum Gesamtbild.

Theo Husen betrieb sein Geschäft allein, wie es schien. Jedenfalls vermutete Celia, dass es sich bei dem Mann, der aus einem Raum hinter der Ladentheke trat, um Theo Husen handelte. Sie zeigte ihren Ausweis und stellte sich vor. Theo Husen, er war es tatsächlich selbst, schaute sie bestürzt an.

„Ich habe schon vermutet, dass Sie mich befragen wollen. Aber wäre es nicht besser gewesen, Ihr Chef wäre selbst gekommen? Immerhin haben wir es mit dem Mord an einem nicht ganz unbedeutenden Politiker zu tun."

Bis vor ein paar Jahren hätte eine solche Äußerung sie zu einer zynischen Bemerkung veranlasst. Inzwischen machte es Celia einen Heidenspaß, den Ausweis erneut zu zücken und auf ihren Titel hinzuweisen: „Ich bin der Chef."

Der Mann war pikiert. Ganz offensichtlich war nicht nur seine Apotheke, sondern auch seine Einstellung zu Frauen antiquiert. Theo Husen hüstelte, bevor er betont bedauernd vermutete: „Sie kommen also wegen des unglücklichen Gregor Dietz."

„Wieso unglücklich? Der Mann ist tot und damit kaum noch in der Lage, Gefühle zu empfinden." Celia konnte sich die Bemerkung nicht verkneifen, obwohl sie sehr wohl wusste, dass sie ihre Position damit keineswegs verbesserte.

Husen war ein schmaler, beinahe dürrer Mann, der bereits in die Jahre gekommen war. Dabei wirkte er nicht klapprig, eher kantig. Auch seine grauen Haare, die er mit einem seitlichen Scheitel akkurat nach links gekämmt hatte, machten einen drahtigen Eindruck. Er legte seine schlanken, sehnigen Hände auf den Verkaufstisch und stützte sich auf: „Was kann ich für Sie tun?" Dabei hörte man ihm seinen Unwillen deutlich an.

„Ich brauche den Aufenthaltsort der gestrigen Begleiterin von Herrn Dietz."

Indigniert zog der Apotheker die linke Augenbraue nach oben. Offenbar hatte Celia erneut einen Fehler begangen.

„Sie sollten besser recherchieren, wenn Sie den Fall lösen wollen. Die Begleiterin, wie Sie die Dame anzüglich bezeichnen, war seine Sekretärin."

Celia lag die Antwort schon auf der Zunge, besann sich aber. „Egal, wie Sie die Situation einschätzen. Es wäre hilfreich für meine Ermittlungen, wenn Sie mir den Namen und den Aufenthaltsort der Dame mitteilen könnten."

„Und dafür mussten Sie zu mir kommen. Das hätten Ihnen seine Eltern doch auch mitteilen können."

Celia stöhnte innerlich: „Klugscheißer", ließ sich aber nichts anmerken.

Sie zückte Block und Stift und schaute den Mann auffordernd an. Als Theo Husen bemerkte, dass seine Sticheleien ins Leere liefen, seufzte er tief, als müsse er noch einmal kundtun, wie sehr ihm diese Aufgabe missfiel. Erst dann gab er die geforderte Information.

Celia griff zu ihrem Handy und verständigte die Kollegen und forderte sie auf, die Frau aufzusuchen und dafür zu sorgen, dass sie blieb, wo sie war.

„So und nun zu Ihnen." Celia lehnte sich betont entspannt auf ihrer Seite gegen den Verkaufstisch und ließ ihre große Umhängetasche darauf nieder. Notizbuch und Stift legte sie daneben.

„Wann haben Sie Gregor Dietz das letzte Mal gesehen?" „Gestern Abend. Wie Sie vielleicht schon erfahren haben, hatten wir gestern gemeinsam eine Versammlung im Gemeindehaus. Für unsere Partei."

„Zur Unterstützung Ihrer Kandidatur bei den Kommunalwahlen, oder?"

„Ich brauche keine Unterstützung. Was ich im Leben geleistet habe, habe ich aus eigener Kraft geschafft. Und bestimmt brauche ich keinen Emporkömmling wie Gregor Dietz."

Celia staunte, wie wenig Husen seine Meinung über den Kollegen verhehlte.

„Sie mochten Gregor Dietz nicht?"

Der Apotheker gab einen abfälligen Laut von sich.

„Nein, auch wenn mich das vielleicht verdächtig macht. Gregor Dietz hatte nie das Allgemeinwohl im Auge. Ihm ging es immer um sich selbst. Und weil er sonst nichts werden konnte, hat er den Weg in die Politik gewählt."

„Sie aber doch auch. Wo ist der Unterschied?"

Celia war gespannt, wie der Mann sich aus der selbst gestellten Falle befreien wollte. Sie unterschätzte den Apotheker. Er war Politiker.

„Natürlich bin ich auch in der Politik tätig. Aber ich habe einen eigenständigen Beruf und bin nicht auf die Karriere in der Politik angewiesen."

„Das war bei Gregor Dietz anders?"

Das war es sehr wohl in seinen Augen. Er hatte wenig übrig für Menschen, die nichts konnten als gut reden. Und dies sei die größte Fähigkeit des Toten gewesen, fand er.

„Wie war der gestrige Abend? Gab es Besonderheiten?"

Theo Husen lachte bitter auf: „Und ob. Die haben die Wahlveranstaltung benutzt, damit wir etwas rechtfertigen, wofür wir nicht verantwortlich sind. Sie haben ja bestimmt schon das ein oder andere gehört."

Celia nickte ihm zu, was sowohl Bestätigung als auch Aufforderung zum Weiterreden bedeuten konnte.

„Obwohl ich bei jeder Protestveranstaltung der letzten Monate war, machen die mir die Hölle heiß. Dabei bin ich genauso betroffen, wie alle anderen auch. Ich wohne doch auch hier. Aber so sind die Menschen."

Celia missfiel der abfällige Ton in der Stimme des Apothekers. Das Gespräch der beiden wurde durch ein Bimmeln des kleinen Ladenglöckchens unterbrochen. Erstaunt registrierte Celia eine stolze und beinahe aristokratisch wirkende Dame, die, obschon im fortgeschrittenen Alter, Eleganz und Schönheit ausstrahlte. Würdevoll und mit Herzlichkeit gepaart begrüßte sie Celia und wandte sich dann an den Apotheker. „Du hast vergessen, mir die Medikamente für die Hospizgruppe mitzubringen. Ich wollte sie mir rausholen, bevor ich jetzt gleich losfahre."

Es handelte sich um die Ehefrau des Apothekers, wie Celia erfuhr, als er sie vorstellte. Ruth Husen hatte keinerlei Berührungsängste mit der Polizei. Gänzlich unbefangen wandte sie sich Celia zu.

„Unglaublich. Eberhard und Martha tun mir sehr leid."

Die Worte kamen von Herzen.

„Wie standen Sie zu Gregor Dietz? Ihr Mann stand ihm ja ein wenig skeptisch gegenüber."

Ruth Husen wählte ihre Worte sorgfältig: „Wissen Sie, es ist nicht ganz leicht, den Ansprüchen meines Mannes gerecht zu werden. Aber unabhängig davon, muss ich ihm in diesem Fall Recht geben. Gregor Dietz neigte immer dazu, seinen Vorteil zu suchen. Und es war ihm häufig gleichgültig, wer dafür auf der Strecke blieb. Er hat sich hier im Ort nicht nur Freunde gemacht. Dennoch habe ich ihm gewünscht, dass sein Weg in die Politik von Erfolg gekrönt sein möge. Ganz sicher aber hat niemand ein solches Ende verdient."

„Waren Sie auch bei der Veranstaltung gestern Abend?"

Ruth Husen schüttelte der Kopf. Celia konnte kein Bedauern herauslesen. Die Worte der Frau bestätigten den Eindruck: „Als Christin fühle ich mich nicht verpflichtet, einer Partei nahe zu stehen, weil sie das Wort christlich in ihrem Namen führt, ohne ihn mit Inhalt zu füllen. Nein, wenn ich eine politische Gesinnung habe, dann lässt sie sich eher bei den Grünen einordnen. Sie versuchen zumindest etwas zu erhalten, was Gott uns zum Geschenk gemacht hat."

Celia hatte den Worten der Apothekergattin fasziniert zugehört. Sie reagierte mit einem Lächeln, als sie Celias unverhüllte Bewunderung wahrnahm.

„Sie wundern sich, dass ich gegen meinen Mann stimme?"

Celia spitzte die Lippen und hob die Schultern: „Zumindest ist es ungewöhnlich, würde ich sagen."

„Ach wissen Sie, man muss ja am Traualtar nicht seinen Verstand gegen den Ring eintauschen. Ich hatte ein Leben vor der Ehe. Ich habe eine abgeschlossene Ausbildung als Medizinerin, habe lange Jahre praktiziert, bevor unsere Mädchen kamen und arbeite jetzt wieder. Ich weiß, was es bedeutet, die Gaben Gottes zu ehren."

„Erzählen Sie weiter", forderte Celia Ruth Husen auf, als sie stockte.

„Ich dachte, Sie wollten Gregor Dietz' Tod untersuchen und sich nicht die Lebensgeschichte meiner Gattin anhören."

Es war deutlich zu spüren, dass es Theo Husen wenig behagte, dass sich jemand für seine Frau interessierte.

Ruth Husen durchschaute ihren Mann.

„Theo, entschuldige, ich stehle dir die Show." An Celia gewandt, sagte sie: „Es würde mich freuen, wenn wir das Gespräch fortsetzen würden. Aber ich habe Sie und meinen Mann unterbrochen." Sie reichte Celia die Hand zum Abschied.

Celia lehnte lächelnd ab: „Das werden wir jetzt fortsetzen, wenn Ihre Zeit es zulässt. Was für die Ermittlungen in einem Mordfall von Relevanz ist, entscheide in der Regel ich und nicht die Befragten. Ich glaube, Sie könnten mir helfen, die Strukturen hier im Ort und im Bekanntenkreis des Opfers ein wenig besser zu durchschauen. Sie scheinen eine gute Beobachtungsgabe zu haben."

„Wollen Sie damit andeuten, dass jemand aus dem Ort Gregor umgebracht haben soll?" Theo Husen machte keinen Hehl aus seiner Entrüstung.

„Gute Ermittler schließen keine Möglichkeit aus und bestimmt nicht zu einem so frühen Zeitpunkt. Das wäre ein grober Fehler. Ich brauche Informationen über das soziale und berufliche Umfeld des Toten."

„Dafür brauchen Sie meine Frau nicht. Das kann ich Ihnen beantworten."

Celia fühlte Ungeduld in sich hochsteigen. Der Mann schien krankhaft eifersüchtig zu sein. Ruth Husen zwinkerte Celia zu, als wüsste sie um deren Gedanken.

„Herr Husen, egal, was auch immer Sie denken mögen, die Entscheidungen treffe ich. Ich mische mich auch nicht in Ihr Geschäft ein. Alles klar? Und jetzt wäre es schön, wenn Sie mich mit Ihrer Frau in Ruhe das Gespräch beenden ließen. Danke."

Unverhohlen Protest signalisierend, verließ er laut den Verkaufsraum und zog sich in das Hinterzimmer zurück. Geräuschvoll hantierte er mit Flaschen. Die beiden Frauen lächelten sich wissend an.

„Auch wenn ich es nicht gerne zugebe, glaube ich, dass mein Mann Recht hat und ich Ihnen in der Tat nicht viel helfen kann. Wie ich bereits sagte, stehe ich nicht auf seiner politischen Seite und habe die Veranstaltung gestern aus den gleichen Gründen nicht besucht."

„Das macht nichts. Die Informationen über den gestrigen Abend kann ich auch woanders bekommen. Es geht mehr um grundsätzliche Beschreibungen der Dorfbewohner. Erzählen Sie mir doch ein wenig über Gregor Dietz. Mit wem ist oder war er befreundet? Und was vielleicht noch wichtiger ist: Wer konnte ihn gar nicht leiden? Sie haben eben angedeutet, dass es da so den einen oder anderen gäbe."

Ruth Husen lächelte. „Ja, das kann man so sagen. Wissen Sie, Gregors Eltern sind im Grunde einfache Menschen. Nicht, dass sie deshalb schlecht wären. Aber Gregor wollte immer etwas Besseres sein. Häufig hatte man den Eindruck, er schämte sich seiner Eltern und seiner Herkunft."

Was die Ärztin Celia im weiteren Verlauf über den Toten mitteilte, war nicht dazu angetan, ihn sympathisch erscheinen zu lassen. Während ihrer Schulzeit hatten Celia und ihre Freunde solche Leute Streber genannt. Heute benutzte man für diese Ehrgeizlinge den Begriff „karrieregeil". Menschen mit mehr Stil titulierten sie als „machtorientiert".

Es zeichnete sich das Bild eines Mannes ab, der sich selbst am wichtigsten nahm, der genau wusste, wohin er wollte, und diesen Weg ging, ohne darauf zu achten, wer sich ebenfalls dort befand.

„Gab es im Leben dieses Mannes auch Freunde?"

Ruth Husen überlegte einige Momente, bevor sie eine Antwort auf die Frage gab: „Früher hätte ich die Frage schneller beantwortet", erläuterte sie Celia ihr Zögern. „Aber in der Zwischenzeit, weiß ich nicht, ob man Mark Tegtmeyer immer noch als Freund bezeichnen kann. Vor etlichen Jahren haben die beiden sich sehr nahe gestanden. Zumindest, so weit Gregor zu einem solchen Gefühl fähig war. Vielleicht hatte es auch nur damit zu tun, dass Mark ihm in die Karten spielte und ihm in der Schule eine Hilfe war."

Sie zuckte die Schultern. „Eigentlich ist es nicht sehr fein von mir, so über einen Toten zu reden. Aber ich halte nichts von Lügen. Wenigstens in den letzten Jahren habe ich zu dieser Einstellung zurückgefunden. Es hat allerdings Zeiten in meinem Leben gegeben, da habe ich mir und vielen anderen gerne etwas vorgespielt, fast könnte man sagen, ich habe die Menschen getäuscht."

Sie warf einen vielsagenden Blick zu dem Raum hinter dem Verkaufstresen.

Celia ging auf diese Bemerkung nicht ein. Im Moment war sie mehr an Mark Tegtmeyer interessiert, als an der veränderten Lebenseinstellung der Apothekergattin.

„Wieso sollte sich die Einstellung von Mark Tegtmeyer zu Gregor Dietz geändert haben?"

Bevor Ruth Husen dazu kam, die Frage zu beantworten, stürzte Herr Husen aus dem Raum, in dem es schon geraume Zeit merkwürdig still geworden war: „Jetzt habe ich aber genug von dieser Befragung. Hüte dich Mark Tegtmeyer jetzt auch noch durch den Dreck zu ziehen." Böse funkelte der Mann seine Ehefrau an. Die ließ sich nicht beeindrucken. Im Gegenteil: Sie funkelte selbstbewusst, beinahe provozierend zurück.

Celia unterband den sich anbahnenden Ehekrach: „Wenn Sie mir objektiver über die Beziehung zwischen den beiden Männern berichten können, machen Sie das doch einfach."

Offensichtlich hätte Theo Husen gerne noch ein paar Worte zu seiner Frau gesagt, besann sich jedoch: „Mark ist nicht nur ein hoch intelligenter, sondern auch ausgesprochen netter junger Mann, der sich immer ausnutzen lassen hat."

„Betrifft Ihre Aussage auf die Beziehung zwischen Herrn Tegtmeyer und Gregor Dietz oder ist es eher eine grundsätzliche Feststellung?"

Diesmal kam die Antwort besonnen: „Hauptsächlich wohl auf den Kontakt zwischen den beiden Männern. Aber wenn ich so darüber nachdenke, dann lässt sie sich auch auf andere Beziehungen übertragen."

Celia forderte eine Erklärung.

„Da gibt es nicht viel zu sagen. Sie brauchen sich eigentlich nur die Leute im Widerstand gegen FlyPlan anzusehen. Dort ist Mark einer der führenden Köpfe. Er arbeitet Pläne aus, organisiert Proteste und bereitet Klagen vor. Aber er ist derjenige, der nie erwähnt wird. Alle holen sich ihre Lorbeeren ab, aber er?“ Die Schultern hoben sich und deuteten den Rest des Satzes an.

Wenn der Mann entspannt und nicht darauf fixiert war, Eindruck zu machen, war er gar nicht so verkehrt, dachte Celia. Auf jeden Fall schien er über eine gute Beobachtungsgabe zu verfügen.

„Ja, Theo hat Recht. Mark ist fast als bescheiden zu bezeichnen. In der Schule hat er immer wieder Prügel für Gregor eingesteckt, dabei war er den meisten Mitschülern durchaus sympathisch. Er hat Gregor die Hausaufgaben abschreiben lassen, hat ihm durchs Abitur geholfen und immer zu ihm gestanden. Auch dann noch, als andere froh waren, dass er nach Hannover gewählt wurde.“

„Das verstehe ich nicht. Er muss doch von den Leuten hier gewählt worden sein. Sonst wäre er doch nie bis in den Landtag gekommen“, wunderte Celia sich.

Theo Husen stellte ein überhebliches Lächeln zur Schau. Es gefiel ihm, mit seinem Wissen auftrumpfen zu können: „Sie haben keine Ahnung von Politik, oder?“

Bevor er ausholen konnte, wurde er von seiner Frau unterbrochen: „Theo, ich sehe es deinem Gesicht an. Das ist der Augenblick, auf den du die ganze Zeit gewartet hast. Endlich kannst du zeigen, dass du mehr weißt, als die junge Frau. Du bist so leicht zu durchschauen.“

Obwohl Ruth Husen ihre höfliche Art keine Minute verändert hatte, machte der Apotheker den Eindruck, einen Tiefschlag erhalten zu haben. Er kniff die Lippen fest aufeinander und raunte zwischen ihnen durch: „Du Biest.“

Celia ging der private Kleinkrieg der beiden langsam auf die Nerven, auch wenn sie die Frau nach wie vor sympathisch fand. Mit Nachdruck verlangte sie Auskunft über die Gepflogenheiten in der Politik, die es selbst einem offenbar hoch unsympathischen Mann möglich machten, bis ganz nach oben gewählt zu werden.

„Nun, worauf es in der Politik wirklich ankommt", erklärte der Mann sachlich, „ist, den Eindruck zu vermitteln, die Interessen der Wähler am besten vertreten zu können. Und wenn die Leute jahrelang erleben, dass einer seinen Weg geht, auch gegen die größten Widerstände, dann wird er gewählt. Dabei kommt es nicht so sehr darauf an, wie sich derjenige im Privatbereich verhält. Ich will mit dem Politiker ja nicht zusammenleben. Ich will, dass er meine Interessen vertritt. Und in der Beziehung war Gregor einfach ein Meister. Er konnte alles durchboxen, wenn er es wollte. Und das wussten die Menschen."

„Dazu kommt, dass er eine Partei vertritt, die hier in unserem Ort aus Tradition gewählt wird", ergänzte Ruth Husen. „Vertrat", verbesserte sie sich schnell.

Celia hatte zunächst genug erfahren. Sie ließ sich die Adresse Mark Tegtmeyers geben. Gemeinsam mit Ruth Husen verließ Celia die Apotheke. Sie hatte sich, während Celia sich von Theo Husen verabschiedete, die Tüte mit den vergessenen Medikamenten aus dem Hinterzimmer geholt.

Für einen kurzen Augenblick schien es Celia, als wolle die Ärztin noch etwas sagen. Doch sie entschied sich anders.

Kapitel 5

Hilflos stand Thorsten vor der Toilettentür in der sachlich gestalteten Diele. Mehrere Versuche, die junge Frau anzusprechen, waren fehlgeschlagen. Nun hörte er die Toilettenspülung und kurz darauf, wie Wasser in ein Becken lief. Dann war es wieder ruhig.

Gerade wollte er anklopfen, als die Tür von innen aufgeschlossen wurde.

Rebecca Münch erschien im Türrahmen. Obwohl es kaum möglich schien, war sie noch blasser geworden. Die Gesichtshaut hatte beinahe den Ton der weißen Dielenwand angenommen. Ohne große Worte hakte Thorsten die junge Frau unter und führte sie zurück ins Wohnzimmer. Er setzte sie auf eines der Sofas und begab sich selbst auf die Suche nach der Küche. Rebecca Münch benötigte dringend eine Tasse Tee.

Auch wenn Hannover, anders als andere Städte, über wenige Altbaugegenden verfügte – Rebecca Münch und ihr Lebensgefährte hatten in einer der wenigen alten Häuser eine wundervoll restaurierte Wohnung gefunden.

Hohe Räume, große Fenster, die viel Licht einließen, Stuck an den Decken und Holz auf dem Boden. Schon im Wohnzimmer hatte Thorsten das Holz unter dem Teppich knarren hören.

In der Diele der großen Wohnung hatte er die Wahl wischen vier Türen. Er öffnete eine. Sie führte zum Arbeitszimmer.

Zwei Schreibtische standen sich in der Mitte des großen Raumes gegenüber. Anders als im Wohnzimmer, hatten Gregor Dietz und Rebecca Münch in diesem

Raum darauf verzichtet, den Holzboden mit Teppich zu belegen. Hier war er in seiner ganzen Pracht zu sehen. Thorsten war beeindruckt.

Schon bei der nächsten Tür wurde er fündig. Thorsten pfiff leise durch die Zähne. Der Raum gefiel ihm. Es handelte sich um eine große Wohnküche. Obwohl sie, genau wie das Wohnzimmer und die Diele, in weiß gehalten war, wirkte sie warm und freundlich. Weiße Wand- und Bodenfliesen und ebenfalls weiße Schränke wurden durch Sitzmöbel und einem großen Tisch aus Naturholz aufgelockert und verliehen dem Raum eine warme Atmosphäre. Thorsten beschlich das Gefühl, dass das Wohnzimmer vielleicht gar nicht von der Frau, sondern vielmehr von ihrem Lebensgefährten eingerichtet worden war.

Er fand sich schnell zurecht und brühte einen Tee. Mit zwei Bechern kehrte er kurz darauf ins Wohnzimmer zurück. Rebecca Münch saß, in der gleichen Haltung, in der Thorsten sie zurückgelassen hatte, auf dem Sofa.

„Trinken Sie das. Wird ihnen sicher gut tun."

Die Frau schaute Thorsten verwundert an und schüttelte den Kopf. Dann brach sie erneut in Tränen aus. Thorsten nahm ihr den Becher ab. Dann setzte er sich neben sie. Vorsichtig nahm er ihre Hand, ohne ihr zu nahe zu treten.

„Ich verstehe das nicht. Gestern war alles noch in Ordnung, und jetzt ist er tot."

Rebecca Münch war sichtlich erschüttert. Dann zuckte sie zusammen und erstarrte. Thorsten Brandt konnte es spüren.

„Oh Gott, warum habe ich nur mit ihm gestritten. Wir hatten nicht mal Zeit, ordentlich Abschied zu nehmen."

Der Kripobeamte wurde aufmerksam.

„Um was ging es in Ihrem Streit?“

Unerwartet lachte Rebecca Münch auf: „Was für eine Ironie. Das glauben Sie mir nicht. Es ging darum, dass Gregor unser Kind nicht haben wollte. Ich sollte das Kind abtreiben.“

Mit ihren Worten bestätigte die junge Frau den Verdacht, der sich Thorsten aufgedrängt hatte, als er sie vorhin in der Toilette hörte. Er stöhnte innerlich. Es behagte ihm nicht, sie damit konfrontieren zu müssen, dass ihr ermordeter Lebensgefährte allem Anschein nach eine Geliebte oder zumindest eine Affäre gehabt hatte. Er behielt es erst einmal für sich.

„Warum wollte er das Kind nicht?“

Rebecca Münch entzog Thorsten die Hand und schob beide Hände zwischen ihre Knie. Sie zuckte mit den Schultern. „Warum wohl? Es passte nicht in seine Pläne. Er hatte für die Familie einen anderen Zeitpunkt eingeplant. Nicht jetzt.“ Thorsten tat sich schwer, positive Gefühle für den Ermordeten zu empfinden. Was er hörte und sah, gefiel ihm nicht.

„Hat es Sie sehr verletzt? Wie dachten Sie darüber?“

Die Frau überlegte einen Augenblick: „Eigentlich hatte er recht. Wie er in den meisten Fällen recht hat.“

Sie zögerte. „Hatte“, verbesserte sie sich und kämpfte erneut mit Tränen.

„Erzählen Sie mir von Ihrem Freund. Sie waren noch nicht verheiratet, oder?“

Es war ein zwiespältiges Bild, das dem Kripobeamten dargestellt wurde. Eins war jedoch unverkennbar: Rebecca Münch war dem Mann ergeben und wäre ihm, wenn er es verlangt hätte, bis auf den Mond gefolgt. Zugleich erkannte Thorsten, dass Gregor Dietz polarisierte. Entweder mochte oder verachtete man ihn.

Dazwischen gab es nichts. War die Einschätzung der Lebensgefährtin richtig, wurde er jedoch zumindest auch von seinen größten Widersachern respektiert. Nach und nach erklärte sich auch Rebecca Münchs Erscheinungsbild. Es stellte sich genauso dar, wie Thorsten Brandt es zunächst vermutet hatte.

Durch den Streit des gestrigen Tages verursacht, hatte Rebecca sich heute besonders herausgeputzt. Gleichzeitig wollte sie es ihrem Lebensgefährten aber nicht zu leicht machen und erst einmal die Unnahbare spielen, bevor sie ihm verkündete, dass sie das Kind abtreiben ließe.

„Und was machen Sie jetzt?"

Der Gesichtsausdruck der jungen Frau änderte sich. Er bekam einen entschlossenen festen Zug.

„Das ist doch klar. Ich werde es natürlich bekommen." Thorsten lag auf der Zunge, ihr von Gregor Dietz' letztem Akt vor seinem Ableben zu erzählen. Dann hielt er sich zurück. Er wusste, sie würde noch früh genug damit konfrontiert werden.

„Wie weit sind Sie denn?"

„Fünfte Woche", lautete die stolze Antwort, die Thorsten in seinem Entschluss bestätigte. Es gab keinen Grund zur Eile. Sie hatte noch genug Zeit zu handeln.

„Wir müssen noch einmal auf die Gegner Ihres Freundes zurückkommen. Gab es in letzter Zeit etwas Ungewöhnliches? Hat Herr Dietz sich verändert? Hat er Drohbriefe erhalten oder ungewöhnliche Anrufe?"

Sie konnte nicht helfen. Die Informationen über ihren gestrigen Abend, brachten Thorsten auch nicht weiter. Rebecca Münch hatte sich mit ihrer Freundin in einem italienischen Restaurant getroffen und sich ihren Kummer von der Seele geredet. Adressen und Rufnummern des Restaurants und der Freundin ließ Thorsten Brandt sich zwar geben, hatte aber kaum Zweifel an der Glaubwürdigkeit der Aussage. Zwei Anrufe bestätigten schnell seine Vermutung.

„Hast du dich in das Mädel verguckt? Das muss ja ein heißer Feger sein."

Thorsten wiegelte ab. In kurzen Worten beschrieb er das Gespräch und den Verlauf.

„Wenn du mich fragst, ist bei der nicht viel zu holen. Wenn du einverstanden bist, versuche ich mal ein wenig im Büro des Abgeordneten zu stöbern. Ich habe den Eindruck, dass er nicht so der ganz große Sympathieträger ist. Vielleicht bringt uns das ja weiter."

Celia erzählte ihrem Kollegen von ihren Begegnungen mit dem Apothekerpaar.

„Schon witzig. Jetzt haben wir drei Paare erlebt. Und alle sind unterschiedlich wie nur irgendwas."

„Ich habe heute noch ein viertes erlebt. Und das war das einzig heiße Paar, wenn du mich fragst", witzelte Thorsten.

„Werd mal nich' unverschämt, nee. Außerdem fragt dich keiner."

Celia gab ihrem Kollegen grünes Licht für einen Besuch in der Parteizentrale: „Ich will doch mal sehen, ob nicht vielleicht die Sekretärin der wahre Grund für die ablehnende Haltung dem Kind gegenüber war."

Celia, die sich für das Gespräch mit Thorsten in ihren komfortablen Dienstwagen gesetzt hatte, wollte das Auto gerade verlassen, als ihr Handy erneut klingelte. Ein Blick auf das Display des Gerätes ließ ihr Herz höher schlagen.

„Hey du?"

„Gleichfalls. Alles klar?"

„Dienstlich oder privat?"

Jaron lachte.

„Selbstverständlich dienstlich."

„Nöö, noch nicht. Viele Leute, die viel erzählen, aber uns bisher noch nicht entscheidend weitergebracht haben. Thorsten hat sich gerade gemeldet. Die Freundin ist hübsch, unschuldig und schwanger. Wollte sich aber den Wünschen ihres Freundes beugen und das Kind abtreiben lassen. Gruselig."

„Was? Dass sie schwanger ist oder dass sie sich seinen Wünschen beugen wollte?"

„Mehr die Tatsache, dass sie keine eigene Meinung hat. Zumindest nicht bis heute. Jetzt will sie das Kind nämlich doch. Sozusagen als Erinnerung an ihren Geliebten. Bin nur mal gespannt, wohin das Fähnchen sich dreht, wenn sie von der Affäre erfährt."

Erneut musste Jaron lachen: „Nää, wat bis du fies", ahmte er fast perfekt den kölschen Singsang nach.

„Aus dir machen wir doch noch einen echten Kölner."

„Jetzt sag mir aber auch noch, wie es dir privat geht. Jetzt, wo du wieder ein Jahr älter bist und heute Morgen keine Zeit hattest, dich zu erholen."

„Mhh, lass mich mal überlegen. Tja, wie fühlt es sich an?" Nach einem kurzen Zögern fuhr sie fort: „Wenn ich ehrlich bin, fühlt es sich nach Nachholen an. Die abgebrochene Episode von heute morgen können wir so nicht im Raum stehen lassen. Das verkraftet mein gealtertes Ego nicht. Das Beste wird sein, wir treffen uns an der Stelle wieder, an der wir gestört wurden. Bist du noch da Jaron?"

Es dauerte einen Moment, bis Celia die Stimme ihres Freundes erneut vernahm.

„Bitte lieber Gott mach, dass unsere Telefone nicht

abgehört werden. Von mir aus sofort. Du machst mich verrückt, Frau." Jarons Stimme klang heiser.

„Gleichfalls mein schöner Geliebter", konterte sie keck.

Celia brauchte einen Moment, um wieder zu ihrem Fall zurück zu finden. Obwohl die Liebe zu Jaron schon ein Jahr hielt, empfand sie diese nach wie vor als ein Geschenk. Jaron hatte zur rechten Zeit eine wichtige Rolle in ihrem Leben eingenommen.

Ihre letzte Beziehung war so kläglich gescheitert, dass sie bereit war, an ihrer gesamten Menschenkenntnis zu zweifeln und für den Rest ihres Daseins alleine zu bleiben. Alles kam ihr besser vor, als erneut eine solche Tortour durchzustehen, eine solche Enttäuschung zu erleben.

Aber Jaron hatte ihr keinen Anlass für lange Zweifel gegeben. Obwohl sie gerne und viel Zeit miteinander im Bett verbrachten, war ihre Partnerschaft alles andere als oberflächlich. Im Gegenteil, sie hatte eine Tiefe, die Celia bisher nie erlebt hatte. Sie umfasste alle Bereiche. Es hatte ganze Nächte gegeben, in denen sie sich nicht mal im Ansatz körperlich nahegekommen waren.

Celia schüttelte den letzten verträumten Gedanken ab. Sie war am Hotel angekommen, in dem die Sekretärin übernachtet hatte. Das Polizeiauto vor dem Eingang ließ vermuten, dass die Frau noch dort war.

Celia betrat gerade das Gebäude, das zu Unrecht den Namen Hotel führte, als ihr schon ein Kollege von der Streife entgegenkam: „Frau Liefers ist oben in ihrem Zimmer."

Celia ließ sich die Zimmernummer geben. Vor der Zimmertür mit der Nummer 13 blieb sie stehen. „Hat ihr tatsächlich kein Glück gebracht", dachte Celia.

Auf ihr Klopfen wurde sie sehr prompt hereingerufen. Sie wurde offensichtlich erwartet.

Der Anblick, der sich bot, war beeindruckend. Die Frau war groß, fast einen halben Kopf größer als Celia, schlank und blond. Als Sekretärin konnte Celia sie sich nicht vorstellen. Sie hätte eher auf einen Job als Model getippt. Mit breitem und dennoch vollem Mund lächelte die Frau zwar ein wenig gequält, aber durchaus freundlich. Sie kam mit ausgestreckter Hand auf Celia zu: „Chiara Liefers. Und Sie sind sicher Frau Dörfer? Setzen wir uns doch."

Sie wies mit der Hand auf einen Sessel, der schon bessere Tage gesehen hatte. Einen zweiten der Sorte gab es nicht. Chiara Liefers zog sich einen Stuhl heran, der an einem kleinen Schreibtisch stand.

„Sie wissen was passiert ist?"

„Ja klar. Super schrecklich."

Celia, die ihr Gegenüber immer genau in Augenschein nahm, machte es diesmal mit besonderer Freude. Die Frau hätte gut in eine Glamourzeitschrift gepasst. Sie war von einer unglaublichen Schönheit. Dennoch wirkte sie natürlich.

Celia zog die Taschenuhr aus ihrer Umhängetasche und hielt sie der jungen Frau entgegen.

„Das ist Ihre, oder?"

Chiara Liefers machte keinen Versuch, es zu leugnen: „War sie bei Gregor zuhause? Ich habe sie schon gesucht."

„Haben Sie in dem Zimmer das gemacht, was eine abgelegte Uhr und ein benutztes Kondom vermuten lassen?"

Chiara Liefers nickte ernsthaft.

„In Anbetracht der Situation erscheinen Sie mir nicht besonders erschüttert?"

„Was soll ich sagen? Gregor und ich hatten Spaß miteinander. Er hat mich engagiert, damit ich neben ihm Eindruck schinde. Aber wir haben uns nicht sehr nahegestanden. Wir hatten keine Beziehung miteinander, wenn Sie darauf hinaus wollen. Ich war auch nicht in ihn verliebt. Wir haben die Zeit nett gestaltet."

Celia wurde wütend: „Wie jetzt? Sie haben die Zeit nett gestaltet und seine Lebensgefährtin sitzt mit dickem Bauch in Hannover?" Bevor sie noch etwas hinzufügen konnte, bemerkte sie Veränderungen in der Haltung und des Gesichtsausdrucks ihres Gegenübers. Sie ließen sie innehalten. Geduldig wartete sie auf eine Reaktion.

Die bisherige Souveränität der jungen Frau schien geschrumpft. Offensichtlich hatte sie weder etwas von Rebecca Münch selber, noch von deren Schwangerschaft, gewusst: „Das glaube ich jetzt nicht."

Chiara Liefers wirkte wie vor den Kopf gestoßen: „Wir hatten eine Abmachung. Wir haben vereinbart, dass das nur läuft, solange keiner von uns beiden gebunden ist. Ich bin zurzeit solo und ich finde nichts dabei, dennoch meinen Spaß zu haben. Und Gregor hat mir versichert, dass er ebenfalls frei ist." Ihre Stimme bekam einen beinahe schrillen Unterton.

„Sind Sie mal bei ihm zuhause gewesen?"

Die Frau nickte: „Klar, hin und wieder."

„Und Ihnen ist nicht aufgefallen, dass noch jemand in der Wohnung lebt? Entschuldigung, aber das kann ich einfach nicht glauben?"

Chiara Liefers verlor nun doch ihre Fassung: „In der Wohnung lebt kein Mensch außer Gregor."

„Was macht Sie so sicher?"

„Ganz einfach, Frau Kommissarin. In so einer Wohnung würde keine Frau wohnen. Es ist eine typische

Junggesellenwohnung. Das macht mich so sicher", sagte sie mit einer Überzeugung, die Celia stutzig machte.

Celia drängte sich ein Verdacht auf, den Chiara Liefers umgehend bestätigte.

Celia griff nach ihrem Handy: „Bist du schon im Parteibüro? Gut. Unser Landtagsabgeordneter hat noch einen Zweitwohnsitz in Hannover, wie mir scheint. Fahr bitte zuerst dorthin und überprüf die Wohnung. Vielleicht ergibt sich ein Hinweis."

Sie gab dem verdutzten Kollegen die eben in Erfahrung gebrachte Adresse.

„Hat Gregor wirklich eine feste Lebensgefährtin?"

Celia nickte: „Das war kein billiger Trick, um Sie aus der Reserve zu locken. Und die Schwangerschaft ist ebenso real. Was denken Sie jetzt?"

Hilflos zuckte Chiara Liefers die Schultern: „Ich bin verwirrt." Das erstemal, seit Celia bei ihr war, traten ihr Tränen in die Augen. „Gott, was haben Sie jetzt für ein Bild von mir?"

Celia hob die Schultern.

„Verstehen Sie denn nicht? Das stimmt nicht."

„Was stimmt nicht? Dass Sie mit dem Mann geschlafen haben? Dass Sie es sich nett mit ihm gemacht haben?"

„Doch klar", schluchzte sie. „Aber so bin ich nicht. Ich bin keine skrupellose Männerjägerin, die anderen Frauen die Typen ausspannt. Im Gegenteil. Ich habe immer darauf geachtet, dass die Männer, mit denen ich zusammen war, nicht noch andere Beziehungen hatten. Ich habe es sozusagen zur Bedingung gemacht."

„Tja, Gregor Dietz scheint seine eigenen Bedingungen gemacht zu haben."

Langsam beruhigte sich die Frau wieder.

„Haben Sie nie einen Verdacht gehabt? Immerhin haben

Sie mit dem Mann zusammen gearbeitet, und ich kann mir nicht vorstellen, dass seine Freundin nicht zwischendurch mal bei ihm angerufen haben soll. Dann musste sie doch sicher zuerst mit Ihnen, der Sekretärin, sprechen?"

Jetzt lächelte Chiara Liefers und schüttelte den Kopf. „Die Geschichte mit der Sekretärin stimmt so nicht. Ich kann alles Mögliche, aber kein Steno oder dergleichen. Ich bin Model. Gregor hat mich bei einer Modenschau gesehen. Er wollte mich als Aushängeschild. In seinem Büro bin ich im Grunde so gut wie nie gewesen."

„Wie, als Aushängeschild? Er konnte sich doch offiziell gar nicht mit Ihnen sehen lassen. Er musste doch immer Angst haben, ein Bild mit Ihnen und ihm kommt in die Zeitung." Celia fehlte die Vorstellungskraft dafür, wie jemand ein solches Doppelleben führen konnte. Als sie sich in Jaron verliebt und sich auf ihn eingelassen hatte, war sie bereits von ihrem damaligen Freund getrennt. Da Mike aber zu übertriebener Eifersucht neigte, hatte sie die neue Beziehung eine ganze Weile geheim gehalten. Alleine das, hatte ihr als Belastung mehr als gereicht.

„Seit wann geht das Spiel schon."

„Das ist nicht fair. Ich wusste doch gar nicht, dass es ein Spiel ist."

Celia schwieg.

„Ungefähr seit einem Jahr bin ich bei Gregor unter Vertrag. Sozusagen als Begleiterin. Wie er das mit den Fotos in der Zeitung erklärt hat, kann ich nicht beantworten. Ich bin immer die Sekretärin gewesen. Ob seine Freundin ihm das abgekauft hat, weiß ich auch nicht. Ich kenne sie, wie gesagt, ja nicht."

„Wie kommt eine Frau wie Sie dazu, einen solchen Job anzunehmen? Sie scheinen Bildung zu haben, Sie sehen gut aus? Warum?"

Die Frage hatte weniger mit dem Fall zu tun, interessierte Celia aber brennend.

Erneut zuckte Chiara die Schultern: „Ich kann mir schon vorstellen, in welchen Kategorien Sie denken. Sie glauben, ich bin auch nicht besser als eine Nutte. Aber so ist es nicht. Ich habe neben meinem Job als Model nur die Stelle bei Gregor. Und das nur deshalb, weil er mir ein gutes Angebot gemacht hatte und meine Karriere gerade stockte. Ich brauchte Geld. Und wie es am Ende gelaufen ist, war nicht geplant. Das war nicht Bestandteil des Vertrages."

„Belassen wir es dabei."

Celia hatte das Gefühl, die Frau sagte die Wahrheit. Zumindest passte es gut in das Bild des Mannes, den auch das Apothekerpaar geschildert hatte.

„Lassen Sie uns über den gestrigen Abend reden. Warum waren Sie gestern dabei? Das war doch kein wichtiger Auftritt für Gregor Dietz?"

Für Gregor Dietz sei jeder Auftritt ein wichtiger, meinte seine Begleiterin. Er habe mit ihr bei seinen ehemaligen Freunden und Parteikollegen Eindruck machen wollen. Außerdem hätten sie sich vorgenommen, Spaß zu haben.

„Wieso sind Sie nicht über Nacht im Haus der Eltern geblieben?

„Gregor wollte es nicht. Angeblich, weil seine Eltern nicht aufgeschlossen genug waren. Aber nach dem, was Sie mir erzählt haben, wohl eher, weil er befürchtete, dass unsere Affäre auffliegen würde."

Celia nickte: „Die Eltern kennen die Lebensgefährtin", bestätigte sie die Vermutung des Models.

„Wie sind Sie ungesehen ins Haus gekommen?"

„Durch die Kellertür."

Als sie den fragenden Blick der Kommissarin sah, verzog sie den Mund zu einem gequälten Lächeln: „Gregor war der Meinung, seine Eltern würden das auf diese Art nicht mitkriegen. So hatte er das wohl früher auch immer gemacht. Er hat erzählt, dass die Kellertür immer offen ist. Und dass jeder da rein und raus kann."

„Wie? Immer?"

„Na, so, wie ich es sage. Anscheinend weiß das ganze Dorf darüber Bescheid. Jeder, der zu der Familie möchte, kommt dort rein. Nur an Feiertagen benutzen die Leute die richtige Haustür."

Kapitel 6

„Richie, du musst mir helfen. Wie ist die Bombe unter dem Politiker ausgelöst worden? Hast du schon irgendeine Erkenntnis?"

Celia hatte das Fotomodel verlassen. Durch ihre Aussage war mit einem Schlag beinahe jeder verdächtig. Jeder, der sich halbwegs im Ort auskannte, wusste über die Gepflogenheiten Bescheid. Dazu kam eine nicht einzuschätzende Zahl an Menschen, denen das Opfer selbst davon erzählt haben konnte.

Sie hatte die vage Hoffnung, dass die Art der Bombe und deren Auslöser sie vielleicht weiterbringen könnte.

„Celia, wie immer auf der Überholspur. Gut, dass ich dich schon kenne. Ich habe mich deinem Tempo angepasst und ein wenig mit Nachdruck gearbeitet."

„Richie, mach es nicht so spannend."

Der Chef der Spurensicherung lachte. Man konnte ihn nicht so schnell aus der Bahn werfen. Und unter Druck setzen noch viel weniger.

„Also, eins ist klar. Die Bombe ist gezielt mit einer kleinen Sprengkraft versehen worden. Es gab nicht viel Sprengstoff. Das heißt, da kannte sich jemand aus. Und zu dem Auslöser ...", er machte eine kleine Pause. „Es war ein Fernzünder. Eindeutig. Ich weiß nicht, womit sie aktiviert wurde. Aber es war kein Zeitzünder. Was wir gefunden haben, deutet auf einen Funkempfänger hin."

„Mit anderen Worten, der Täter kann sich sonstwo aufgehalten haben? Er muss noch nicht mal in der Nähe des Hauses gewesen sein, als das Ding losging?"

Richie bestätigte Celias Vermutung. Celia fluchte laut

und vernehmlich, dafür aber wenig damenhaft.

„So kenne und so liebe ich dich." Richie lachte. „Nur um dich fluchen zu hören, lohnt es sich, dir eine schlechte Nachricht zu überbringen. Es gibt nicht viele Frauen, die das so perfekt beherrschen wie du."

Celia stöhnte: „Musst du immer wieder auf meiner größten Schwäche rumreiten?"

„Klar, dann brauche ich nicht über meine eigenen nachzudenken."

Richie legte auf, bevor Celia reagieren konnte.

Thorsten Brandt staunte nicht schlecht. Im Vergleich zu der Wohnung, die er vorher gesehen hatte, war diese ein Loch. Nach dem Anruf seiner Chefin, war er zu der angegebenen Adresse gefahren.

Schon die Umgebung unterschied sich wesentlich von der ersten Wohnung. Lag die eine in einer guten und wohlhabenden Gegend Hannovers, befand sich diese in einem heruntergekommenen Viertel. Hier lebten Menschen mit geringem oder gar keinem Einkommen. Dafür hatte das Viertel eine bezaubernde Atmosphäre. Menschen aller Nationalitäten belebten das Bild. Dementsprechend unterschiedlich waren die Geschäfte, die sich im Erdgeschoss vieler Wohnhäuser befanden. Dazu kamen einige Kneipen, die am Abend das Leben beherrschten, und mittendrin, auf einem Marktplatz, befand sich ein großer Spielplatz. Die Häuser gehörten zu denen, die nach dem Krieg ohne viel Fantasie wieder aufgebaut worden waren, mit ihren schlichten, trist gestrichenen Fassaden.

Immer noch skeptisch, ob die Angaben seiner Chefin zutrafen, hatte er das Klingelschild inspiziert. Doch der Name des Politikers stand fein säuberlich und eindeutig auf einem Papierstreifen neben einer Klingel. Es verstärkte Thorstens Gefühl der Irritation. Weder die Lage, noch dieses Klingelschild passten in das Bild, das er aus dem vorherigen Appartement mitgenommen hatte.

Thorsten ließ sich die Wohnung des Opfers vom Hausmeister, den er ausfindig gemacht hatte, öffnen. Dass es sich tatsächlich um die des Politikers handelte, war nicht zu übersehen. Überall blickten ihm Wahlplakate mit dessen Konterfei entgegen.

„Der Typ muss schizophren sein", dachte Thorsten.

Obwohl er sich Zeit ließ, war der Rundgang durch die Wohnung schnell erledigt, da sie nur über zwei Räume verfügte. Sie waren unberührt. Nichts deutete daraufhin, dass jemand versucht hatte, etwas zu entfernen, gewaltsam einzudringen oder unbefugt hier gewesen wäre.

Thorsten Brandt lehnte gegen die Küchentür und versuchte, seine Eindrücke zu sortieren. Obwohl die beiden Wohnungen sich, was ihre Einrichtung anbelangte, grundsätzlich unterschieden, hatte der Beamte das Gefühl, beide seien von dem Politiker selbst eingerichtet worden. Ohne es erklären zu können, drängte sich ihm der Eindruck auf, dass auch die Freundin ein Produkt Gregor Dietz' war, um seinem Image zu entsprechen. Diese Bleibe dagegen war für den eigentlichen Menschen Gregor Dietz eingerichtet.

Im Schlafzimmer hatte Thorsten Brandt das Bett ungemacht vorgefunden. Schlicht, aus hellem Holz, beina he grob, hatte es nichts gemein mit dem ultramodernen Bett, das in der gemeinsamen Wohnung mit Rebecca Münch das Schlafzimmer dominierte. Neben dem Bett lag getragene Kleidung achtlos auf dem Boden verteilt. Der Kleiderschrank war klein und enthielt nur wenige Kleidungsstücke. Thorsten Brandt fand zwei Anzüge der feineren Sorte, dazu zwei Jeans und Polohemden sowie

Hemden, die zu den Anzügen passten.

Es war augenscheinlich, dass es sich hier nicht um eine Dauerwohnung handelte. Die Einrichtung der Küche bestätigte diesen Eindruck. Es war nur das Allernötigste vorhanden. Tassen, zwei tiefe und zwei flache Teller, vier Gläser und das dazu gehörige Besteck. Eine Singlewohnung. „Nur war der Mann nicht alleinstehend", dachte Thorsten.

Im Badezimmer – er hatte es vermutet – keine Anzeichen, die auf eine Freundin deuteten. Wenn Gregor Dietz Frauen mit hierher gebracht hatte, was die Aussage von Chiara Liefers nahelegte, hatten sie keine Spuren hinterlassen. Keine offensichtlichen jedenfalls.

Die Spurensicherung würde dennoch welche zutage fördern. Thorsten Brandt forderte diese über Celia an. Wie sie es deichselte, dass Richie mit seiner Mannschaft nach Hannover kam, ohne Protest der örtlichen Kollegen, blieb ihr Geheimnis. Tatsache war, dass Richie zwei Stunden später ziemlich missmutig in der Zweitwohnung des Politikers erschien.

„Das hast du ja prima hinbekommen", maulte er ohne Begrüßung Thorsten an. Der zuckte die Schultern.

„Nicht mein Beritt. Beschwer dich bei unserer Chefin", winkte er Richie kurz zu, bevor er die Wohnung verließ.

Den Besuch im Büro der Partei verschob er auf den nächsten Tag.

Celia hätte ebenfalls gerne Feierabend gemacht. Die Hitze setzte ihr zu. Den Besuch bei Mark Tegtmeyer wollte sie jedoch nicht aufschieben. Dabei wäre es ihr nicht ungelegen gekommen, wenn sie ihn nicht angetroffen hätte. Ihr Wunsch erfüllte sich allerdings nicht.

„Wow, im Ort wird ja viel über sie geredet. Aber so

hübsch, hatte ich Sie mir nicht vorgestellt."

Celia war überrumpelt. Auch sie hatte, bei dem Gedanken an einen Dozenten der Physik, weniger Attraktivität erwartet.

Sie lächelte. „Was erzählt man denn über mich, wenn es nicht um mein Aussehen geht?"

Ihr Gegenüber lächelte gewinnend, ein wenig schüchtern, zurück. Seine blauen Augen blitzten fröhlich in dem von schulterlangen Haaren umrahmten Gesicht.

Celia konnte sich die Wirkung des Mannes auf Frauen gut vorstellen. Attraktiv, wie er war, hatte er gleichzeitig etwas Verletzliches an sich – etwas, das Beschützerinstinkte weckte. Er steckte seine Hände tief in seine ausgewaschene und lässig sitzende Jeans: „Nur Gutes. Fachlich brillant und durchweg kompetent, wie Sie den ersten Fall gelöst haben. Außerdem rechnet man Ihnen hoch an, dass Sie Falk nicht in den Dreck gezogen haben, obwohl er Ihnen allen Grund dafür gegeben hat."

Mark Tegtmeyer sprach über Celias ehemaligen Kollegen, der sich bei ihrem Amtsantritt deutlich gegen sie gestellt hatte. Doch bevor Celia und Falk die vorhandenen Animositäten klären konnten, war er ums Leben gekommen. Celia hatte sein Verhalten unter den Tisch gekehrt und damit seinen Eltern Kummer erspart. Wie es schien, rechnete man ihr das an. Es war ihr bisher jedoch nicht zu Ohren gekommen.

Sie tat es ein wenig verlegen ab: „Hätte es etwas geändert?"

„Wahrscheinlich nicht. Aber die meisten denken nicht so weit, sie sind nur damit beschäftigt, sich selbst ins rechte Licht zu rücken. Und als Neue – wer hätte es Ihnen verübeln sollen?"

Celia zuckte gelassen mit den Schultern.

„Ich bin blöd", lachte Mark Tegtmeyer. „Da lasse ich Sie einfach vor der Haustür stehen. Kommen Sie doch rein. Oder möchten Sie lieber im Garten sitzen?"

Celia zog die Kühle des Hauses vor. Mark Tegtmeyer bewohnte im großen Bauernhaus seiner Eltern das gesamte obere Stockwerk. Er war unabhängig von seinen Eltern. Von Küche und Bad bis zum separaten Eingang besaß er alles, was man dafür brauchte. „Gleichzeitig habe ich die Möglichkeit, meinen Eltern zur Seite zu stehen. Meine Schwester lebt mit ihrem Mann in München. Aber irgendjemand muss sich ja kümmern. Schließlich sind die beiden schon beinahe 80."

Celia zeigte sich erstaunt über das hohe Alter seiner Eltern.

Tegtmeyer nickte und lächelte erneut schelmisch: „Ich bin der Nachzügler. Zuerst kam meine Schwester, dann hatte meine Mutter drei Fehlgeburten und, als sie gedanklich schon in Vorbereitung auf die Wechseljahre war, wurde sie problemlos schwanger und ich kam zur Welt. Aber Sie sind sicher nicht gekommen, um sich meine Familiengeschichte anzuhören."

„Stimmt, ich brauche Informationen über Gregor Dietz. Sie werden als der beste Freund des Mannes bezeichnet."

Wieder trat das charmante Lächeln, das in keiner Weise eingeübt oder unecht wirkte, in das Gesicht ihres Gegenübers. Er wiegelte ab: „Das waren wir früher. Heute kann man das so nicht stehenlassen. Wir haben uns kaum noch gesehen und vor allem haben sich unsere Interessen im Lauf der Jahre ziemlich auseinanderentwickelt."

„Kennen Sie die heutigen Freunde?"

Mark Tegtmeyer schüttelte bedauernd den Kopf.

„Ich bin mir nicht sicher, ob es überhaupt welche gibt.

Gregor war nicht der Typ, der viele Freunde um sich geschart hat."

Als Celia fragend die Augenbraue hob, erläuterte er seine Aussage: „Dafür muss man Gregor erlebt haben. Er hatte immer schon seine Ziele im Auge. Als alle anderen in der Klasse noch von Reisen in die Welt geträumt haben, um hier mal rauszukommen, da hatte er bereits seine Pläne für die Zukunft fertig im Kopf. Er wusste, er würde in die Politik gehen, seinen Weg nach oben und weg von hier machen. Um es auf den Punkt zu bringen: Er passte nie richtig in seinen Jahrgang. Er war den anderen immer schon einen Schritt voraus. Das hat ihn nicht unbedingt beliebt gemacht. Und ich kann mir nicht vorstellen, dass sich daran etwas geändert hat."

„Waren Sie mal zu Besuch bei Gregor Dietz in Hannover?"

Mark nickte.

„In welcher Wohnung waren Sie?"

Jetzt schüttelte er fragend den Kopf.

„ Am Hohenzollernpark, wo sonst."

„Sie wissen nichts von der in der Albert-Schweizer-Straße?"

Mark Tegtmeyer zog die Augenbrauen zusammen, schüttelte den Kopf.

„Sie meinen, er bewohnte zwei Wohnungen?", folgerte er schnell.

„Sieht so aus, ja."

„Aber er wohnte doch mit seiner Freundin Rebecca zusammen? Wofür die zweite Wohnung?"

Als nun Celia die Schultern zuckte, lächelte er erneut.

„Nee, oder? Rebecca war nur eine von vielen?"

„Sagen Sie es mir. Sie kennen den Mann am besten von allen hier."

Sie saßen im Wohnzimmer, das gleichzeitig als Arbeitszimmer diente. Die Wohnung hatte den Anstrich einer Studentenbude. Es umgab sie der Hauch der Schlichtheit Marke schwedisches Möbelhaus, allerdings aus der exklusiveren Abteilung. Dennoch durchaus gemütlich.

Celia kam zur Frage zurück. „Wie waren die Beziehungen, die Gregor Dietz zu Frauen hatte?"

Es war nicht ersichtlich, ob Mark Tegtmeyer nichts dazu sagen wollte oder tatsächlich nicht konnte. Er berief sich darauf, in den letzten Jahren zu wenig Kontakt zu dem Politiker gehabt zu haben, um sich darüber ein Urteil erlauben zu können.

„Tatsache ist, dass ich nur Rebecca kennen gelernt habe. Und in sofern ..."

Er ließ den Rest ungesprochen im Raum stehen.

„Wie waren seine Beziehungen früher?"

Erneut wiegelte er ab.

„Wie wir eben so waren. Wir haben uns ausprobiert. Hier mal eine, da mal eine, manchmal auch zwei zur gleichen Zeit. Wir kommen ja schließlich aus der richtigen Zeit. Sexuelle Befreiung und so." Er lachte. „Die Frauen haben es unserer Generation nicht mehr so schwer gemacht, wie noch unseren Vätern."

Celia stimmte ihm im Stillen zu.

„Wieso sind Sie so am privaten Umfeld interessiert. So eine Bombe legt doch einen politischen Hintergrund viel näher, finden Sie nicht?", wollte nun Mark Tegtmeyer seinerseits von Celia wissen.

„Erklären Sie das mir näher", forderte sie und blieb ihm die Antwort schuldig.

Mark Tegtmeyer beleuchtete den Hintergrund der Firma FlyPlan und deren Machenschaften im Zusammenhang mit dem Ausbau der Start- und Landebahn.

Celia hörte gebannt zu. Sie wusste bereits, dass er als Dozent an der Uni tätig war, doch nach ihren eigenen Erfahrungen konnte sie sich nun gut vorstellen, dass in seinen Vorlesungen großer Andrang herrschte. Er verstand es, brillant zu erzählen und die Zuhörer in seinen Bann zu ziehen.

„Ich könnte noch stundenlang Beispiele nennen und aufzählen, um aufzuzeigen, wie die Bevölkerung von den Politikern und den Bossen der Firma hinters Licht geführt wurde. Wenn ich Ihnen dann noch erzähle, wie viel Gesetze man sich parat gelegt oder schlicht gebrochen hat und das bis zur obersten Ebene in der EU, dann wird Ihnen schlecht."

Celia wollte gerade darauf hinweisen, dass ihr der Zusammenhang zu Gregor Dietz nach wie vor fehlte. Mit einer Handbewegung bremste Mark Tegtmeyer sie aus: „Ich weiß, was Sie fragen wollen. Dazu komme ich jetzt."

Celia übte sich in Geduld.

„Hier im Ort war man nicht immer gegen FlyPlan. Es hat Jahre gegeben, da waren wir hier regelrecht begeistert, dass es dieses Unternehmen gab. Immerhin arbeiten viele der jüngeren Generation dort. Aber dann kamen sie mit immer neuen Erweiterungsplänen und Ausbauten. Plötzlich ging es um unser Land. Und vor allem darum, diejenigen zu enteignen, die nicht bereit waren zu verkaufen. Sie können sich vorstellen, wie das angekommen ist. Dazu kam die nicht unerhebliche Gefährdung durch die geplante Verlegung des Deiches, die Zuschüttung des Naturschutzgebietes und, und, und …"

Jetzt wollte Celia aber doch endlich wissen, welche Rolle Gregor Dietz konkret in diesem Fall gespielt hatte.

„Lange Zeit dachten wir, er spielt gar keine Rolle. Er war, als die Pläne bekannt wurden, schon in Hannover.

Also konnte er gar nichts damit zu tun haben. Dachten wir zumindest. Tatsache ist aber, dass er seinen ganzen Einfluss genutzt hat, um Stimmung für das Unternehmen zu machen. Und damit hat er einen Keil in unser Dorf getrieben. Aber er war weit weg in Hannover. Für ihn bestand keine Gefahr. Weder durch Hochwasser noch durch Lärmbelästigung. Das haben die Leute ihm übel genommen. Immerhin waren sie es, die ihn nach Hannover gewählt haben."

„Wenn Sie all das wussten, was hat das für Sie und Ihre Beziehung zu Gregor Dietz bedeutet?"

Mark Tegtmeyer begann zu lachen: „Kommen wir jetzt zu meinem Alibi?"

Celia schüttelte den Kopf:

„Nicht unbedingt. Aber es muss doch Konsequenzen gehabt haben."

Der Mann wiegte den Kopf nachdenklich von einer Seite zur anderen: „Unsere Freundschaft, das habe ich ja schon gesagt, war vorher schon deutlich distanziert. Sie haben mich eben gefragt, ob ich schon mal bei ihm in Hannover war. Ich bin einmal da gewesen, um ihn zur Rede zu stellen, nachdem ich erfahren habe, dass er unseren Widerstand unterlaufen hat, indem seine Eltern ihr Grundstück an FlyPlan verkauften. Damit war eigentlich alles, was wir getan haben, umsonst. FlyPlan kann durch den Kauf des Dietz-Grundstücks die Landebahn bauen und sie mitten durch den Ort führen Die Nachbargrundstücke sind nichts mehr wert und die Bauern können jetzt ebenso gut verkaufen. Unsere einzige noch bestehende Hoffnung liegt beim Bundesverfassungsgericht."

Auf Celias fragenden Blick erläuterte er diesen Aspekt.

„Aber im Grunde ist auch das nur eine Farce. Selbst, wenn das Verfassungsgericht für uns entscheidet, nützt das wenig. FlyPlan hat den Deich bereits verlegt und Hahnöfersand zugeschüttet. Da stehen inzwischen schon große Hallen drauf. Wenn sie also für uns entscheiden, müssten sie im Grunde auch den Rückbau aller bisherigen Maßnahmen anordnen. Wer soll das machen und vor allem, wie soll das gehen? Sie sehen – wir haben den Kampf verloren."

„Ja, das höre ich. Aber meine Frage haben Sie nicht beantwortet. Wer könnte genug Wut für einen Mord aufgestaut haben?"

Mark Tegtmeyer winkte ab: „Niemand! Glauben Sie mir. Ich kenne die meisten seit meiner Kindheit. Ich kann es mir bei niemandem vorstellen."

„Was ist mit Theo Husen?"

Der junge Mann lachte auf: „Theo? Der ist doch einfach nur lächerlich in seinem Eifer und verbohrten Ehrgeiz. So was bekommt der doch gar nicht auf die Reihe."

„Hätte er das Wissen, eine Bombe zu bauen?"

„Gott, dafür braucht man doch heutzutage kein Wissen mehr. Um so was zu bauen, muss man nur mit dem Internet umgehen können."

Celia wusste, dass Mark Tegtmeyer die Wahrheit sagte. Sie verabschiedete sich.

„Ich hoffe, wir sehen uns mal wieder. Vielleicht unter anderen Vorzeichen?"

Celia hob bedauernd die Schultern. „Tut mir leid – glücklich vergeben. Aber wir sehen uns wieder. Schon wegen des Falls."

Kapitel 7

„Wie gemein. Du bist ja schon wieder vor mir zuhause."

Celia schimpfte, meinte es aber nicht ernst. Jaron wusste es und nahm sie lachend in den Arm.

„Dafür habe ich meiner Angebeteten ein Abendessen gezaubert."

Er küsste Celia zärtlich. Sie erwiderte den Kuss mit Leidenschaft und ließ ihre Hände über Jarons Körper wandern. Jaron flüsterte: „Ich denke, du wolltest essen?"

„Wollte ich?"

Jaron riss sich von ihr los.

„Ja, das wolltest du, und vor allem wolltest du mir erzählen, wie dein Tag war."

Celia ließ sich nicht beeindrucken. Sie zog Jaron mit ins Wohnzimmer und drängte ihn auf das Sofa.

Als sie einige Zeit später in Jarons Pyjamajacke auf der Terrasse saß, schien es, als hätte es Jaron die Sprache verschlagen. Celia spürte, dass er etwas sagen wollte, aber zögerte.

„Celia, ich bin noch nie einer Frau begegnet, die es mit dir hätte aufnehmen können. Ich …" Er zögerte erneut, bevor er fortfuhr, und Celia befürchtete schon, er würde den Satz unbeendet lassen. Sie irrte.

„Celia ich liebe dich wie noch keine Frau in meinem Leben. Du machst mich verrückt. Ich habe noch nie so oft mit einer Frau geschlafen. Aber du könntest mich süchtig machen."

Celia lachte und fühlte sich geschmeichelt.

Dann siegte ihr Hunger. Sie machte sich endlich über das schon vor einiger Zeit vorbereitet Essen her, als wäre sie kurz vor dem Verhungern. Jaron freute sich an ihrem gesunden Appetit und störte sie erst, nachdem sie ihre zweite Portion verdrückt hatte und sich genüsslich auf dem Stuhl zurücklehnte.

„Möchtest du mir jetzt von deinem Tag erzählen?"

Celia schüttelte den Kopf. „Eigentlich nicht. Er war durch die Bank frustrierend. Alles, was ich bisher erfahren habe, läuft darauf hinaus, dass unser Opfer ein unsympathischer Typ ist, auf den die Welt nicht gerade gewartet hat, aber die Politik."

In wenigen Worten fasste sie den Tag zusammen. Angefangen bei der zweiten Wohnung, die Thorsten gefunden hatte, bis zur zweiten Freundin, auf die sie gestoßen waren. „Und als würde das noch nicht reichen, um den Fall kompliziert genug zu machen, ist die Bombe genau von der Sorte, die jeden als Täter in Betracht kommen lässt. Fernzünder, die überall ausgelöst werden können, und eine Bombe, die so einfach konstruiert ist, dass jeder sie, mit Anleitung aus dem Internet, nachbauen kann."

Jaron konnte den Missmut seiner Freundin verstehen.

„War dein Tag denn wenigstens erfolgreich?", wollte sie von ihm wissen.

Aber Jaron wiegelte ab.

„Nichts Besonderes. Eher einer der Routinetage."

„Die Krux ist", kam sie ohne Umschweife auf den Fall zurück „dass eigentlich jeder, dem ich begegnet bin, ein Motiv hätte. Die beiden Frauen, der Apotheker, sogar der nette Dozent Mark Tegtmeyer."

„Hey, was höre ich da? Gibt es Grund zur Eifersucht?"

Celia legte ihre langen, nackten Beine auf Jarons und streichelte mit dem Fuß über seinen ebenfalls nackten Oberschenkel.

„Och, ein bisschen Eifersucht ist doch ganz schön. Findest du nicht?"

Jaron kam mit der Tageszeitung in die Küche, in der Celia das Frühstück vorbereitete: „Hier, das solltest du vielleicht lesen, bevor du ins Präsidium fährst."

Jaron legte das aufgeschlagene, regionale Blatt auf den Küchentisch und deutete mit dem Finger auf einen Artikel. „Politischer Mord im Alten Land?" lautete die reißerische Überschrift.

„Prima, das hat uns gerade noch gefehlt, dass die Presse den Fall aufbauscht."

„Hast du was anderes erwartet?"

Celia schüttelte den Kopf und las den Artikel. Währenddessen deckte Jaron weiter den Tisch. Celia schlug die Zeitung zu und setzte sich an den Tisch.

„Ist dir was an dem Artikel aufgefallen?"

Jaron überlegte einen Augenblick.

„Nicht gleich auf Anhieb. Aber ich glaube, ich weiß, was du meinst. Er liest sich, als würde der Schreiber unser Opfer gut kennen."

„Hm, genau. Lass noch mal sehen. Ist der Name des Autors ausgeschrieben oder nur mit Kürzel?"

Frank Dormagen, so lautete der volle Name des Journalisten, der den Artikel verfasst hatte, rechnete mit dem Besuch der Kripobeamtin, allerdings nicht in der Redaktion der Zeitung.

„Das hat mir lästige Recherchen nach ihrem Wohnort erspart", erklärte Celia. „Sie kennen Gregor Dietz nicht nur beruflich, oder?"

„Wie kommen Sie darauf?", gab der Journalist die Frage zurück, ohne sie beantwortet zu haben.

Celia zuckte mit den Schultern und ließ die Frage im Raum stehen. Frank Dormagen zögerte mit einer Antwort. Celia übte sich in Geduld, während sie die Redaktion des „Elbekuriers“ in Augenschein nahm. Wie sie bereits vermutet hatte, handelte es sich um eine kleine Zeitung. Vier Redakteure, nur eine Frau darunter, teilten sich ein Büro. Obwohl es ihr ein wenig überheblich erschien, drängte sich ihr der Gedanke Provinzredaktion auf.

Frank Dormagen beobachtete sie und schwieg weiterhin. Celia spürte, wie ihre innere Anspannung stieg, ohne es ihr Gegenüber merken zu lassen. Sie setzte sich auf dem Stuhl, gegenüber dem Journalisten, etwas aufrechter und blickte ihm geradewegs in die Augen.

Frank Dormagen war nicht eben eine Augenweide. Klein, dick, leicht rötliche Haare, die glatt an seinem Kopf anlagen. Die Brille die er trug, verstärkte das unattraktive Bild, da sie, deutlich erkennbar, eine hohe Sehschwäche lindern half. Jetzt kniff er die Augen fest zusammen, öffnete sie dann wieder, als wolle er sich in die Gegenwart zurückrufen. Es machte einen inszenierten Eindruck. Die Worte, die er wählte, unterstrichen das: „Entschuldigen Sie, aber an Ihrem Anblick, kann man sich nicht satt sehen. Wie war die Frage?“

Celia war nicht bereit darauf einzugehen – sie ließ ihn zappeln. Obwohl Redakteure gute Zuhörer sein und Geduld zu ihren wichtigsten Fähigkeiten zählen sollten – mit der Zähigkeit der Kripobeamtin konnte Frank Dormagen nicht mithalten. „Ach ja, ob ich Gregor Dietz privat kannte.“

Celia reagierte auch jetzt nicht.

„Wie das eben in so einem kleinen Ort ist. Jeder kennt jeden. Den einen besser als den anderen, aber man kennt sich.“

Er verfiel erneut in Schweigen und Schauen.

„Gibt es einen Grund, warum Sie sich mit Informationen so schwer tun?“, brach Celia unerwartet ihr Schweigen.

Der Journalist reagierte empört.

„Die Frage ist nicht sehr verfänglich. Dennoch tun Sie so, als hätte ich Sie nach ihrem Alibi gefragt und Ihnen würde genau das fehlen.“

Wenn es ihr Ziel war, den Mann aus der Reserve zu locken, so hatte sie es erreicht.

Er explodierte förmlich: „Was für eine unglaubliche Unverschämtheit. Ich war den ganzen Abend im Dorfgemeinschaftshaus. Dafür gibt es unzählige Zeugen. Wie hätte ich also eine Bombe unter das Bett meines Freundes basteln sollen? Im Übrigen habe ich nicht den Hauch einer Ahnung, wie man an solche Dinger ran kommt oder sie baut. Bei mir sind Sie an der verkehrten Adresse. Suchen sie woanders nach dem Mörder.“

Celia ließ sich durch den Ausbruch nicht aus der Ruhe bringen. „Gregor Dietz und Sie waren also Freunde und nicht nur Bekannte?“

„Das habe ich gesagt, ja!“

„Erzählen Sie mir mehr über ihre Freundschaft.“

Erneut blaffte er Celia an: „Ich wüsste nicht, was Sie das angeht. Das hat schließlich nichts mit dem Mord zu tun. Ich weiß nicht, wie Sie es zu Ihrem Ansehen gebracht haben, wenn Sie nicht sehen können, dass es sich hier um einen politischen Mord handelt. Dafür brauchen Sie die privaten Beziehungen nicht zu durchleuchten.“

Celia schüttelte lächelnd den Kopf, was ihn nur noch mehr auf die Palme brachte.

„Sie sind ganz schön überheblich. Bilden Sie sich nichts ein. Ich kann Ihren Ruf schneller ruinieren, als Sie ihn sich hier erarbeitet haben.“

Ruhig und äußerlich gelassen erhob die Hauptkommissarin sich. Dabei stützte sie sich mit beiden Händen auf den Schreibtisch, beugte sich nah an das Gesicht des Journalisten. „Wollen Sie wirklich ausprobieren, wessen Stuhl sicherer ist? Ich, an Ihrer Stelle, würde es nicht darauf ankommen lassen. Ich komme wieder und dann will ich Antworten. Und gnade wehe, wenn ich sie nicht bekomme."

Ohne eine Erwiderung abzuwarten, verließ sie das Büro.

Sie hatte laut genug gesprochen, um die anderen an ihren Worten teilhaben zu lassen. Lächelnd und ihnen zunickend schloss sie leise und mit Bedacht die Tür hinter sich.

Frank Dormagen brauchte einen Moment, um sich zu besinnen. Als er die Blicke der Kollegen auf sich gerichtet bemerkte, explodierte er: „Glotzt jemand anderen an."

Er sprang auf und verließ seinen Arbeitsplatz. Allerdings weit weniger beherrscht, als die Kripobeamtin wenige Minuten vor ihm. Mit lautem Knall flog die Tür ins Schloss.

Die Zurückgebliebenen konnten ihre Schadenfreude nicht verhehlen. Einer tippte sich mit dem Finger gegen die Stirn. Frank Dormagen besaß nicht viele Freunde in der Redaktion. Zumeist wurde er geachtet, da er solide journalistische Arbeit leistete.

Aber er hatte es sich mit ihnen verdorben, als er ein paar Mal zu oft seine Beziehungen zu dem Landtagsabgeordneten hervorgehoben hatte. Dass er jetzt der Kripobeamtin damit gedroht hatte, ihren Ruf zu ruinieren, hörten sie gerne. Ihnen war sehr deutlich bewusst, dass ihm, mit dem Mord in der vorletzten Nacht, die dazu notwendigen Beziehungen verloren gegangen waren.

Eben diese Gedankengänge drängten sich fast zur gleichen Zeit auch Frank Dormagen auf, der sich auf der Toilette eingeschlossen hatte. Er fluchte laut und vernehmlich. Dabei war er nicht gerade bekannt für unbeherrschte Reaktionen. Eher im Gegenteil.

Was ihn an Celia Dörfer so gereizt hatte, konnte er nicht benennen. Dass es so war, spürte er jedoch immer noch.

Mit Mühe öffnete er die zu Fäusten geballten Hände. Nach und nach sickerte die Erkenntnis in sein Bewusstsein, dass er durch Celias Ansinnen, über seine private Verbindung zu Gregor zu berichten, überfordert war.

In all den Jahren hatte er nicht darüber geredet – jetzt würde er nicht damit anfangen.

Seit der Schulzeit litt er darunter, nicht an den großen Gregor heranzukommen. Immer stand er im Schatten des smarten und charmanten Mark Tegtmeyer. Als deren Freundschaft sich im Laufe der Jahre abgekühlt hatte, nicht zuletzt wegen der Geschichte mit Carola, war er der stille Nutznießer.

Immer noch freute er sich über den gerissenen Schachzug, den er sich ausgedacht hatte. Er gab der Beziehung der beiden Männer endgültig den Rest und ihm die Möglichkeit, seine Bindung zu dem aufsteigenden Politiker zu festigen.

Celia saß in ihrem Dienstwagen und überdachte das merkwürdige Verhalten des Journalisten. Ihr wurde klar, dass sie mehr über ihn in Erfahrung bringen musste. Ruth Husen schien genau die richte Auskunftsstelle für sie zu sein.

Als Celia kurze Zeit später bei der imposanten Villa des Apothekerpaares eintraf, wurde sie herzlich empfangen. Die Ärztin freute sich, Celia wieder zu sehen. „Sie können sich nicht vorstellen, wie sehr ich mich freue, Sie zu sehen. Sie sind mir seit gestern nicht aus dem Kopf gegangen. Was man sich über Sie erzählt, ist weit untertrieben. Und dabei ist es ungewöhnlich genug, wie positiv die Altländer über Sie sprechen, weil sie sonst eher dazu neigen, kein gutes Haar an Fremden zu lassen."

Celia spürte, wie eine leichte Röte ihr Gesicht überzog, als Verlegenheit in ihr aufstieg. „Ich weiß wirklich nicht, womit ich das verdient habe. Sie sind nun die Dritte, die mir erzählt, wie gut man über mich spricht."

„Kommen Sie doch erst mal rein. Dann erzählen Sie mir, wer Ihnen sonst noch Komplimente macht. Mein Mann kann es kaum gewesen sein."

Ruth Husen öffnete die breite Eingangstür ihres Hauses und ließ Celia eintreten. Sowohl Fassade, als auch der geräumige Eingangsbereich der Villa waren weiß getüncht. Die hohen zweiflügligen Fenster hatten ihre natürliche Holztönung behalten. In der Diele, die wie die Zimmer hohe Stuckdecken hatte, lagen Fliesen auf dem Boden. Die Wohnräume waren mit teurem, glänzendem Parkett ausgelegt.

Als Ruth Husen Celia nun ins Wohnzimmer begleitete, entfuhr Celia ein Freudenschrei: „Was für eine Pracht."

Den enthusiastischen Ausruf hatte ihr der gekachelte Ofen in der hintersten Ecke des Raumes entlockt. Er war rund und halbhoch mit weißen Fliesen verblendet. Bunte, handgefertigte Keramik verzierte den oberen Teil. Er war das Schmuckstück des Hauses.

„Ich habe den falschen Beruf. Ich glaube, ich sattle um und werde Apothekerin."

Ruth Husen lachte: „Die Mühe können Sie sich sparen. Das Haus ist ein Erbstück meiner Eltern. Da hat mein

Mann keinen Cent für verdienen müssen. Er brauchte mich nur zu heiraten."

Verblüfft drehte Celia sich der Frau zu: „Hört sich an, als seien Sie verkuppelt worden." Celia konnte nicht glauben, dass Ruth Husen ihre Worte meinte, wie sie klangen.

Bevor sie Celia eine Antwort gab, deutete sie auf eine Sesselgruppe in der Mitte des Raumes. Erst als Celia auf einem der Sessel Platz genommen hatte, beantwortete sie die offene Frage: „Verkuppelt, ist vielleicht nicht ganz der richtige Ausdruck. Ich habe Theo schon ausgewählt. Allerdings hatte ich weit weniger ernste Absichten, als meine Eltern dann daraus gemacht haben. Er schien ihnen eine gute Partie zu sein, weil er ein ernsthaftes Studium absolviert hatte und ehrgeizig war. Tugenden, die meinem Vater immer sehr imponierten. Bevor ich mich recht versehen hatte, fand ich mich mit Theo vorm Traualtar und in dieser Villa wieder."

„Klingt nicht nach einer romantischen Verbindung."

Ruth Husen nickte.

„Stimmt. Aber komischerweise ist es mir nicht aufgefallen. Anfangs habe ich tatsächlich mein Glück nicht fassen können. Ich hielt meine Eltern für unglaublich aufgeschlossen, weil sie mir und Theo die Hochzeit ermöglichten, das Haus zur Verfügung stellten und selbst in eine Wohnung umsiedelten. Was ich mir in Wahrheit damit eingehandelt oder meine Eltern mir eingebrockt hatten, wurde mir erst später klar."

Sie machte einen Moment Pause. Celia wartete auf die Fortsetzung.

„Verstehen Sie mich nicht falsch. Ich hätte natürlich die Möglichkeit gehabt, dem Ganzen mit einer Scheidung ein Ende zu setzen. Aber – ich weiß nicht, ob meinen Eltern das bewusst war – das konnte ich nicht mit meinem Glauben vereinbaren. „Bis dass der Tod euch scheidet“ hatte für mich eine große Bedeutung. Jedenfalls bis vor einiger Zeit. Inzwischen bin ich mir nicht sicher, ob ich das aufrechterhalten kann. Es sind zu viele Sachen passiert. Aber nun genug von mir. Ich weiß nicht, wie es kommt, dass ich mich in Ihrer Gegenwart immer dazu verleiten lasse, über die Probleme meiner Ehe zu reden. Sie müssen einen furchtbaren Eindruck von mir haben.“

„Wissen Sie, bei vielen anderen würde ich es vielleicht so empfinden. Aber Sie machen auf mich nicht den Eindruck, als würden Sie jeden mit Ihren Problemen behelligen. Also fasse ich es als Kompliment auf. Dennoch würde ich Ihnen jetzt gerne einige Fragen zu Gregor Dietz' Umfeld stellen.“

Ruth Husen blickte Celia aufmerksam an.

„Erzählen Sie mir etwas über Frank Dormagen.“

„Ach Gott. Der arme Kerl ist nicht gerade von der Natur verwöhnt. Weder äußerlich noch innerlich.“

Bei dieser netten Umschreibung musste Celia lachen. Zu einem Kommentar ließ sie sich nicht hinreißen.

„Obwohl – so ganz richtig ist das nicht. Wenn er eines hat, dann Verstand. Ein richtig heller Kopf. Schade, dass er nie den Schritt in die Welt gewagt hat.“

Celia verstand die Aussage nicht.

„Wenn Sie seine Artikel lesen, können Sie sehen, was ich meine. Was er recherchiert und schreibt, hat immer Hand und Fuß. Und er hat hier bei uns schon den einen oder anderen Skandal aufgedeckt. Die Informationen im Zusammenhang mit dem FlyPlan-Ausbau waren großartig. Da hätte sich manch Großer von namhafteren Zeitungen die Zähne ausgebissen.“

„Beim heutigen Artikel konnte man von dieser Brillanz nichts erkennen.“

Ruth Husen bestätigte den Eindruck: „Ich weiß auch nicht, was ihn da geritten hat. Es ist sonst überhaupt nicht seine Art, einfach wilde Spekulationen in die Welt zu setzen. Oder gibt es Anzeichen für einen politischen Aspekt?"

Celia schüttelte den Kopf.

„Wie stand er zu Dietz?"

Die Apothekergattin wog die Antwort sorgfältig ab.

„In seinen Berichterstattungen, muss man wohl sagen, war er ihm immer wohl gesonnen. So weit ich mich erinnern kann, habe ich nie einen Artikel gelesen, der Negatives über seine Arbeit enthalten hätte."

Sie bedachte ihre Antwort erneut: „ Meine Aussage klingt nicht gerade plausibel, nach dem, was ich eben gesagt habe. Es ist in der Tat so, dass er es mit der journalistischen Neutralität, wenn es um Gregors Arbeit ging, nicht so genau genommen hat. Was man über seine sonstige Arbeit nie behaupten kann. Sie war immer unanfechtbar und stellenweise sogar eindrucksvoll."

Celia reichte die Aussage nicht. Sie vermutete mehr zwischen Opfer und Journalist: „Gehört Frank Dormagen auch zum Urgestein des Alten Landes?"

Ruth Husen lachte in ihrer hellen, vornehmen Art: „Nun, nicht ganz. Seine Eltern kommen ursprünglich aus Buxtehude. Ich kann daher wenig über seinen familiären Hintergrund sagen."

Wieder lächelte sie. Ihr aristokratisches Gesicht war von feinen Lachfältchen gezeichnet.

„Aber wie war sein persönliches Verhältnis zu Gregor? Oder gab es das nicht?"

Die Frau nickte. „Doch das gab es. Aber nicht immer. So weit ich mich erinnern kann, war er früher eher ein geduldeter Mitläufer, so kam es mir jedenfalls immer vor."

„Sie sind recht gut informiert. Wie kommt das?“, wunderte Celia sich.

„Ach, ich bin ein Dummkopf“, aus dem Mund der vornehm wirkenden Frau hörte es sich nach einem unerhörten Schimpfwort an. „Wir haben ja noch gar nicht über unsere Mädchen gesprochen. Theo und ich haben drei Töchter. Sie sind alle in Buxtehude zur Schule gegangen und unsere Älteste, Clara, war mit Gregor, Mark und Frank zusammen in einer Klasse, bis sie im Abitur durch unterschiedliche Kurse getrennt wurden.“

„Das ist doch hervorragend, dann kann ich Informationen aus erster Hand haben. Wo finde ich ihre Tochter?“

„Das wird ein wenig umständlich, fürchte ich. Sie lebt in Italien ist aber zurzeit auf Welttournee.“

Celia war beeindruckt:

„Wow, in welcher Funktion?“

Clara Husen, so erfuhr sie, war eine große Sopranistin an der Mailänder Staatsoper. Sie hielt sich jedoch zurzeit in China auf, um ein Projekt zu verwirklichen, das anschließend in vielen Ländern, auch in Deutschland, zu sehen sein würde.

„Als Eltern müssen sie unglaublich stolz sein.“

Ruth Husen winkte ab. „Ich bin stolz! Auf alle drei. Sie haben alle, auf ihre Art großartige Wege eingeschlagen. Aber …“

„Jetzt sagen Sie mir nicht, Ihr Mann ist nicht stolz. Das kann ich nicht glauben.“

„Das werden Sie müssen. Denn so ist es.“

Celia war erschüttert.

„Für ihn sind Mädchen nichts wert. Und sie können natürlich auch nichts. Es wäre völlig gleichgültig gewesen, welchen Weg unsere Töchter eingeschlagen hätten – die Reaktion ihres Vaters wäre immer die gleiche geblieben.

Er geht sogar so weit, bewusst die Unwahrheit über unsere Tochter Paula zu erzählen. Nach wie vor behauptet er, sie sei Angestellte in einer juristischen Kanzlei. Dabei ist sie dort seit Jahren Teilhaberin und hat sich einen großen Namen im Strafrecht gemacht."

„Dann wird sie ja sicher bald auf meinen Lebensgefährten, den Staatsanwalt, Jaron Karloff, treffen."

„Nein", schüttelte Ruth Husen den Kopf, „bestimmt nicht. Paula hat es ebenfalls vorgezogen, von hier fortzugehen. Sie lebt und arbeitet in Bremen."

Nun wollte Celia auch die Geschichte der jüngsten Tochter hören.

Lara, erzählte die Mutter, war als einziges der Kinder in der Nähe geblieben und hatte eine Ausbildung zur Drogistin gemacht. Dies strafte der Vater mit größter Verachtung. Die Älteste verschwieg er, weil Künstler in der Familie nichts zu suchen hatten. Aber die Jüngste war geradezu eine Schande, befand er.

„Gott, in was für einer Zeit lebt Ihr Mann? Haben Sie mir nicht erzählt, dass Sie Medizinerin sind? Wie konnte er sich in Sie verlieben?"

„Wissen Sie, in der Zeit, in der wir groß wurden, Studenten waren, konnte man sich frauenfeindliches Verhalten nicht leisten. Wir sind die Generation der Studentenrevolten und sexuellen Revolution. Wir sind sozusagen mitten reingeplatzt. Dem konnte sich auch Theo nicht entziehen, obwohl sich in ihm, bei seiner Erziehung, alles dagegen gesträubt haben muss. Und wie das eben so ist – im Alter kommen die angelernten, anerzogenen Eigenschaften wieder mehr zum Tragen. Obwohl, nein, so stimmt das nicht. Theo brauchte nicht ins Alter zu kommen. Es fing schon an, als die Kinder geboren wurden. Als Grundbedingung für sein Einverständnis zur

Elternschaft, machte er, dass ich aus dem Beruf ausstieg und mich alleine den Kindern widmete."

„Wie hat er auf ihren Wiedereinstieg reagiert?"

„Mit Impotenz."

Die Kripobeamtin konnte nicht anders. Sie brach in schallendes Gelächter aus. Die Ärztin stutzte nur einen Moment, dann stimmte sie mit ein.

„Das ist ein offenes Wort."

Celia schnappte nach Luft. Dann wurde sie ernst.

„Auch wenn ich die Unterhaltung mit Ihnen sehr genieße, ich muss weiter machen. Wo finde ich Ihre Tochter Lara?"

Kapitel 8

„Versprich mir, dass du nicht unter versteckten Repressalien gegen Frauen leidest, und nur darauf wartest, mich unterdrücken zu dürfen, sobald wir das erste Kind haben." Celia berichtete Jaron am Telefon in Kurzfassung ihre Begegnung.

„Ich höre ganz neue Töne. Habe ich da den Wunsch nach gemeinsamen Kindern vernommen?", lachte Jaron.

„Gib mir sofort eine Antwort", forderte Celia.

„Ich verspreche dir alles, wenn ich damit die gemeinsame Zukunft mit dir sichern kann."

Die Antwort klang ungewöhnlich ernst für den Ton der vorherigen Unterhaltung.

Celia stutzte: „Alles in Ordnung bei dir?"

Jaron räusperte sich. „Ja, sehr sogar. Mir ist nur aufgefallen, wie ernst ich die Antwort meine. Ich glaube, das hat mich ein bisschen erschreckt. Du weißt ja, ich bin in der Vergangenheit, wenn es um Zukunftsaussagen ging, immer eher ein Feigling gewesen."

„Mir reicht es, wenn du bleibst, wie du bist. Dann kann ich mir eine Zukunft mit dir sehr gut vorstellen." Celia hatte die veränderte Stimmungslage aufgenommen. Dies war deutlich nicht der rechte Zeitpunkt für Witze.

Jaron befürchtete jedoch, sie genötigt zu haben. „Du musst das jetzt nicht sagen. Ich wollte dich nicht unter Druck setzen."

„Das hast du nicht. Ich kenne keinen Mann, der so tolerant und geduldig ist wie du. Wenn ich an die erste Zeit in Köln denke – da hast du eine Engelsgeduld mit mir gehabt. Und du kennst mich doch – ich sage nur das, was ich auch meine."

Jaron atmete erleichtert auf: „Ich hatte einen Moment Angst, ich wäre zu weit vorgeprescht."

„Was hältst du von einem Kaffee?"

Wenig später trafen sie sich vor ihrem Lieblingscafé in Buxtehude. Celia nahm Jaron in den Arm, schaute ihm dabei forschend ins Gesicht. Jaron lächelte sie beinahe schüchtern an. Celia lachte: „Wenn du so kuckst, glaubt dir kein Mensch, dass du ein erfolgreicher und mitunter Furcht einflößender Staatsanwalt bist." Dann wurde sie wieder ernst. „Was ist los? Habe ich was getan?"

Statt einer Antwort zog Jaron Celia fest zu sich heran und küsste sie gefühlvoll. Er löste seine Hände von Celias Körper und fuhr stattdessen in ihre langen lockigen Haare. „Ja, so kann man es auch sagen. Du hast mich um meinen Verstand gebracht. Ich kann keine Stunde arbeiten, ohne gedanklich abzuschweifen und an dich zu denken. Und dann sehne ich mich so sehr nach dir, dass es beinahe körperlich spürbar ist."

Celia stimulierte Jarons Erregung. Sie drückte sich noch eine Spur enger an ihn.

„Wenn wir jetzt nicht ins Café gehen, garantiere ich für nichts." Jarons Stimme klang rau.

Im Café setzten sie sich an einen niedrigen Tisch mit zwei Ledersofas. Nachdem sie ihre Bestellung aufgegeben hatten, schauten sie sich eine Weile an, bevor Jaron das Gespräch wieder aufnahm. „Ich habe es ernst gemeint. Du musst keine Aussage über unsere Zukunft treffen, nur weil ich endlich so weit bin und weiß, wo ich stehe."

Celia winkte ungeduldig ab: „Vergiss es doch. Ich würde die Aussage so nicht gemacht haben, wenn ich sie nicht auch so gemeint hätte. Dabei können wir es doch einfach belassen, oder?"

Als sie merkte, dass sie sehr forsch gesprochen hatte, milderte sie ihre Worte ein wenig ab. „Ich glaube, wir sind mit unseren Gefühlen gar nicht so weit auseinander. Zu Anfang war ich ein wenig ängstlich. Aber du weißt ja, dass das nichts mit dir, sondern mit Mike zu tun hatte. Aber jetzt bin ich mir so sicher, wie man sich nur sein kann."

Jaron griff über den Tisch nach Celias Hand. Er zog sie an seinen Mund, küsste jeden Finger einzeln.

„Danke!" Er biss zärtlich in ihren Mittelfinger. „Und jetzt erzähl mir die Geschichte von dem Journalisten. Ich bin wieder ganz bei der Sache."

„Schade", witzelte Celia.

Dennoch beschrieb sie ausführlich die Begegnung mit Frank Dormagen. Als sie mit ihrer Schilderung fertig war, einigten sie sich darauf, dass es vernünftig schien, den Mann und seine Beziehung zu Dietz näher zu betrachten.

„Dann könntest du doch eigentlich auch mal schnell eine Dienstreise für mich klar machen."

„Wohin?"

„Nach China."

Jaron zeigte ihr einen Vogel, ließ sich aber dennoch den Zusammenhang erklären.

„Vielleicht kannst du es ja zuerst mal mit den beiden anderen Töchtern probieren. Auch wenn sie nicht in seiner Klasse waren, heißt das ja noch nicht, dass sie nichts mitbekommen haben."

„Dabei wäre China jetzt so nett gewesen. Aber Bremen tut es für den Anfang auch", flachste Celia. „Aber jetzt mal im Ernst. Meinst du nicht, du könntest der Frau Juristin mal auf den Zahn fühlen. So von Jurist zu Jurist? Dann kann ich mich um die Schande der Familie Husen, die Tochter Lara, kümmern."

Jaron war einverstanden. Er beteiligte sich gerne an

Ermittlungen. Das hatte er bereits in früheren Fällen bewiesen.

Thorsten Brandt hatte schlechte Laune. Der gestrige Tag war von Anfang bis Ende unbefriedigend gewesen. Und das nicht nur in beruflicher Hinsicht.

Nach seinem Abstecher in die Landeshauptstadt Hannover freute er sich auf seinen Feierabend. Aber er hatte die Rechnung ohne seine Freundin Eva gemacht. Unvorsichtigerweise hatte er ihr bereits in der vergangenen Woche versprochen, an genau diesem Abend mit ihr Ausschau nach einer neuen Schlafzimmereinrichtung zu halten. Im Eifer des Tages hatte er es vergessen. Aber seine Freundin bestand darauf. All seine Erklärungen, warum er gerade heute nicht in der Stimmung war, ein neues Bett zu kaufen prallten an ihr ab. Am Ende hatten sie den dicksten Krach, und Eva ihr Ziel doch nicht erreicht, was ihre Laune weiter verschlechterte. Früher konnten sie Missverständnisse schnell aus dem Weg räumen. Obwohl Thorsten nicht gerne in seinem Seelenleben stöberte, musste er zugeben, dass die Beziehung zwischen Eva und ihm auf einem absteigenden Ast war. Auf der erneuten Fahrt nach Hannover grübelte er darüber nach, wann sie angefangen hatten – die Unstimmigkeiten.

Als Zeichen des Friedens rief er Eva bei der Arbeit an. Man teilte ihm mit, seine Freundin sei zu einem Gespräch bei ihrem Chef. Thorsten bat um Rückruf. Der kam, als er den Dienstwagen vor den Büros der Partei in Hannover einparkte.

„Hi", begrüßte Thorsten seine Freundin.

Sie ignorierte seinen lässigen Tonfall. Thorsten stöhnte innerlich. Er wusste – es bedeutete weitere Diskussionen und keinen Frieden. Er sollte Recht behalten.

„Du wolltest zurückgerufen werden?“

Ihr Ton war kalt. Sie erreichte, was sie bezweckte. Thorsten wurde mulmig. Er war es, der mehr an der Beziehung hing. Sie war bereit, Lästiges abzustoßen. Das konnte auch schon mal ein Freund sein, wenn es ihr nötig erschien.

„Eva, hör zu, ich will mich nicht weiter mit dir streiten. Es geht doch gar nicht darum, dass ich kein Schlafzimmer mit dir kaufen möchte. Der gestrige Tag war einfach nur ungünstig. Immerhin habe ich am Morgen jemanden gesehen, der in seinem Bett ums Leben gekommen ist. Das motiviert nicht gerade …“, weiter kam er nicht.

„Ich habe dir immer schon gesagt, dass es mich nicht interessiert, was du am Tag gemacht hast. Ich will damit nichts zu tun haben. Und wenn du nicht in der Lage bist, Beruf und Privatleben zu trennen, dann hast du deinen Beruf verfehlt. Ich behellige dich ja schließlich auch nicht mit meinem beruflichen Scheiß.“

Eva wusste nur zu gut, dass sie ihn mit solchen Sprüchen provozieren konnte. Thorsten hing mit Leib und Seele an seinem Job. Seit seinem fünfzehnten Lebensjahr arbeitete er darauf hin.

Thorsten explodierte. „Im Gegensatz zu dir, habe ich es auch mit Menschenleben zu tun und verfrachte nicht irgendwelche Güter in die Weltgeschichte. Darüber kann man ja auch kaum reden.“

Als er den Satz zu Ende gesprochen hatte, brauchte er die Reaktion von Eva nicht abzuwarten. Er wusste, er war zu weit gegangen. Doch anders als bei bisherigen Auseinandersetzungen, ließ er sich diesmal nicht beirren. „Wenn du nicht bereit bist, das zu verstehen und keinen Frieden mit mir schließen möchtest, können wir das hier beenden. Ich bin in Hannover und muss arbeiten.“

Er beendete das Gespräch, ohne sie noch einmal zu Wort kommen zu lassen.

Erst danach kam ihm zu Bewusstsein, was er getan hatte. Überraschenderweise fühlte es sich gut an.

Thorsten wusste nicht, was er sich vorgestellt hatte, aber als er die Büroräume der Partei betrat, war er überrascht. Es hätte sich ebenso gut um eine juristische Kanzlei handeln können. Schick, neutral und diskret leise. Es hatte wenig Ähnlichkeit mit dem Bild einer Parteizentrale, das er im Kopf hatte.

In seinen Vorstellungen herrschte in den Parteizentralen ununterbrochen Hektik und Stress, jeder schrie jeden an. Mit der Atmosphäre in den Räumen in Hannover hatte das nichts gemein.

Thorsten erschrak als er von hinten angesprochen wurde. Durch den dicken, beigefarbenen Teppich waren die Schritte der Empfangssekretärin geschluckt worden. Beim Anblick der Frau konnte Thorsten sich vorstellen, warum Gregor Dietz lieber Chiara Liefers als Sekretärin ausgegeben hatte. Nach Celias Beschreibung lagen Welten zwischen den beiden Frauen. Die Frau, die vor Thorsten stand, hatte eher etwas von einem hausbackenen, mittelalterlichen Drachen. Gewiss nichts zum Vorzeigen. Die ersten Worte der Frau zeigten, dass zwischen ihrem Äußeren und ihrem Verhalten keine Diskrepanz herrschte. Sie verhielt sich, wie man es von einem Drachen erwartete. Sie spuckte Feuer.

„Die Pressekonferenz findet wie angekündigt um 13 Uhr statt. Solange verlassen Sie das Büro, oder ich sage dem Wachdienst Bescheid."

Thorsten zog seinen Ausweis. Die Frau schaute nicht einmal darauf: „Glauben Sie tatsächlich, Sie können mich bestechen? Stecken Sie das Geld wieder weg. Ich habe mich doch deutlich ausgedrückt."

„Wenn Sie andere auch mal zu Wort kommen lassen, können Sie sich eine Menge Energie sparen. Ich bin nicht von der Presse und ich würde keinen Cent opfern, um Sie zu bestechen. Ich bin von der Kripo und ermittle in dem Mord an ihrem Arbeitgeber Gregor Dietz."

Die ohnehin ungesunde Gesichtsfarbe der Frau, verfärbte sich ins Dunkelrote. Der Fehler war ihr offensichtlich peinlich. Es reichte jedoch nicht zu einer Entschuldigung. Stattdessen versuchte sie, den Fehler dem Kripobeamten unterzuschieben.

Der ließ sich aber nicht irritieren. Sein Auflehnen Eva gegenüber machte ihn souveräner.

„Hören Sie zu, ich habe keine Zeit und auch keine Lust auf irgendwelche Spielchen. Können wir jetzt zum Wesentlichen kommen?"

Die Sekretärin erkannte, dass sie am kürzeren Hebel saß. Ergeben nickte sie dem Beamten zu und setzte sich, wie zum Schutz, hinter ihren Schreibtisch, ohne Thorsten einen Sitzplatz anzubieten. Ein letzter Versuch von Machtdemonstration. Thorsten lächelte. Sie sah, dass er sie durchschaut hatte, was ihre Gesichtsfarbe neuerlich belebte. Die Befragung erwies sich als ausgesprochen zäh, was in Anbetracht der Vorzeichen nicht verwunderlich war. Zudem brachte sie keine Erkenntnisse, die ihre Untersuchungen bereichert hätten.

Gregor Dietz war hier in Hannover ein sehr geschätzter, engagierter und zielstrebiger Politiker. Alle bescheinigten ihm, große Zukunftsaussichten gehabt zu haben. Neben der Sekretärin sprach Thorsten mit unterschiedlichen Parteifreunden des Opfers – immer mit dem gleichen Ergebnis.

„Ich möchte mich in seinem Büro umsehen. Zeigen

Sie mir, wo es ist?“

Die Sekretärin wollte erneut aufbegehren. Zu Thorstens Glück war jedoch sein letzter Gesprächspartner, Rainer Weber, einsichtiger und kooperativer. Gregor Dietz’ Parteifreund winkte die Frau zur Seite und bat Thorsten ihm zu folgen.

Das Büro des Politikers passte in das Bild des um Außenwirkung bemühten Mannes. Es war gestylt, wie die große Wohnung und die Freundin, hatte aber weniger kalte Ausstrahlung. Thorsten verstand die Taktik, die dahinter steckte. Der Wähler sollte sich hier wohl fühlen. Das Büro sollte den Eindruck eines Mannes aus den eigenen Reihen vermitteln. Er war einer von ihnen.

Die Ledergarnitur, die in einer Ecke des Zimmers stand, interessierte Thorsten nicht. Ihm war mehr am Inhalt des Schreibtischs gelegen, der vor einer großen Fensterfront mit Blick in den Raum stand. Er umrundete ihn und setzte sich auf den Drehstuhl.

Rainer Weber blieb erwartungsvoll in der Tür stehen und beobachtete den Beamten. „Kann ich noch etwas für Sie tun? Möchten Sie einen Kaffee?“

„Lassen Sie mal. Die Frau am Empfang hat mich so lieb, dass sie mir wahrscheinlich Arsen unterjubelt. Aber sagen Sie, Sie haben nicht zufällig den Schlüssel für den Schreibtisch?“

Der Politiker lächelte verschmitzt. „Mit dem Arsen könnten Sie Recht haben. Aber die Frau ist als Empfangsdame gut geeignet. Und wegen des Schreibtisches – Sie haben heute ihren Glückstag junger Mann. Ich habe zwar keinen, aber ich weiß, wo Gregor den Ersatzschlüssel aufbewahrt.“

„Wie kommt das? Waren sie besonders gut miteinander befreundet?“, wollte Thorsten erstaunt wissen.

Der Mann wiegte den Kopf. „So weit würde ich nicht gehen. Aber wir hatten Respekt voreinander. Und die Sache mit dem Schlüssel, hatte einfach praktische Gründe. Wir waren in der Lage uns gegenseitig zu helfen, wenn mal einer von uns Unterlagen vergessen hatte, die er aber dringend brauchte. Gregor hatte selbstverständlich auch Zugang zu meinem Schreibtisch."

Thorsten dankte dem Mann, der daraufhin endlich verschwand und ihn seinem Schicksal überließ.

Thorsten hegte kaum Hoffnungen, etwas Interessantes im Schreibtisch zu finden. Schon durch die Tatsache, dass jemand anderes ungehindert Zugang zu diesem hatte, erschien er nicht der rechte Platz für überraschende Inhalte.

Mehr aus Pflichterfüllung denn aus Überzeugung öffnete er den Schreibtisch mit dem Schlüssel, den Rainer Weber aus einem Blumentopf geholt und ihm übergeben hatte.

Kapitel 9

Rebecca Münch lief kopflos durch die Wohnung. Nachdem der Kripobeamte sie verlassen hatte, versuchte sie, das Unbegreifliche zu verstehen. Das Absurde der Situation wurde dadurch unterstrichen, dass niemand, außer dem Kripobeamten, mit ihr in Verbindung getreten war. Auch nicht Gregors Eltern. Und Rebecca hatte nicht den Mumm, Kontakt zu ihnen aufzunehmen.

Ihr Verhältnis war nicht besonders herzlich. Wenn man es überhaupt als solches bezeichnen konnte. Lediglich zweimal waren sie sich begegnet. Beide Male war es auf wenige Momente beschränkt gewesen, in denen nicht viele Worte zwischen ihnen fielen. Die Eltern wirkten auf Rebecca altbacken. Als typisches Stadtkind waren ihr die Lebensgewohnheiten einer Bauernfamilie merkwürdig fremd vorgekommen.

Gregor hatte gar nicht erst versucht, zur besseren Verständigung beizutragen. Im Gegenteil, Rebecca konnte sich des Eindrucks nicht erwehren, er würde nur auf den günstigsten Moment warten, das Haus seiner Eltern wieder verlassen zu können.

Rebecca sah sich im Wohnzimmer um, wo sie auf ihrem Rundgang Halt gemacht hatte. Ein Schauer lief ihr über den Rücken, als sie feststellte, wie kalt und unpersönlich das Zimmer war – frei von jeder Ausstrahlung.

Im Nachhinein war ihr unbegreiflich, warum sie Gregor die Wohnung hatte einrichten lassen, ohne je zu widersprechen. Nur der Küche hatte sie ihren Stempel aufgedrückt und mehr Wärme hineingebracht. Sie wusste nicht, ob es Gregor nie aufgefallen war oder ob er ihr einfach nachgegeben hatte – gesagt hatte er nie etwas.

Rebecca blickte an sich hinunter. Sie fröstelte erneut. Sie hatte, ohne zu überlegen, in den Schrank gegriffen und sich angekleidet. Schwarz und weiß. Wie immer, wie Gregor es gewünscht hatte. Sie drehte auf dem Absatz um. Aus einem Fach des Kleiderschranks im Schlafzimmer zog sie aus der hintersten Ecke eine Jeans. Ein Fach darüber, ebenfalls weit hinten, fand sich ein Sweatshirt mit roten und weißen Streifen. Es erschien ihr, als seien Jahre vergangen, seit sie die Sachen zuletzt getragen hatte. Sie tauschte sie gegen die gestylte Wunschgarderobe ihres Lebensgefährten. Gleich fühlte sie sich wohler. Und sie fror nicht mehr so erbärmlich. Sie ging in die Küche, ohne im Schlafzimmer Ordnung zu schaffen. Bis gestern ein unmöglicher Akt.

Gregor finanzierte die Wohnung, richtete sie ein und sie hatte für Ordnung zu sorgen. So lautete die unausgesprochene Vereinbarung zwischen ihnen. Rebecca hatte nie daran gerüttelt. Dabei verdiente sie eigenes Geld, hätte also etwas dazu beitragen können. Aber wahrscheinlich wollte Gregor das gar nicht. Wahrscheinlich wollte er das Sagen haben. Und das ging nur, wenn er dafür bezahlte.

Während sie Wasser für einen Tee aufsetzte, versuchte sie ihre Situation zu ergründen. Sie hatte keine Vorstellung, was die Wohnung kostete. Wusste nicht, ob sie sie alleine würde halten können. Sie sah sich um.

Als das Telefon läutete, zuckte sie zusammen.

„Lara Husen?" Celia reichte der jungen, etwas korpulenten, aber durchaus hübschen Frau die Hand.

„Dann sind Sie die Kripobeamtin, die meine Mutter bereits angekündigt hat?"

Die junge Frau lächelte freundlich und unverkrampft. Ihr Händedruck war fest und auch sonst machte die junge Frau den Eindruck, mit beiden Beinen im Leben zu stehen. Celia schaute sich im Büro der Filialleiterin des großen Drogeriemarktes um. Es war klein und vollgestellt, unpersönlich. Lara Husen zuckte bedauernd mit den Schultern, als sie dem Blick der Beamtin folgte.

„Tut mir leid, ich habe leider nichts Gemütlicheres. Aber wenn Sie möchten, kann ich Ihnen immerhin einen Kaffee anbieten."

Celia nahm dankend an. Nachdem die junge Frau Celia und sich selbst mit Kaffee versorgt hatte, setzte sie sich der Kripobeamtin gegenüber hinter den Schreibtisch. Sie wirkte souverän, wie ihre Mutter. Dabei strahlte sie eine Spur mehr Fröhlichkeit aus. Die vornehme, stolze Haltung war ebenfalls vorhanden, jedoch in einer lässigeren Variante.

„Wobei kann ich Ihnen helfen. Mutter sagte, Sie brauchen Informationen aus meiner Schulzeit?"

„Nicht direkt. Es geht mehr um Informationen über Frank Dormagen, Mark Tegtmeyer, Gregor Dietz und deren Verbindung untereinander. Mark Tegtmeyer war in seinen Auskünften recht freizügig, aber Frank Dormagen mauert. Den Grund weiß ich nicht, aber nun versuche ich, über andere Quellen Antworten zu finden. Da ihre Schwester, die mit den Männern in einer Klasse war, nicht greifbar ist, dachte ich, ich versuche es zunächst bei Ihnen, bevor ich eine Dienstreise nach China beantrage."

„Sehr löblich. So viel Rücksicht auf die Staatskassen erwartet man von Beamten gar nicht", spottete die Filialleiterin. Dann wurde sie nachdenklich: „Ich weiß nicht so recht, was ich sagen soll? Worauf kommt es an?"

Celia winkte ab: „Weiß ich auch noch nicht so genau.

Das ist ja immer die Krux an solchen Untersuchungen. Machen Sie sich also keine Sorgen. Das Wichtige vom Unwichtigen zu trennen, übernehme ich. Erzählen Sie einfach, was Ihnen bei den Dreien durch den Kopf geht. Wie sehen Sie die einzelnen Personen und wie stehen sie zueinander."

Die Frau begann, zunächst stockend, dann immer flüssiger, zu erzählen. Sie hatte eine angenehme Art dabei. Celia lehnte sich entspannt auf ihrem Stuhl zurück und, ohne viele Zwischenfragen zu stellen, konzentrierte sie sich.

„Frank Dormagen war eigentlich ein armer Wurm. Obwohl jeder das sehen konnte, hat es trotzdem keinen dazu gebracht, sich mit ihm anzufreunden. Es war seltsam – aber keiner konnte ihn so richtig leiden. Vielleicht lag es daran, dass er so auffällig um die Gunst von Gregor gebuhlt hat."

Sie machte eine Pause.

„Und damit, dass er sich alles von Gregor hat gefallen gelassen. Der war so deutlich in seiner Ablehnung, aber Frank hat sich nicht abweisen lassen. Und Gregor hat es ausgenutzt. Wenn er mal wieder jemanden brauchte, bei dem er die Hausaufgaben abschreiben konnte, ein Referat recherchieren musste, dann war Frank gut genug. Die übrige Zeit war er Luft für Gregor."

„Hat sich daran irgendwann etwas geändert?"

Lara Husen dachte auch dieses Mal gründlich nach, bevor sie eine Antwort gab. „Hm, ja, in den letzten Jahren schon."

„In welcher Form?"

„Die Beziehung zwischen Mark und Gregor war nicht mehr so intensiv. Frank hat die Gelegenheit beim Schopf gepackt, würde ich sagen. Immerhin hat er genau darauf, jahrelang gewartet."

„Gab es einen Anlass für die Veränderung?"

Lara Husen zuckte mit den Schultern, bevor sie verneinte.

„Ich wüsste nicht. Ich habe mir nur meinen Teil zusammengereimt."

Celia ermunterte sie, ihr die Ergebnisse ihres Zusammenreimens zu verraten.

„Na ja, die politische Richtung, die Gregor immer zielstrebiger verfolgte, entsprach so gar nicht Marks Richtung. Mark war und blieb ein Protestler."

Als sie Celias skeptischen Blick sah, verdeutlichte sie ihre Aussage. „Ich meine es nicht abfällig. Bis zur Geschichte mit FlyPlan war Neuenfelde stinkkonservativ. Proteste und Demonstrationen waren Sache der Ökos und der Studenten. Und dazu zählte, im Gegensatz zum Großteil der Einwohner, Mark. Ich kann mir vorstellen, dass das nicht eben förderlich für die Beziehung der beiden war. Frank dagegen hat Gregor sowieso immer nach dem Mund geredet. Und das hat er beibehalten. Auch als Journalist. Wenn sie die Zeitungsartikel über Gregors Aktivitäten lesen, dann spürt man diese Tendenz."

Was die Frau Celia erzählte, klang zu harmlos für die Reaktion des Journalisten ihr gegenüber. Aber auf Nachfrage hatte die Filialleiterin keine Erklärung für das Verhalten. Die Kripobeamtin war enttäuscht. Insgeheim hatte sie sich mehr von dem Gespräch erhofft. Es verunsicherte sie. Für einen Moment dachte sie über die Möglichkeit nach, dass sie Frank Dormagens Verhalten überbewertete. Sie verwarf den Gedanken.

Thorsten Brandt stutzte. Wie nicht anders erwartet, hatte er dem Schreibtisch ausschließlich berufliche Unterlagen entnommen. Aus reinem Pflichtgefühl griff er auch noch in die hinterste Ecke. Mit einem leisen Pfiff durch die Zähne zog er eine Kassette hervor. „Na, hatten wir doch noch ein Paar Geheimnisse?“

Thorsten gehörte zu den Männern, die Beziehungen ernst nahmen. Folglich war Gregor Dietz bei Thorsten nicht gut angesehen, nachdem er von dessen Frauengeschichten erfahren hatte. In der Kassette erwartete er weitere Indizien für das ausschweifende Leben. Er wurde enttäuscht.

An der bisherigen Charaktereinschätzung des Opfers änderte sein Fund allerdings nichts. Und das zeigte er Celia deutlich, als er ihr die Unterlagen im Büro präsentierte.

„Hier wirf selber mal einen Blick rein. Und dann reden wir vielleicht noch mal über die möglichen politischen Hintergründe seines Todes.“

Celia beugte sich wortlos über die Kassette und ergriff deren Inhalt.

Es handelte sich um einen dicken Stapel Papiere. Zunächst blätterte sie Seite für Seite durch, ohne den Text gründlich zu lesen. Für eine einstweilige Einschätzung dessen, was sie in der Hand hielt, reichten die Überschriften.

Gregor Dietz war sehr korrekt und ordentlich mit seiner Korrespondenz.

„Ich fasse es nicht.“ Auch sie hatte im Lauf der Ermittlungen kein positives Bild des Opfers entwickelt. Die Papiere, die sie nun in den Händen hielt, machten den Mann jedoch zu weit mehr, als nur einem unsympathischen Mann.

„Wow, das ist ein Knüller. Ruf Jaron mal dazu. Ich denke, er sollte sich damit befassen. Auch mit den juristischen Aspekten.“

Thorsten nickte. Er griff zum Telefon, als es im gleichen Augenblick an der Bürotür klopfte.

Celia, die gerade neben der Tür stand, öffnete. Thorsten hätte beinahe den Hörer fallen lassen.

„Mach den Mund wieder zu“, flachste Richie. Er war jedoch nicht Auslöser für Thorstens Reaktion.

„Thorsten, was ist los?“, verlangte Jaron durch den Hörer eine Erklärung für die Sprachlosigkeit.

„Komm doch mal rüber“, forderte er Jaron auf.

Celia drehte sich, verwundert über das ungewöhnliche Verhalten ihres Kollegen, noch einmal zur Tür. Dann war auch sie sprachlos. Richie feixte sich immer noch einen.

„Na, was ist los? Ihr seid doch sonst nicht so unhöflich.“

Seine Worte lösten die beiden Kripobeamten aus ihrer Erstarrung.

„Entschuldigung, Richie hat Recht. Normalerweise starren wir Menschen nicht so unverhohlen an. Aber bei Ihrem Anblick, ist mir eben die Spucke weggeblieben.“

Richie sprang ein, um der Situation die Peinlichkeit zu nehmen. „Macht euch keine Gedanken. Ich habe genauso reagiert. Ich bin auch nur mit meiner neuen Kollegin hoch gekommen, um zu gucken, ob sie bei euch die gleiche Reaktion hervorruft oder ob ich womöglich einen Defekt habe. Aber wie ich sehe, habe ich keinen.“

Thorsten fand endlich auch seine Sprache wieder: „Wieso neue Kollegin?“

Seinen Verstand hatte er scheinbar noch nicht wieder gefunden.

„Werd wieder wach, Mann. Die neue bei der Spurensicherung. Erinnerst du dich?“

Thorsten erinnerte sich.

„Oh, Sie sind die Forensikerin?“

„Gibt es damit ein Problem?“

Die Stimme passte zur Erscheinung. Sie war kehlig, beinahe rauchig, mit leicht amerikanischem Akzent. Die Frau ging zunächst auf Celia zu, da sie sich am nächsten standen. „Richie hat mir bereits von Ihnen erzählt. Sie sind Celia Dörfer, die in diesem Männerladen eingeschlagen ist, wie eine Bombe. Ich bin Alec Snyder, die Neue in der Forensik."

Celia streckte der Frau die Hand zur Begrüßung entgegen, ohne sie aus den Augen zu lassen. Sie war das, was man allgemein hin als klassische, schwarze Schönheit beschrieb. Groß gewachsen, schlank, dunkle rehbraune Augen in einem länglichen Gesicht. Der breite, volle und rote Mund lächelte freundlich in die Runde.

Sie schien es gewohnt zu sein, dass ihr Erscheinen ein solches Aufsehen erregte, ohne dabei überheblich zu wirken.

„So eine Reaktion würde ich auch gerne mal auslösen, wenn ich einen Raum betrete." Celia war nicht ernsthaft neidisch. „Ich bin Celia. Als Kolleginnen und einzige Frauen hier, brauchen wir nicht so förmlich miteinander zu sein, oder?" Alec Snyder freute sich offenkundig über den offenen Empfang.

„Super. Ich bin Alec. Und wenn du erlaubst: So wie du aussiehst, brauchst du dich nun wirklich nicht zu verstecken. Ich könnte mir vorstellen, dass immer ein Raunen durch den Raum geht, wenn du ihn betrittst."

„Habt ihr es jetzt? Genug mit den Komplimenten. Ich möchte mich auch vorstellen." Thorsten drängte sich zwischen die Frauen.

Celia erkannte ihren, sonst eher zurückhaltenden Kollegen nicht wieder. „Hey, du bist doch sonst nicht so forsch", neckte sie ihn.

Im gleichen Moment wurde, nach einem kurzen

Klopfen, die Tür geöffnet und Jaron erschien. Mit einem Bein bereits in der Tür, blieb er beim Anblick der Frau wie erstarrt stehen. Er stieß einen leisen Pfiff der Bewunderung aus. Im Gegensatz zu den anderen wusste er aber, um wen es sich handelte. „Das nenn ich eine wahre Bereicherung für unser Team. Alec Snyder, wenn ich richtig vermute?"

Die Frau von der Spurensicherung nahm lächelnd sowohl Kompliment, als auch die dargereichte Begrüßungshand entgegen. „Richtig vermutet. Aber wer sind Sie?"

Jaron wurde bewusst, dass er verpasst hatte, sich selbst vorzustellen. Das holte er nach.

Celia, die bisher nicht viel Erfahrung mit Eifersucht hatte, fühlte einen leichten Stich in der Magengrube, als ihr bewusst wurde, dass Jaron sie bisher überhaupt noch nicht wahrgenommen hatte, dafür aber die Hand von Alec Snyder ziemlich lange in der seinen behielt.

Mit Mühe beherrschte sie sich, worüber sie froh war. Denn bevor das Gefühl sich ausbreiten konnte, wurden alle Bedenken durch Jaron im Keim erstickt. Er lächelte sie warm an und kam auf sie zu.

„Hallo mein Herz. Habt ihr was Neues?" Er küsste sie liebevoll.

Nun war es an der Neuen zu staunen. „Werden die Frauen von Ihnen immer so herzlich begrüßt? Das gefällt mir. Darf ich mich anstellen?"

„Aber ja doch", witzelte Jaron. „Wer kann einer so schönen Frau schon etwas abschlagen."

Das gerade abgeflachte Gefühl der Eifersucht kam mit voller Wucht zurück. Celia schluckte schwer. Sie versuchte, dagegen anzukämpfen. Ihr Herz wollte jedoch nicht auf sie hören. Gefangen in ihren Gefühlen, bemerkte sie nicht, wie Jaron ihre Hand fest drückte und erstaunt zu ihr blickte, als sie nicht reagierte. „Was ist los, Celia? Geht es dir nicht gut?"

Er wandte sich ihr, in plötzlich aufkeimender Besorgnis, vollends zu.

Celia, die selten, auch nicht im Winter richtig blass wurde, hatte jede Farbe eingebüßt.

Jaron, sich keiner Schuld bewusst, dachte an die Gesundheit seiner Freundin. Celia zog sich von ihm und seiner Umarmung zurück.

„Nichts. Alles in Ordnung. Thorsten hat ausgesprochen interessante Papiere im Schreitisch unseres Opfers gefunden. Ich dachte es wäre vernünftig, dich da mal drauf schauen zu lassen."

Ein gehässiger Zusatz lag ihr auf der Zunge, aber sie verkniff ihn sich in letzter Sekunde.

Jaron entging dennoch nicht, dass mit Celias Gesundheitszustand zwar alles zum Besten stand, dafür mit ihrem Seelenleben aber etwas in Unordnung geraten zu sein schien. Unauffällig nahm er erneut ihre Hand und streichelte kurz über ihren Handrücken.

„Lass sie uns drüben in Ruhe ansehen", beorderte er sie kurzerhand in ihr Büro.

Celia zögerte nur einen Augenblick. Dann stimmte sie zu, obwohl sie zunächst heftig ablehnen wollte. Sie nahm die Kassette mit den Papieren an sich und trug sie in ihr Büro. Sie schloss die Tür hinter sich, wohlweislich die irritierten Blicke ihrer Kollegen übersehend.

Kapitel 10

„Wer?“ Rebecca Münch konnte die Stimme so wenig zuordnen, wie den Namen.

„Chiara Liefers, die Sekretärin.“ Beinahe hätte sie „ihres Mannes“ angefügt. Sie verschluckte die letzten Worte. „Landtagsbüro“, sagte sie stattdessen.

Die Erinnerung setzte ein. Rebecca Münch hatte die hübsche, junge Frau nur einmal während ihrer Beziehung mit Gregor gesehen. Doch nie ein Wort mit ihr gewechselt.

„Oh, Entschuldigung“, murmelte sie. „Ich wusste im Moment nicht, wer Sie sind. Ich bin ein bisschen durcheinander.“

Sie war verunsichert, da sie nicht wusste, inwieweit die andere über die Situation informiert war. Die Sorge war, wie sich schnell herausstellte, unbegründet. Die nächsten Worte zeigten, dass sie über die Vorkommnisse Bescheid wusste. Besser sogar als Rebecca selbst.

„Ich wollte hören, wie Sie zurechtkommen. Und ob ich Ihnen irgendwie helfen kann.“

Rebecca war gerührt. Es war die erste Möglichkeit, über den Verlust ihres Freundes zu reden. Ihre Gefühle überkamen sie: Rebecca brach in Tränen aus. Chiara Liefers ergriff Mitleid für die Frau. „Ist jemanden bei Ihnen? Hilft Ihnen jemand?“

Immer noch unter lautem Schluchzen, gab sie dem Model zu verstehen, dass sie alleine war.

„Oh Gott, das tut mir leid. Wenn es Ihnen hilft, komme ich vorbei?“

Rebecca Münch, die bisher nicht geahnt hatte, wie

sehr sie der Tod ihres Freundes traf, war dankbar für das Angebot. Obwohl sie Chiara Liefers nicht kannte, nahm sie es an.

Sie musste sich eingestehen, dass es in den letzten Jahren, seit ihrer Beziehung zu Gregor, einsam um sie geworden war. Ihre Eltern waren tot, Geschwister hatte sie nie gehabt. Und jeder, der früher zu ihrem Freundeskreis zählte, hatte sich inzwischen distanziert oder war von Gregor auf Distanz gebracht worden. Er hatte nicht nur die Wohnung und ihre Kleidung ausgesucht. Er hatte auch die zu ihr passenden Bekanntschaften bestimmt.

Rebecca war weder dumm noch unfair. So war ihr ihre eigene Verantwortung für die Situation durchaus bewusst. Daran gab es nichts zu beschönigen. Sie hatte ihre Freiheit und Eigenständigkeit gegen ein luxuriöses Leben an der Seite eines aufstrebenden Politikers eingetauscht. Die leisen Zweifel an der Richtigkeit ihrer Entscheidungen, die in letzter Zeit immer häufiger aufgetaucht waren und vorgestern mit voller Wucht zum Tragen kamen, als Gregor sich so vehement gegen ein Kind sperrte, spielten dabei keine Rolle mehr.

„Ich bin in zehn Minuten da“, versicherte Chiara Liefers Rebecca, bevor sie auflegte.

Es kam Rebecca nicht in den Sinn, sich darüber zu wundern, dass die Sekretärin ihre Adresse kannte. Sie hielt es, im Gegenteil, bei ihrer Funktion für eine Selbstverständlichkeit.

Das Model schaffte den Weg sogar in weniger als zehn Minuten.

Rebecca kam gerade aus dem Bad, wo sie die Tränenspuren beseitigt hatte, als es an der Tür klingelte. Die Ruhelosigkeit und Verwirrung, die sie seit gestern getrieben hatte, fielen von ihr ab. Immer noch mit einem

Gefühl von Dankbarkeit, öffnete sie die Wohnungstür. Als ihr wenige Augenblicke später Chiara gegenüber stand, bewunderte sie die auffallende Schönheit der Frau.

Die beiden Frauen streckten sich die Hände zur Begrüßung entgegen. Rebecca Münch machte ihr den Weg in die Wohnung frei.

Chiara hatte bisher nur die Zweitwohnung Gregors zu Gesicht bekommen. Gänzlich aus der Fassung gebracht, schaute sie sich in der so vollkommen anderen Wohnung um.

„ Hey, Sie wohnen aber toll."

Dabei vermutete Chiara, dass es sich um die Wohnung Rebecca Münchs handelte.

Obwohl sie es durchaus als Kompliment gemeint hatte, verstand Rebecca die unausgesprochenen Gedanken.

„Toll ja, aber auch ein wenig unpersönlich."

Chiara war irritiert: „Wenn es Ihnen nicht gefällt, warum haben Sie die Wohnung dann so eingerichtet?"

Rebecca zuckte zunächst mit den Schultern und führte die andere Frau ins Wohnzimmer.

„Kühl, oder?", Chiara zog die Augenbrauen fragend hoch.

Rebecca nickte bestimmt.

„Gregor hat bezahlt und eingerichtet. Ich habe hier gewohnt und es in Ordnung gehalten. Und wer nicht bezahlt, hat auch nicht viel zu sagen, oder?"

Chiara schaute sich um. Es fröstelte sie wie zuvor Rebecca. Diese griff sie leicht am Arm und führte sie in die Küche.

„Hier ist es wenigsten etwas gemütlicher", erklärte das Model. „Man sieht, dass Sie sich hier nicht an Ihr Abkommen gehalten haben."

Rebecca lächelte zögernd. Sie bot ihrem Besuch Kaffee

an. Während sich Rebecca darum kümmerte, herrschte Schweigen zwischen den Frauen.

Chiara schaute sich um. Jetzt, als sie in Ruhe darüber nachdachte, konnte sie deutlich sehen, dass die übrigen Räume der Wohnung die Handschrift des Politikers zeigten. Auch wenn sie die andere Wohnung im Hinterkopf hatte – Gregor war für sie von Anfang an der Prototyp der neuen Politikergeneration. Mehr Showmensch als Idealist.

Obwohl er eine andere politische Gesinnung vertrat – hatte er sich eine Menge von Gerhard Schröder, dem letzten Bundeskanzler, abgeschaut. Sie korrigierte sich: Er hatte dessen Art der Selbstdarstellung perfektioniert. Aus jedem Auftritt wurde ein Event, nichts dem Zufall überlassen. Bei jedem noch so kleinen Auftritt, hatte er dafür gesorgt, dass die Presse es mitbekam. Selbst ihre Treffen waren genauestens durchorganisiert. Er setzte Beginn und Ende der Begegnungen fest, benannte den Ort und wie man diesen erreichte. Diese Wohnung passte zu Gregor. Die andere eigentlich nicht.

Sie wurde jäh aus ihren Gedanken gerissen, als Rebecca sie nach Kaffeezusätzen fragte.

„Oh, danke, nur Milch."

„Woran haben Sie gedacht?"

Chiara wollte nichts von ihren Gedanken preisgeben. Sie hatte Angst, zuviel zu verraten. Ihr erschien der Kummer der anderen Frau groß genug, ohne dass sie das Bild des Mannes, mit dem Rebecca gelebt hatte, auch noch zerstörte.

„Ich habe gerade über Ihre Situation nachgedacht. Was werden Sie jetzt machen? Die Kommissarin hat erzählt, Sie bekommen ein Kind von Gregor."

Zunächst war Rebecca überrascht, dass die Kripobeamtin darüber gesprochen hatte. Sie tat es mit einem Schulterzucken ab. Jetzt zumindest war es kein Geheimnis mehr. Gregor konnte es nicht mehr stören.

„Ich weiß es nicht, um ehrlich zu sein. Gregor war total gegen das Kind. Aber jetzt denke ich, ist es das einzige, was mir von ihm geblieben ist."

Sie zog erneut die Schultern nach oben.

Chiara erschienen die Gedankengänge ein wenig naiv.

„Wie hätten Sie selber sich denn entschieden?"

Rebecca schaute die junge Frau überrascht an. Sie war es nicht gewohnt, nach ihrer Meinung gefragt zu werden – zumindest nicht in den letzten beinahe zwei Jahren. Sie antwortete wahrheitsgetreu: „Als ich festgestellt habe, dass ich schwanger bin, habe ich mich riesig gefreut. Aber dann", wieder machte sie die kindlische, hilflose Bewegung mit den Schultern, „als klar war, dass Gregor bestimmt kein Kind wollte, na ja, ich hätte einer Abtreibung zugestimmt."

Chiara, die trotz ihrer jungen Jahre genau wusste, was sie wollte, und dies zumeist auch unmissverständlich zum Ausdruck brachte, war fassungslos über so wenig Selbstständigkeit und eigenen Willen.

„Könnten Sie ein Kind durchbringen. Ich meine jetzt, wo Gregor nicht mehr zahlen kann?"

Das Model merkte zu spät, dass die Frage überheblich klingen musste. Sie setzte zu einer Verbesserung ihrer Worte an, wurde aber von Rebecca Münch unterbrochen.

„Lassen Sie, Sie brauchen nichts zu erklären." Sie lächelte ein wenig und Chiara erkannte, dass sie Rebecca Münch unterschätzt hatte.

„Nur, weil ich bezüglich der Wohnung Gregor nicht reingeredet habe und wegen des Kindes auch bereit gewesen wäre, seinem Wunsch zu folgen, bin ich kein

Dummchen. Ich habe Abitur, ich habe eine solide Ausbildung als Reisekauffrau und einen festen Job bei British Wings. Wie Sie sehen, wäre ich in der Lage ein Kind durchzufüttern. Vielleicht kann ich mir die Wohnung nicht leisten, aber man kann durchaus auch anders und kleiner wohnen."

Chiara entschuldigte sich. Rebecca Münch war nicht nachtragend.

„Macht nichts. Man kann ja auch schnell den Eindruck bekommen, wenn man mich nicht kennt und nur die äußerlichen Eindrücke wahrnimmt."

„Gehört die Wohnung Gregor oder hat er sie gemietet?"

Wieder kamen die Schultern zum Einsatz.

„Weiß ich nicht. Aber selbst, wenn sie ihm gehört hätte – wir waren ja nicht verheiratet. Ich hätte also keinen Anspruch darauf."

„Vielleicht würden seine Eltern Ihnen ja unter die Arme greifen. Immerhin bekommen sie durch Sie ein Enkelkind. Und für die beiden ist es ja auch alles, was ihnen von ihrem Sohn übrig geblieben ist."

Für das Model überraschend, brach Rebecca Münch in Tränen aus. Sie schaute sich hilflos nach Taschentüchern um, entdeckte jedoch nur eine Rolle Küchenpapier. Sie stand auf und riss ein Stück für die junge Frau ab. Sie hockte sich neben Rebecca, reichte ihr das Tuch und strich ihr mit der Hand vorsichtig über die Schultern. Mehr traute sie sich nicht und wollte sie auch nicht.

Ihr schlechtes Gewissen wurde umso größer, je mehr sie sich auf Rebecca Münch einließ. Dabei half es ihr keineswegs, sich klar zu machen, dass Gregor sie genauso belogen hatte, wie die junge Frau auf dem Stuhl. Gerne hätte sie alles erzählt. Ob am Ende der Mut dazu fehlte oder die Trauer der anderen der Grund dafür war, es nicht zu tun, konnte sie nicht genau sagen. Stattdessen versuchte sie, Rebecca abzulenken. „Sagen Sie, wann haben Sie zuletzt gegessen?“

Rebecca Münch wischte sich die Augen.

„Gestern zum Frühstück. Bevor der Kripobeamte kam.“ „Vielleicht sollten Sie versuchen, hin und wieder ein wenig Nahrung zu sich zu nehmen. Wenn sie das Kind wirklich behalten wollen, sollten Sie es nicht verhungern lassen, oder?“

Sie lächelte.

„Wieso waren Sie gestern nicht bei der Arbeit oder haben Sie Urlaub?“, versuchte Chiara ein Gespräch abseits der Situation in Gang zu bringen.

„Ich hatte mich krank gemeldet. Nachdem ich vorgestern so einen Krach mit Gregor hatte, bin ich mit meiner Freundin versackt.“

Chiara schüttelte sich innerlich. Der Mann hatte mit ihr im Bett gelegen und sich mit ihr vergnügt, während seine Freundin zuhause saß und Kummer hatte. Aber ihm machte das nichts aus. Er war wie immer. Unbekümmert. Wenn ihn etwas beschäftigt hatte, dann die Versammlung im Dorfgemeinschaftshaus.

Doch auch daran war er im Grunde nur am Rande interessiert. Sie hatte mitbekommen, wie Gregor sich mit dem Journalisten unterhielt. Sie hatte die Worte nicht gehört. Ihr war dennoch klar, dass Gregor versuchen wollte, das Beste für sich heraus zu holen.

„Kommen Sie, wir gehen jetzt ein wenig an die frische Luft, besorgen etwas zu Essen und Sie werden sehen: Sie fühlen sich gleich ein bisschen besser.“

Rebecca schniefte in das Küchenpapier. Aber sie nickte und stand vom Stuhl auf. Chiara kam auch aus der Hocke hoch. Nicht ganz ohne Probleme. Die ungewohnte Haltung hatte ihre Beine einschlafen lassen. Sie stöhnte leise auf, als sie sich streckte.

„Alles in Ordnung?“, erkundigte Rebecca sich. „Puh, ja, ich bin es nicht gewohnt, so lange zu hocken. Aber können wir nicht das blöde Sie weglassen?“

Rebecca hatte nichts dagegen.

„Hast du Gregor auch geduzt? Er hat nie groß von dir erzählt. Nur einmal habe ich euch in der Zeitung gesehen.“ Sie kicherte ein wenig verlegen. „Damals habe ich Gregor eine Szene gemacht. Ich war total eifersüchtig. Ich wusste nicht, wer du warst und auf dem Bild saht ihr sehr vertraut aus. Ich habe gedacht, er hat was mit dir.“

Chiara wurde schlecht. Sie spürte, wie ihr Gesicht rot anlief. Sie drehte sich zur Seite. Rebecca hatte es dennoch gesehen. Es blieb einen Moment still.

„Ich hatte recht?“, flüsterte sie.

Mit einem Schritt war sie bei der schlanken Frau und trommelte mit den Fäusten auf sie ein. Chiara wusste sich nicht zu helfen. Zunächst hielt sie ihre Hände schützend vor das Gesicht. Dann nahm sie sie wieder herunter. Stattdessen umfing sie Rebecca fest. Hinderte die junge Frau, weiter auf sie einzuschlagen. „Hör auf. Beruhige dich.“

Rebecca weinte und beschimpfte Chiara. Es dauerte eine ganze Weile und Chiara war am Rande ihrer Kräfte, als Rebecca sich endlich ein wenig abreagiert hatte. Erschöpft kippte sie die Stirn gegen die Brust des Models. Dann richtete sie sich auf. Die beiden Frauen sahen sich in die Augen. Diesmal war es Chiara, die mit den Schultern zuckte. „Komm setz dich wieder hin. Ich erklär es dir, sonst hast du ein falsches Bild, und das will ich nicht“, stotterte sie noch ein wenig hilflos.

„Was soll an dem Bild falsch sein?“, begehrte Rebecca auf, setzte sich aber dennoch.

Chiara begann ihre Erzählung mit ersten Begegnung während einer Modenschau, die Gregor eröffnet hatte und bei der sie auf dem Laufsteg neue Kollektionen vorgeführt hatte. Sie erzählte, wie er drei Tage später bei ihrer Agentur nach ihr gefragt hatte, sie sich trafen und er ihr einen Job als seine Begleiterin angeboten hatte.

„Begleiterin?“

Rebeccas Stimme war die Ironie anzuhören.

Kapitel 11

„Celia, was ist los?“ Jaron drehte Celia, die vor ihrem Schreibtisch stehen geblieben war, als sie die Kassette mit den Briefen dort abgestellt hatte, zu sich herum. Er erschrak, als er das bleiche Gesicht und die traurigen Augen seiner Freundin sah. Celia kam sich zugleich albern und ungewohnt in der Rolle der eifersüchtigen Frau vor. Dennoch konnte sie ihre Gefühle nicht ignorieren. Es brannte wie Feuer in ihrem Magen. Sie erkannte ihre eigene Stimme nicht, als sie Jaron antwortete: „Das geht ja schnell bei dir. Eben noch die großen Liebesschwüre im Café und eine Stunde später flirtest du mit der nächsten Frau, die dir über den Weg läuft.“

Es klang keifend und bissig. Aber, was für ein Teufel auch immer sie ritt, sie konnte ihn nicht bremsen. „Macht es dir Spaß, mich so vorzuführen? Und ich habe dir wirklich geglaubt, was du gesagt hast. Ich …“ Sie brach ab und begann zu weinen.

Jaron hatte Celia bisher nie Anlass für Tränen geliefert. Dass er nun Schuld daran war, erschütterte ihn zutiefst. Vorsichtig machte er einen Schritt auf Celia zu. Er war nicht sicher, ob sie eine Annäherung zulassen würde. Aber sie wies ihn nicht zurück. Er hob die Arme und schloss sie um Celia. Sie verlor die letzte mühsam aufrechterhaltene Beherrschung und schluchzte an seiner Schulter.

„Hey, Celia, ich wollte dich nicht verletzen. Alles, was ich dir gesagt habe, habe ich so gemeint und meine es immer noch. Das war doch nur Frotzelei mit Frau Snyder.“

Celia ließ sich nicht beruhigen. Jaron war nicht sicher, ob überhaupt eins seiner Worte zu ihr vorgedrungen war. Er löste die Umarmung ein wenig und nahm Celias Gesicht in seine Hände. Er hob ihren Kopf, so dass sie ihm in die Augen schauen musste. „Celia hörst du mir zu?"

Celia beruhigte sich. Tränen liefen zwar noch, aber das verzweifelte Schluchzen hatte nachgelassen. Sie nickte Jaron zu.

„Celia, ich liebe dich. Noch nie hat eine Frau es geschafft, mich zu so einer Aussage zu bringen. Aber bei dir fällt es mir leicht und ich bin glücklich darüber. Ich habe dich gefunden. Und ich will nie wieder eine andere Frau an meiner Seite haben. Hast du mich gehört? Nur werde ich deshalb nicht aufhören, hübsche Frauen zu sehen. Ich verspreche dir aber, dass ich sie nicht begehre. Nur gucken, nicht anfassen", zitierte er eine Werbung aus dem Fernsehen und versuchte es mit einem kleinen Lächeln.

Celia fühlte sich, als würde der Nebel in ihrem Kopf sich langsam verziehen und dabei fühlte sie sich unendlich albern. Mit den Händen wischte sie sich die Tränen aus dem Gesicht. Peinlich berührt, lächelte sie Jaron schüchtern an. „Es tut mir leid. Ich weiß nicht, was in mich gefahren ist. Ich hatte noch nie in meinem Leben ein solches Scheißgefühl. Es ist mir so peinlich."

Jaron lachte herzlich über den ungewohnt unsicheren Ausdruck in Celias Verhalten. „Du machst mir gerade das größte Kompliment, das du mir machen konntest. Du bist eifersüchtig. Und wenn ich dich richtig verstanden habe, warst du das noch nie. Bei keinem meiner unzähligen Vorgänger. Ich fühle mich geehrt."

Celia konnte wieder lachen. Ihr wurde leicht ums

Herz. „Ich kann dir nicht sagen, was los war. Ich glaube, die Frau ist so schön, dass man glaubt, dass ihr kein Mann widerstehen kann. Ich habe ja gesehen, wie Richie und Thorsten reagiert haben. Und als du dann auch noch angesprungen bist, habe ich rotgesehen."

„Ich bin gar nicht angesprungen. Das war doch nur Spiel." Celia winkte ab: „Das sah aber nicht so aus." Doch ihre Worte klangen versöhnlich.

„Alles wieder gut?"

Jaron nahm Celia erneut in den Arm. Mit dem linken Arm hielt er sie eng an sich gedrückt. Mit der Rechten fuhr er unter ihre langen Locken und streichelte seitlich ihren Hals. Celia schloss genussvoll die Augen. „Wenn du noch ein bisschen weiter machst, fange ich an zu schnurren."

„Ist mir definitiv lieber, als dich fauchen zu sehen", lachte Jaron.

Widerwillig löste Celia sich von Jaron. „Ich glaube, wir sollten uns jetzt ernsthaft mal um die Papiere in der Kassette kümmern. Du wirst dich wundern, was Thorsten gefunden hat."

Froh darüber, alle Unstimmigkeiten aus dem Weg geräumt zu haben, ließ Jaron sich die Papiere reichen. Er setzte sich auf den Besuchersessel an Celias Schreibtisch und vertiefte sich in die Unterlagen. Blatt für Blatt überflog er sie. Mit jeder Seite wurden die Falten auf seiner Stirn tiefer. Celia setzte sich auf ihren Schreibtischstuhl und beobachtete Jaron. Sie fühlte eine unheimliche Erleichterung über Jarons Verständnis. Gleichzeitig empfand sie Verwirrung über ihre eigenen Gefühle. Was Jaron gesagt hatte, stimmte. Bisher hatte keiner seiner Vorgänger ein solches Gefühl in ihr ausgelöst. Nicht, weil sie sich nicht für andere Frauen interessiert hätten, sondern es

Celia, wenn sie es sah, nicht großartig berührt hatte. Sie grübelte nach dem Grund für ihre heutige Reaktion. Eine sachliche Erklärung fand sie nicht. Es blieb nur das außerordentlich tiefe Gefühl, das sie für Jaron empfand.

Jaron holte sie aus ihren Überlegungen. „Was für ein kleines mieses Exemplar von Mensch. Der kennt keine Freunde. Der kennt nur Feinde." Jaron schmiss die Blätter aufgebracht in die Kassette zurück.

„Stimmt. Aber interessant finde ich auch die Praktiken von FlyPlan. An deren Leute sind die Informationen ja ganz offensichtlich geflossen. Und ebenso offensichtlich waren ihnen die Informationen eine Menge Geld wert. Ist das rechtlich verfolgbar?"

„Puh", Jaron schürzte die Lippen und dachte einen Moment nach. „Um ehrlich zu sein, wüsste ich nicht, wen wir belangen sollten. Gregor Dietz hätte man vielleicht an die Karre fahren können, wenn er illegal an seine Informationen gekommen wäre. Aber FlyPlan kann man kaum vorwerfen, dass sie die Informationen angenommen hat. Nur wenn wir nachweisen könnten, dass sie illegal beschafft wurden. Aber", er zuckte die Schultern „ich glaube nicht, dass sich da was machen lässt."

Celia nickte. Sie hatte beinahe damit gerechnet. Auch wenn es ihr anders lieber gewesen wäre.

„Trotzdem sollten wir ein Gespräch mit dem verantwortlichen Mann führen. Lass doch mal überprüfen, an welcher Position er in der Firma steht."

Celia hatte die gleiche Idee gehabt und schon die Türklinke in der Hand, um Thorsten zu dem Gespräch dazu zu bitten.

„Warte noch Celia." Jaron hielt sie zurück. „Ist mit dir alles wieder in Ordnung? Ich meine zwischen uns?"

Celia kam zurück zu seinem Stuhl und setzte sich

seitlich auf seine Beine. Sie küsste ihn zärtlich und stupste mit ihrer Nase an seine. Sie war immer noch ein wenig verlegen. Jaron bemerkte es.

„Ich bin froh, dass du so reagiert hast", versuchte er ihr das Gefühl zu nehmen. „Ich weiß jetzt, was dich kränkt und kann in Zukunft Rücksicht darauf nehmen. Oder", er zögerte einen Moment und lächelte sie schelmisch an, "ich benutze es, um dich ein wenig auf die Palme zu bringen, wenn du mich nicht genug beachtest."

Celia lachte und biss ihm in die Nase. „Wag dich das ja nicht."

Entschlossen erhob sie sich und rief Thorsten. Richie und die neue Kollegin hatten sich verabschiedet. Thorsten hatte die Zeit genutzt, um einen weiteren Versuch der Versöhnung zu starten. Er war erneut gescheitert. Missmutig betrat er Celias Büro.

„Scheint kein Tag für Beziehungen zu sein."

Celia hob fragend die Augenbraue. In knappen Worten erzählte Thorsten vom verkorksten Bettenkauf und seinen Auswirkungen.

„Und bei euch – alles wieder in Ordnung, hoffe ich? Immerhin seid ihr mein Vorzeigepaar, da könnt ihr euch doch nicht streiten."

Celia lächelte. „Mach dir keine Sorgen. Du kannst uns weiterhin preisen. Wir haben dem Gespenst Eifersucht den Garaus gemacht."

Als die Worte draußen waren, schaute Jaron erschrocken zu Celia. Die winkte ab. Jetzt, wo die Situation geklärt war, konnte sie auch darüber sprechen. Lachend spreizte sie Zeige- und Mittelfinger zum Friedenszeichen. „Kommt nicht wieder vor", versicherte sie.

Thorsten stöhnte.

„Ich wünschte, Eva und ich würden auch so schnell

Frieden schließen können. Bei uns zieht sich eine Auseinandersetzung immer über Stunden hin und, wenn es schlecht läuft, über Tage. Manchmal überlege ich ernsthaft, ob eine Trennung nicht vernünftiger wäre. Unsere Auseinandersetzungen häufen sich in letzter Zeit. Und es kotzt mich an." Thorsten hatte sich in Rage geredet.

Jaron und Celia schauten ihn verdutzt an. Thorsten neigte nicht zu spontanen Gefühlskundgebungen. „Tut mir leid. Ich wollte euch nicht mit reinziehen."

„Kein Problem", beschwichtigte Celia ihn.

„Wir waren ja auch nicht gerade diskret. Außerdem finde ich es besser, man weiß, woran man mit dem anderen ist. Dann kann man auch besser miteinander umgehen und zur Not auch mal Rücksicht nehmen", wagte sie einen vorsichtigen Scherz.

Thorsten quittierte ihn mit einem schiefen Grinsen.

Sie ließen das Thema fallen.

„Wie willst du vorgehen?", übergab Jaron Celia die Gesprächsführung. Er verzichtete wie so häufig darauf, sich mehr Kompetenzen als unbedingt notwendig zu nehmen. Es führte dazu, dass er in der Regel weit mehr Informationen erhielt, als die Kollegen, die den Polizeibeamten ins Handwerk zu pfuschen versuchten.

Celia stöhnte bei dem Gedanken an die Arbeit, die auf sie zukam. „Wir brauchen Einblick in Gregor Dietz' Bankkonten und ein Gespräch mit Theo Husen. Jean Leroc von FlyPlan sollten wir ebenfalls besuchen."

Diesmal stöhnte Thorsten: „Riecht nach Überstunden."

Celia grinste: „Dann kannst du dich wenigstens nicht mit Eva streiten."

Celia hatte Eva bisher nicht kennengelernt. Sie war zwar zur Geburtstagsfeier eingeladen, aber so, wie sie nichts über Thorstens Arbeit hören wollte, wollte sie auch nichts mit seinen Kollegen zu tun haben. Sie blieb solchen Veranstaltungen fern. Das nahm Celia nicht gerade für sie ein. Hatte aber bisher nie dazu geführt, dass sie ein Urteil gefällt hätte.

Nach dem, was Thorsten erzählte, steigerte es ihre Sympathiewerte allerdings nicht. Thorsten war so enttäuscht und sauer, dass er nicht mal den Versuch unternahm, sie zu verteidigen.

„Wir sollten auch mit Dietz' Eltern sprechen. Ich möchte zu gerne wissen, ob die über seine Aktivitäten informiert sind. Die sitzen da auf Abruf. Der hat denen den Hof unterm Arsch verkauft. Unglaublich."

Celia und Jaron stimmten ihm zu.

„Machst du uns alles Nötige fertig, damit wir Gregor Dietz' Bankkonten einsehen können? Und das Gleiche vielleicht auch für Familie Husen. Ich könnte mir vorstellen, dass Theo Husen uns nicht freiwillig auf sein Konto schielen lässt. Da bin ich übrigens auch sehr gespannt, was die Frau sagt. Ich bin beinahe sicher, dass sie nicht über die Machenschaften informiert ist. Die glaubt felsenfest, ihr Gatte sei Gegner von FlyPlan."

„Damit steht sie nicht allein. Thorsten hat nicht Unrecht. So, wie ich die Informationen auswerte, kann es gut sein, dass jemand hinter die Machenschaften der beiden gekommen ist und sie kurzfristig unterbunden hat."

Celia erschien die Theorie heute, unter den neuen Aspekten, nicht mehr so unwahrscheinlich, wie sie diese gestern noch empfunden hatte. Dennoch war sie nicht überzeugt.

„Das kann zwar sein. Aber wir sollten den privaten Aspekt nicht aus den Augen lassen."

„Ich mache euch die Unterlagen für die Banken bis

morgen früh klar. Heute könnt ihr da ja sowieso nicht mehr ran."

Mit einem Blick auf die Uhr stellte Celia erschrocken fest, dass es bereits Nachmittag war.

Nach Abwägung aller Möglichkeiten, schickte sie Thorsten zu den Eltern des Opfers. Sie selbst machte sich, ebenfalls ohne Vorankündigung, auf den erneuten Weg zum Haus der Familie Husen. Die Entscheidung war ihr nicht leicht gefallen. Immerhin war die Aussage der Eltern des Mordopfers nicht unerheblich. Aber im sicheren Gefühl, dass sie nicht wussten, was ihr Sohn getrieben hatte, erschien es ihr wichtiger, Ehepaar Husen mit den gefundenen Unterlagen zu konfrontieren.

Kapitel 12

„Du musst mir ja nicht glauben. Aber was für einen Grund hätte ich, dich anzulügen. Ich kenne dich nicht, hatte nie was mit dir zu tun und überhaupt."

Chiara saß zusammengesunken auf dem Küchenstuhl. Sie war erschöpft. Rebecca saß ihr gegenüber und schaute sie mit großen Augen skeptisch an. Aber Chiara merkte, wie ihre Haltung sich langsam entspannte. Sie hoffte innständig, Rebecca mit ihren Worten erreicht zu haben.

„Hast du Gregor denn nie gefragt, ob er eine Beziehung hat?"

Chiara erklärte es Rebecca erneut. „Nicht direkt. Er hat irgendwann angedeutet, dass er Lust hätte, mit mir ins Bett zu gehen. Ich wollte zuerst nicht, weil ich ihn zwar körperlich ganz attraktiv fand, aber nicht mehr. Das fand er nicht schlimm, weil er, wie er mir erklärte, nicht an einer Beziehung interessiert sei, sondern nur daran, mit mir zu schlafen."

Er hatte ein anderes Wort benutzt. Chiara verzichtete darauf, es zu wiederholen. Es hätte die Situation noch primitiver gemacht, als sie ohnehin schon schien.

„Wir haben uns darauf geeinigt, dass es in Ordnung ist, solange keiner von uns eine feste Beziehung hat. Und wenn es so kommen sollte, unsere Begegnungen sofort beendet wären. Woher sollte ich ahnen, dass er mich anlügt. Und da ich euch nie zusammen gesehen habe …", sie zuckte hilflos die Schultern.

Rebecca, die bisher angespannt auf der vorderen Stuhlkante gesessen hatte, lehnte sich zurück. Sie schaute Chiara erneut in die Augen, sagte aber nichts. Chiara hätte gerne gewusst, was in ihr vorging, drängte sie aber nicht.

Rebecca fuhr sich mit der Hand über das Gesicht, als wollte sie Tränen oder unliebsame Gedanken wegwischen. „Weißt du, wenn es nur die Geschichte mit dir wäre. Es ist einfach zuviel. Zuerst der große Krach wegen der Schwangerschaft. Dann wird er mit einer Bombe umgebracht. Jetzt stellt sich raus, dass er nicht nur mit mir liiert war, sondern nebenher noch was Anderes laufen hatte."

Chiara nahm es ihr nicht übel, wie sie es darstellte. Rebecca stutzte. „Sag mal, wo habt ihr euch denn eigentlich immer getroffen? Immer nur, wenn er auf Geschäftsreise war?"

Chiara, die gehofft hatte, diese Beichte nicht auch noch ablegen zu müssen, schluckte schwer. Sie wusste nicht, wie sie den erneuten Tiefschlag mildern sollte. „Rebecca", sie zögerte erneut.

Rebecca half ihr auf die Sprünge. „Es gibt noch mehr Sachen, die ich nicht weiß. Also raus damit."

Chiara war sich keinesfalls sicher, ob Rebecca so stark war, wie sie tat. Sie hatte wenig Interesse daran, dass sie gleich in ihrer Gegenwart völlig zusammenbrach. Dennoch sah sie keine Chance, es weiter zu verheimlichen. Lügen waren nicht ihre Sache.

„Gregor hat eine zweite Wohnung. Dort haben wir uns hin und wieder getroffen. Ich wusste von dieser Wohnung hier bis heute gar nichts. Die Kripobeamtin hat es mir erzählt. Genauso wie das mit deiner Schwangerschaft. Sie war super sauer auf mich. Sie hat, genau wie du, gedacht, ich hätte alles gewusst und dich bewusst hintergangen. So war es aber nicht. Ich schwöre."

Rebecca winkte erneut ab. „Lass gut sein. Es hat ja auch

was Gutes. Ich komme überhaupt nicht dazu, um Gregor zu trauern. Und wenn ich noch ein bisschen mehr erfahre, brauche ich das vielleicht auch nie zu tun. Dann ist mir der Mann so fremd, als hätte ich ihn nie kennengelernt."

Obwohl Chiara bisher nie um einen Menschen trauern musste, konnte sie die Gefühle nachvollziehen. Spontan stand sie auf und nahm Rebecca in den Arm. Anfangs noch ein wenig widerstrebend, ließ sie es zu. Chiara tat es nicht nur aus Mitleid. Sie fühlte wirkliche Sympathie für sie.

„Komm, wir gehen jetzt raus. Ich lade dich zum Essen ein. Ich habe was gut zu machen."

„Hast du nicht. Aber wir können trotzdem was Essen gehen."

Celia stand erneut vor der prächtigen Jugendstilvilla der Familie Husen. Diesmal hatte sie jedoch keinen Blick für die Details ihrer Schönheit. Sie hoffte, dass Theo Husen zuhause war. Es war Mittwochnachmittag und da hatten Apotheken früher geschlossen. Celia spekulierte darauf, dass es auf dem Land immer noch so war.

„Et hätt noch immer joot jejange", schoss ihr der kölsche Spruch in den Kopf, als der Herr des Hauses persönlich öffnete. Er begrüßte Celia wenig erfreut.

„Sie waren doch heute schon mal hier. Was gibt es denn noch? Wollen sie wieder mit meiner Frau sprechen?"

„Ich freue mich auch, sie zu sehen", antwortete Celia keck. „Diesmal möchte ich mit Ihnen beiden sprechen, wenn es recht ist, und auch, wenn es das nicht ist."

Sie empfand so etwas wie Schadenfreude bei dem Gedanken, dass von seiner Überheblichkeit beim Anblick der Papiere, nicht mehr viel übrigbleiben würde.

Er öffnete die Tür ein Stück weiter und wies mit der

rechten Hand in Richtung Stube. „Sie kennen den Weg. Meine Frau ist schon dort."

Celia wurde gewohnt freundlich von Ruth Husen begrüßt. Sie bot Celia einen Platz im Garten an. Celia lehnte ab. Bei dem, was sie vorzulegen und zu sagen hatte, zog sie die Abgeschiedenheit des Hauses vor. Sie nahm auf dem gleichen Sofa Platz wie am Vormittag und auch Ruth Husen wählte den gleichen Sessel. Wollte Theo Husen nicht zu Celia aufs Sofa, blieb für ihn nur der zweite Sessel, den Celia von ihrem Platz gut im Blick hatte. Er setzte sich und ergriff die Initiative.

„Nun, was wollen Sie? Sind Sie schon weiter gekommen? Ach, was frage ich?", er winkte verächtlich ab.

Er wollte fortfahren, aber Celia ließ ihm keine Gelegenheit. „Sie werden es nicht glauben. Wir haben enorme Fortschritte gemacht. Wir haben zwar noch keinen Täter, aber die Motivlage wird nach und nach immer deutlicher."

Celia übertrieb absichtlich. Sie hatte die Theo Husen betreffenden Papiere noch in ihrer großen Umhängetasche. „Sie haben uns doch erklärt, dass Sie gegen die Werksvergrößerung von FlyPlan sind. Sie sind sehr aktiv im Widerstand?"

Theo Husen plusterte sich mal wieder auf. „Was soll diese Frage? Ja, das bin ich. Von Anfang an habe ich jeden Schritt der Interessensgemeinschaft unterstützt. Ich bin so etwas wie die Stütze der Gruppe. Ohne mich wären die nie so weit gekommen."

Celia nickte, seine Frau verdrehte die Augen. Celia setzte ihre Tasche auf den Boden, so dass Theo Husen sie nicht einsehen konnte. Sie zog einen Stapel Blätter heraus, hielt sie aber noch verdeckt in ihrer Hand.

„Beschreiben Sie mir doch bitte noch einmal ihr

Verhältnis zu Gregor Dietz“, forderte sie ihn auf.

Sie bekam erneut die Version des ungeliebten Parteikollegen, den man billigend in Kauf nahm, um seine Ziele zu verwirklichen. Konzentriert hörte sie zu. Dann legte sie die Papiere, Schrift nach unten, auf den Tisch. Für einen Moment war Theo Husen in seinem Redefluss irritiert. Dann zuckte er desinteressiert die Schultern. Er unterschätzte Celia, wie er Frauen grundsätzlich unterschätzte. Celia ließ ihn reden.

Ruth Husen warf Celia einen fragenden Blick zu, den Celia überging. Sie brauchte die Reaktion auf die Unterlagen spontan und von beiden gleichzeitig. Dabei war ihr durchaus bewusst, dass sie damit Probleme haben könnte, weil sie keine Zeugen hatte.

Im Büro hatte sie die Unterlagen sortiert. Sie wusste, welches Blatt zuoberst lag, als sie es nun umdrehte. Sie legte es genau zwischen die Plätze des Ehepaars auf den Tisch. Theo Husen unterbrach seinen Vortrag über hauptamtliche Politiker ohne anderweitige Ausbildung und warf einen Blick auf das Papier. Er erbleichte. Seine Frau tat es ihm gleich.

„Wo haben Sie das her?“, herrschte der Mann die Kripobeamtin an.

Die Taktik war klar: Angriff zur Verteidigung. Ruth Husen griff nach dem Blatt. „Darf ich?“

Celia nickte. Bevor sie etwas sagen konnte, entriss der Apotheker seiner Frau das Schriftstück.

„Du darfst nicht. Das geht dich nichts an. Und die Frau Beamtin auch nicht.“

Er faltete das Blatt sorgfältig aber hastig und steckte es in die Brusttasche seines Hemdes.

Celia lachte. „Glauben Sie im Ernst, damit kommen Sie durch. Abgesehen davon, dass ich es gelesen habe und noch einiges mehr, geht es mich sehr wohl etwas an. Immerhin ermitteln wir in einem Mordfall. Außerdem habe ich mit Ihrer Reaktion gerechnet und, klug wie Frauen sind, vorsorglich eine Kopie gemacht." Sie lächelte immer noch, griff das nächste Blatt auf ihrem Stapel und reichte es Ruth Husen.

Sie warf einen Blick auf das Schriftstück. Dann ließ sie es sinken: „Sag, dass das nicht wahr ist. Das kannst du nicht getan haben, ohne mit mir zu sprechen. Es ist der Grund und Boden meiner Eltern, darüber kannst du nicht verfügen."

Theo Husen lächelte hämisch. „Du siehst doch, dass ich kann."

Ruth Husen war erschüttert. „Warum hast du FlyPlan die Apotheke und das Land verkauft? Ich dachte, du bist gegen den Ausbau des Werkes? Du hast alle Widerstände ad absurdum geführt. Mit dem Verkauf hast du ihnen einen Freibrief zugespielt."

Das Grinsen auf dem Gesicht ihres Mannes verstärkte sich. „Er hat noch viel mehr getan, Frau Husen. Ihr Mann hat in Wahrheit die Treffen nur genutzt, um die Meinung der Einwohner auszuloten und dann Informationen über die Menschen im Ort mit Besonderheiten und Lebensumständen an die Firma FlyPlan weiterzugeben. Dabei hat Gregor Dietz als Mittelsmann fungiert. Sowohl Gregor als auch Ihr Mann haben daran bares Geld verdient."

Sprachlos starrte Frau Husen ihren Mann an. Sie hoffte, er würde sich verteidigen und alles als eine Lüge entlarven. Stattdessen verstärkte sich der boshafte Ausdruck auf seinem Gesicht. „Das hast du mir nicht zugetraut, stimmts? Du hältst mich immer noch für unfähig. Glaubst immer noch, dass ich ohne deinen Vater nichts zustande gebracht hätte. Aber das hier", er wies mit der

Hand auf seine Brusttasche, „das habe ich alleine eingefädelt. Endlich bin ich mein eigener Herr und brauche nicht mehr bei dir um Erlaubnis zu fragen."

Ruth Husen schüttelte ungläubig den Kopf. „Was redest du da? Du hast doch nie gefragt. Und das hat auch nie einer erwartet."

Celia lehnte sich scheinbar entspannt zurück und ließ das Ehepaar ihr Gefecht auskämpfen.

Martha Dietz öffnete Thorsten auf sein Klingeln die Tür. Sie sah aus, als hätte sie seit ihrer ersten Begegnung weder die Kleidung gewechselt, noch ein Bett gesehen, geschweige denn eine Dusche. Sie öffnete die Tür ein Stück weiter, um Thorsten einzulassen.

„Ich muss Sie noch ein paar Sachen fragen. Ist Ihr Mann auch zuhause?"

Die alte Frau nickte und führte Thorsten wortlos in die Küche, die Celia bereits kennengelernt hatte. Der Raum war schlicht. Typisch für die Generation der beiden Alten. Pressspan mit Kunststoff überzogen, in beige und braun. Dazu Gardinen, die sowohl den Blick nach draußen, als auch den nach drinnen verhinderten, umrahmt von dicken wollenen Vorhängen mit beige-braunen und grünen Mustern. Die beiden Tassen, die auf dem Tisch standen und aus denen die beiden wohl gerade Kaffee getrunken hatten, waren dunkelbraun.

Thorsten schüttelte es innerlich. Dabei war der Anblick nicht ungewohnt. Seine Großeltern gehörten zur gleichen Generation.

Eberhard Dietz schien seit gestern geschrumpft. Dennoch stand er auf, um Thorsten zu begrüßen. Er bot ihm einen Platz an, bevor er sich auf seinen Stuhl zurückfallen ließ. Jede Körperspannung schien ihm abhanden gekommen zu sein.

Thorsten legte die Schriftstücke auf den Tisch. Sie weckten weder das Interesse der Frau, noch das des Mannes. Thorsten war sicher – keiner der beiden wusste, um was es sich handelte. Umso erstaunter war er, als der Alte, nachdem Thorsten ihm den Kaufvertrag mit FlyPlan vorgelegt hatte, kurz mit den Wimpern zuckte und darauf beharrte, informiert zu sein. Und nicht nur das: Er bestand darauf, Gregor hätte mit seinem Einverständnis gehandelt.

Dietz warf seiner Frau einen scharfen Blick zu. Diese senkte die Augen. Dann bestätigte sie die Aussage ihres Mannes.

Thorsten glaubte ihnen kein Wort. „Wenn Sie Ihr Einverständnis gegeben haben, dann ist Ihnen dieses Schriftstück sicher ebenfalls bekannt."

Er legte dem Ehepaar den Kaufvertrag für eine Pflegewohnung in einem Altenstift in Buxtehude auf den Tisch. Martha Dietz schnappte hörbar nach Luft. Eberhard Dietz schloss für einen Moment die Augen. Wenn es überhaupt möglich war, war er soeben noch blasser geworden.

Thorsten war keine der Reaktionen entgangen. „Wollen Sie immer noch behaupten, Ihr Sohn hätte mit Ihrem Wissen agiert?"

Thorsten hatte sehr leise gesprochen und sich absichtlich der Frau zugewandt. Er wusste, sie war zugänglicher. Schon gestern hatte er den Eindruck, dass Eberhard Dietz seinem Sohn einen Heiligenschein verpasst hatte, den seine Frau ihm nicht gegeben hätte.

Wie zur Bestätigung seiner Gedanken schüttelte sie den Kopf. Die Ermahnung ihres Mannes erreichte sie nicht mehr. Sie wischte sie mit einer Handbewegung weg.

„Hör auf Eberhard. Ich mache da nicht mit. Zeigen Sie mir, was Sie sonst noch gefunden haben. Das ist doch noch nicht alles." Sie wies mit dem Zeigefinger auf die Blätter, die Thorsten noch vor sich liegen hatte.

„Eins nach dem anderen", Thorsten zog die Unterlagen aus ihrer Reichweite. „Zunächst sollten Sie zu den beiden anderen Papieren Stellung beziehen. Und diesmal ehrlich."

Die Worte waren eindeutig mehr dem Ehemann zugedacht. Der wand sich noch. Seine Frau herrschte ihn an. „Nun hör schon auf mit dem Spiel. Mach endlich die Augen auf. Unser Sohn hat uns doch schon lange verachtet. Er hat sich für uns geschämt. Der wollte immer nur weg von hier und möglichst nichts mit uns zu tun haben. Erst als er gemerkt hat, dass mit uns Geld zu machen ist, ist er zurückgekommen."

Sie wies erneut auf die Unterlagen. Eberhard Dietz richtete sich auf. „Wie redest du von deinem Sohn? Du solltest dich schämen. Er hat wenigstens was aus sich gemacht. Er wäre ein ganz Großer geworden."

Seine Frau lachte kurz und bitter auf: „Willst du das immer noch glauben? Dann kann ich dir auch nicht helfen. Guck hin und werd wach, Eberhard. Was hat er denn aus sich gemacht? Tot ist er. Umgebracht hat man ihn. Scheint als würde jemand nicht so viel von ihm halten wie du."

Thorsten sprang auf. Im letzten Moment brachte er seine Hand zwischen das Gesicht der Frau und die Hand ihres Mannes. Martha Dietz war weit weniger erschüttert als Thorsten: „Du kannst mich dafür schlagen. Ändern kannst du damit auch nichts."

Hochrot zog der alte Mann seine Hand zurück und sackte auf seinem Stuhl zusammen. Thorsten sah Tränen in seinen Augen schimmern. Er ließ ihnen keinen freien

Lauf. Er wischte sich grob mit dem Handrücken über das Gesicht.

„Martha hat Recht. Wir wussten nichts von Gregors Aktivitäten. Der Junge ist uns schon zu seinen Schulzeiten über den Kopf gewachsen. Er war vielleicht zu intelligent." Ungewollt liefen ihm nun doch Tränen über das Gesicht.

Seine Frau Martha stand von ihrem Stuhl auf und ging einen Schritt zum Stuhl ihres Mannes. Sie stellte sich neben ihn und nahm ihn in den Arm. Es sah ein wenig unbeholfen, ungeübt aus.

Es rührte Thorsten tief. Den Mann auch. Er weinte nun richtig, während er den Kopf an die Brust seiner Frau drückte. Thorsten spürte einen Kloß im Hals. Er gab dem Ehepaar Zeit, wieder Herr seiner Gefühle zu werden. Nach einer Weile hob der Mann den Kopf und schaute seine Frau an. Er zog ein Stofftaschentuch aus seiner Hosentasche und schnäuzte sich geräuschvoll.

„Du warst immer schon klüger als ich. Du siehst in die Herzen der Menschen. Auf dem Auge bin ich blind. Ich habe Gregor immer nur so gesehen, wie er mich glauben gemacht hat zu sein. Aber du hast hinter seine Fassade geblickt."

Die alte Frau konnte mit der Anerkennung nichts anfangen. Thorsten vermutete, dass sie in der Vergangenheit nicht gerade damit überschüttet worden war. Und am Ende hatte es nicht viel geändert, dass sie mehr Gespür für ihren Sohn gehabt hatte.

Thorsten räusperte sich, um auf seine Anwesenheit aufmerksam zu machen. Aber die beiden hatten ihn nicht vergessen.

„Ich glaube, ich brauche einen Schnaps. Sie auch junger Mann?"

An diesem Abend fuhr Thorsten nicht mehr zu seiner Freundin nach Hause. Er schaffte es noch Celia zu informieren. Dann verbrachte er die Nacht im Gästezimmer der Familie Dietz.

Celia war nicht traurig über Thorstens Absage. Sie hatte ebenfalls einen emotional anstrengenden Abend hinter sich. Allerdings war das, was bei Martha und Eberhard Dietz zu einer Annäherung geführt hatte, bei Ehepaar Husen in eine wilde Auseinandersetzung ausgeartet.

Wie bereits vermutet, hatte Theo Husen ohne Wissen seiner Frau gehandelt. Dabei störte die Ärztin der Betrug an ihren Freunden und Nachbarn mehr, als der an ihrer eigenen Person.

Theo Husen verweigerte Celia erwartungsgemäß den Einblick in seine Bankkonten. Der Hinweis auf die morgen vorliegende Verfügung störte ihn nicht. Ruth Husen, die gerne geholfen hätte, konnte nicht, da sie keine Vollmacht für sein Konto besaß. Celia konnte ihr ansehen, dass sie ihrem Mann gerne dazwischen gefunkt hätte.

Während sie noch über das Erlebte nachdachte, hörte sie Jaron auf die Einfahrt fahren. Trotz des anstrengenden Tages, hatte sie es geschafft vor ihm zuhause zu sein.

Als hätte er geahnt, dass sie auf der Terrasse saß, kam er ums Haus herum, auf direktem Weg zu ihrem Korbstuhl. Neben dem Gefühl der Freude, mischte sich ein Gefühl der Unsicherheit. Dass das unbegründet war, bewies Jaron ihr, als er vor ihr stand. Er kniete neben ihr nieder, fasste sie unterm Kinn und küsste sie.

„Für dich“, murmelte er und zauberte hinter seinem Rücken einen Strauß Blumen hervor.

„Wow.“ Celia war überwältigt. „Womit habe ich mir die denn verdient?“

Jaron lachte und erhob sich aus seiner unbequemen Haltung. „Muss man sich Blumen verdienen? Mit dem Geständnis deiner tiefen Liebe zu mir, in Form deiner Eifersuchtsattacke. Reicht das?“

Celia tat so, als würde sie die Blumen nach ihm werfen wollen. Dabei fiel ein Kästchen aus dem Strauss. Sie hörte es auf den Boden fallen, konnte es aber in der schon hereinbrechenden Dunkelheit nicht sehen. Jaron lachte herzhaft.

„Jaron hör auf zu lachen. Was war das? Nun geh schon und mach das Licht an.“

Gehorsam schaltete Jaron vom Wohnzimmer aus die Terrassenbeleuchtung ein. Im ersten Moment war Celia von der plötzlichen Helligkeit so geblendet, dass sie immer noch nichts sehen konnte. Dann entdeckte sie eine längliche Schachtel am Rand des Beetes, das die Terrasse umgab. Sie hob sie auf. Jaron nahm sie ihr aus der Hand. „Mach die Augen zu.“

Ohne Widerrede schloss Celia die Augen. Sie konnte spüren, wie Jaron um sie herum ging. Mit leichter Hand griff er unter ihre Haare. Celia spürte, wie er eine Halskette befestigte. Sie wurde ungeduldig. „Kann ich die Augen wieder aufmachen?“

Jaron küsste ihren Nacken. „Auf gar keinen Fall. Lass sie zu und lass dich von mir führen.“

Er fasste mit beiden Händen an ihre Hüften und drehte sie zur Terrassentür. Er schob sie vor sich her ins Haus, durch das Wohnzimmer, in die Diele und von dort ins Badezimmer. Er führte sie vor den Spiegel über dem Waschbecken. Nachdem er erneut ihren Nacken geküsst hatte, erlaubte er ihr, die Augen zu öffnen.

„Jaron“, juchzte Celia, „ist die schön!“

In der Tat hatte Jaron sich viel Mühe gegeben, eine

Kette zu finden, die genau zu Celia passte.

Sie bestand aus lauter grünen Jaspissteinen, die wundervoll zu Celias' grünen Augen passten und den brünetten Schimmer ihrer Haare betonten.

„Für die tollste Frau, die mir je begegnet ist", flüsterte Jaron ihr von hinten ins Ohr.

Celia drehte sich zu ihm um. „Wie wundervoll. Danke." Sie zog Jaron an sich und küsste ihn.

Kapitel 13

Als Celia und Thorsten am nächsten Morgen aufeinandertrafen, sah man Thorsten den Verlauf des gestrigen Abends an. Das gute Frühstück, das Martha Dietz ihm bereitet hatte, änderte nicht viel an dem mächtigen Kater, den er sich mit Vater Dietz angetrunken hatte. Celia verabreichte ihm Aspirin und starken Kaffee. Erst dann ließ sie ihn erzählen.

Nachdem einmal die Wahrheit ausgesprochen war, schmolz auch der Widerstand des Vaters dahin. Bereitwillig gab er Auskunft. Weder hatten sie gewusst, dass das Land und das Haus verkauft waren, noch waren sie über das Altenstift informiert.

„Gregor Dietz hat wohl einmal angedeutet, dass er verkaufen wollte. Aber es hat nie ein Gespräch über den Zeitpunkt gegeben." Celia erfuhr, dass die Eltern ihrem Sohn schon vor geraumer Zeit Haus und Hof überschrieben hatten. Eine durchaus gängige Praxis auf dem Land. Man umging auf die Art hohe Erbschaftssteuern, sicherte aber gleichzeitig den Eltern in diesen Verträgen für gewöhnlich die Unterstützung im Alter zu. Nahm man es genau, hatte Gregor sich auf seine Art an die Gepflogenheiten gehalten. Nur nicht im Sinne der Eltern.

Thorsten war noch immer empört, als er darüber berichtete: „Die Eltern möchten gerne wissen, wenn wir die Konten überprüft haben, was wir gefunden haben. Ich habe ihnen zugesichert, dass wir sie informieren."

Celia hatte keine Einwände.

Sie berichtete ihrerseits über ihren Abend bei Ehepaar Husen. Inzwischen hatte Jaron durch einen Kurier die nötigen Unterlagen für die Kontenzugriffe bringen lassen. Obwohl Gregor Dietz seinen Wohnsitz in Hannover hatte, beließ er seine Konten in der Heimat. Das Konto des Apothekers befand sich bei der gleichen Bank.

„Wie nett, dann können wir uns heute mal gemeinsam auf den Weg machen. Wenn ich dich so anschaue und deinen Restalkohol schätze, ist das vielleicht auch besser."

Das Bankhaus war eine typisch dörfliche Niederlassung: ein Kundenschalter, ein Computerterminal für die fortschrittlichen Selbstbedienungskunden und selbstverständlich ein Büro für den Niederlassungsleiter. Zu diesem wurden Thorsten und Celia mit ihrem Anliegen von einer Bankangestellten geführt.

Der Leiter des Bankhauses erinnerte Celia an ihren Grundschuldirektor.

Weiße Haare umrahmten ein volles, mit vielen Lachfalten gezeichnetes Gesicht. Seine Stimme klang sonor und gutmütig. Er hätte einen guten Weihnachtsmann abgegeben. Die Begegnung mit der Kripo irritierte ihn in keiner Weise. Souverän nahm er die Verfügung zur Konteneinsicht entgegen. Es ging schnell und unproblematisch.

Nach kurzer Zeit verließen Celia und Thorsten die Bank, ausgestattet mit allem, was für ihre Untersuchungen wichtig war. Noch von unterwegs verabredeten sie sich mit Jaron in dessen Büro. Sie fuhren auf den Parkplatz des Präsidiums, als Thorstens Handy klingelte. „Jetzt droht Ungemach. Eva!"

Celia verließ leise das Auto. Thorsten wollte es kurz machen. Aber Eva ließ ihm keine Chance. Im Gegensatz zu gestern war sie heute nicht mehr zickig – sie schäumte vor Wut. Ohne Widerrede ließ Thorsten den ersten Schwall der Wut über sich ergehen – selbst überrascht, wie ruhig er blieb.

„Das scheint dich ja alles völlig kalt zu lassen. Kann es sein, dass ich dich gar nicht mehr interessiere?“, wetterte Eva, als auch ihr die Veränderung in seinem bisherigen Verhalten auffiel.

„Das kommt ganz drauf an. Das, was zurzeit zwischen uns läuft, entspricht nicht meinen Vorstellungen von einer Beziehung. Ich habe nichts gegen Diskussionen. Aber wir reden nicht miteinander, wir zerfleischen uns. Und das ist nicht sonderlich gesund. Wie dem auch sei. Ich will dieses Gespräch in Ruhe mit dir führen und nicht auf dem Parkplatz vor dem Präsidium über das Handy.“

Eva war für einen Augenblick sprachlos. Dann schnappte sie hörbar nach Luft. Thorsten ahnte, was nun passieren würde, und kam ihr zuvor: „Eva, bitte nicht. Wenn dir an mir und unserer Beziehung irgendetwas liegt, dann lass uns heute Abend in Ruhe miteinander reden.“

Es kostete Eva große Überwindung, sich zu beherrschen und Thorstens Vorschlag zu akzeptieren. Aber es war unverkennbar, dass sich Thorsten nicht mehr alles gefallen lassen wollte.

Thorsten stieß zu Celia und Jaron, die sich in Jarons Büro in der Besucherecke gegenübersaßen. Zwischen ihnen, auf einem niedrigen Couchtisch, lagen die Bankauszüge von Husen und Dietz.

Jaron schaute kurz auf und begrüßte Thorsten mit einem freundlichen Lächeln. Auch Celia war in die Unterlagen vertieft. Thorsten setzte sich auf den freien Couchplatz neben Celia und nahm blindlings das zuoberst liegende Blatt eines Kontoauszuges. Beim Blick auf den Kontostand entfuhr ihm ein Pfiff.

Jaron schaute auf und lächelte erneut.

„Das sind Beträge, von denen wir nur träumen können, oder?" Thorsten nickte zustimmend. Erst jetzt nahm er zur Kenntnis, dass es sich um das Konto des Politikers handelte.

„Vielleicht sollte ich drüber nachdenken, meinen Job zu wechseln. Wenn man als Landtagsabgeordneter schon solche Summen verdient, möchte ich nicht wissen, was in der hohen Politik für Summen über den Tisch geschoben werden."

Jaron schüttelte vehement den Kopf: „Die drei Millionen hat er nicht mit seiner politischen Arbeit verdient, sondern damit, dass er die dadurch entstanden Beziehungen ausgenutzt hat."

„Jaron will sagen: Der Mann war korrupt bis unter die Haarwurzeln." Celias Lächeln wirkte ein wenig gequält.

Thorsten verschlug es die Sprache. „Und Husen?"

Wortlos schob Jaron Thorsten den entsprechenden Bankauszug zu. Wieder pfiff Thorsten leise durch die Zähne. „Ich glaube es ja nicht. Und du bist davon überzeugt, dass die Frau von den Machenschaften nichts mitbekommen hat?"

Celia zuckte mit den Schultern.

„Du glaubst den Eltern Dietz ja auch."

Ein Argument, das Thorsten nicht überzeugte. „Die lebten ja auch nicht mehr mit ihrem Sohn zusammen. Da kriegt man eben nicht mehr alles mit. Oder willst du mir vielleicht erzählen, dass deine Eltern noch viel von deinem Leben wissen? Frau Husen lebt aber mit ihrem Mann zusammen."

„Nur nicht besonders glücklich. Und wenn er ein Konto einrichtet, dass auf seinen Namen läuft, bekommt sie das auch nicht mit. Es gibt ja schließlich das Bankgeheimnis."

Schweigend vertieften sie sich erneut in die Unterlagen. Hin und wieder schoben sie sich gegenseitig interessante Blätter zu. Nach einer halben Stunde hatten sie die Unterlagen gesichtet. Jaron bestellte bei seiner Sekretärin Kaffee und brach als erster das Schweigen: „Was haben wir?"

Celia fasste die Fakten zusammen: „Ich würde sagen, ein recht klares Bild. Theo Husen und Gregor Dietz tun so, als könnten sie sich auf den Tod nicht leiden. Unter der Hand klüngeln sie allerdings munter gemeinsam mit FlyPlan. Damit das Ganze auch wirklich überzeugend wirkt, ist Theo Husen aktives Mitglied in der Widerstandsbewegung gegen den Ausbau der Startbahn. Dort hat er die Aufgabe seine Nachbarn und Freunde auszuspionieren. Sein Wissen gibt er an Gregor Dietz weiter, der es seinerseits an FlyPlan verkauft."

Thorsten unterbrach sie: „Aber das hat ihnen immer noch nicht gelangt. Klammheimlich haben sie den großen Reibach gemacht, indem sie FlyPlan ihre Grundstücke verkauft haben. Und damit, um dem Ganzen die Krone aufzusetzen, haben sie den ganzen Widerstand wirkungslos gemacht, weil sie über Grundstücke verfügten, die von zentraler Bedeutung waren. Die Nachbargrundstücke taugen überhaupt nichts mehr, weil FlyPlan jetzt mittenmang seine Landebahn bauen kann. Unglaublich." Thorsten war nachhaltig erschüttert.

„Wie? Egoistisch? Wenn jeder an sich selber denkt, ist doch an alle gedacht", brachte Celia es auf den Punkt.

„Die Apotheke gehört Husen also gar nicht mehr. Und die alten Dietz können noch genau so lange in ihrem Haus wohnen bleiben, bis FlyPlan mit den Bauarbeiten anfängt."

Celia nickte.

„Was ich aber viel entscheidender finde, sind die Dossiers, die Gregor Dietz und Theo Husen über ihre Freunde und Nachbarn angelegt haben. Wir sollten überprüfen, wer von denen dahinter gekommen ist. Vielleicht ist der findige Journalist bei seinen Recherchen darauf gestoßen und so wütend geworden, dass er unserem Landtagsabgeordneten den Garaus gemacht hat."

„Genauso kann es aber auch sein, dass die Eltern sich von ihrem Sohn nicht ins Altenheim verfrachten lassen wollten, Theo Husen aussteigen wollte und von Gregor Dietz erpresst wurde. Theo Husen war vielleicht so um seinen Ruf besorgt, dass er ihn umgebracht hat", zählte Thorsten die verschiedenen Möglichkeiten auf.

Celia lächelte zynisch. Aber Thorsten hatte nicht ganz Unrecht. So, wie die beiden Männer sich verhalten hatten, gab es genug Menschen, die einen Grund hatten, sauer auf sie zu sein.

„Die Papiere haben uns auf einen Schlag eine Menge Motive geliefert. Aber wir sollten die Freundin nicht vergessen. Aus den Unterlagen geht hervor, dass sie die Eigentumswohnung in Hannover und noch ein wenig Bargeld erbt. Vielleicht ist sie dahinter gekommen, dass Gregor sie betrügt und wollte verhindern, dass er sie verlässt und sie leer ausgeht."

„Meine Güte. Sonst haben wir Probleme einen Verdächtigen zu finden und jetzt haben wir gleich ein ganzes Dorf. Ich beneide euch nicht um eure Arbeit", kommentierte Jaron ihre Spekulationen über Tatmotive.

Waren Thorsten und Celia gestern noch getrennte Wege gegangen, entschieden sie, ab sofort alle weiteren Befragungen gemeinsam vorzunehmen. Dafür nahmen sie die Verzögerung der Ermittlungen gerne in Kauf.

Die Reihenfolge für den Tag lag bereits fest. Ehepaar

Dietz und danach Theo und Ruth Husen. Beide wurden, anders als am Vortag, über den Besuch unterrichtet.

Mark Tegtmeyer schaute sich nach einer Fluchtmöglichkeit um, obwohl er wusste, dass es keine gab. Wie immer nach seinen Vorlesungen, war er von begeisterten Studenten umgeben. Es gab kein Durchkommen. Und es war nur ein Weg vorhanden. Er musste vorbei an den Studenten und Studentinnen, die Treppe hoch, zum Ausgang des Hörsaals.

Ergeben sah er seinem Schicksal in Form einer kleinen, kurzhaarigen, drahtigen aber durchaus attraktiven Studentin entgegen. Er verfluchte sich und seine Leidenschaft für die jungen Dinger.

Immer wieder hatte er sich geschworen, sich nicht wieder darauf einzulassen. Zu Beginn des neuen Semesters blieb er sich und seinen Vorsätzen treu. Die ersten Vorlesungen überstand er in der Regel schadlos. Aber dann, ab der dritten Woche, standen sie wieder um sein Pult. Eine attraktiver als die andere, eine begeisterter von ihm als die andere. Zunächst war er erfreut, dann geschmeichelt und dann hingezogen. Gegen Ende des Semesters wurde es ihm zuviel. Aber dann saß er bereits in der Falle. So wie jetzt. Er wurde sie nicht mehr los. Sie waren wie die Kletten. Dabei versprach er ihnen nie etwas. Im Gegenteil. Er war immer ehrlich. Allen hatte er von seiner Beziehungsunfähigkeit erzählt. Nie hatte er ein Geheimnis daraus gemacht, dass er sich nicht mehr binden konnte, seit er Carola verloren hatte. Alle wollten ihn retten oder heilen. Nur eine hatte bisher auf sein Bekenntnis einen Rückzieher gemacht. Das hatte ihn so gereizt, dass er versucht war, ihr hinterherzulaufen. Im entscheidenden Moment hatte er es aber mit der Angst zu tun bekommen und sich nicht gerührt. So wie es jetzt lief, war es jedoch auch nicht besser.

„Hallo Mark", flüsterte die Studentin und streifte seine Hand. „Sehen wir uns gleich in der Mensa?"

Mark schüttelte den Kopf. Das Mädchen war inzwischen so in ihn vernarrt, dass sie bereit war, alle Vorsicht zu vergessen.

Er allerdings nicht. Immerhin ging es um seinen Ruf und um seinen Job. Man sah es nicht gern, wenn sich die Dozenten mit den Studentinnen vergnügten. Bisher war alles ohne Komplikationen abgegangen. Aber der Dekan hatte zuletzt eine Bemerkung gemacht, die Mark beunruhigt hatte. Jovial hatte er ihm auf die Schulter geklopft: „Treiben Sie es nicht zu doll, Herr Kollege."

Mark hatte die Anspielung gereicht. Er versuchte daraufhin, die Beziehung zu dem Mädel zu beenden. Aber es endete in einer Katastrophe. Nach seinem dritten Wort brach sie in einen nicht zu bändigenden Tränenfluss aus, bis er es sich anders überlegte und die Trennung zurücknahm.

Damit hatte er seine letzte Chance verspielt. Nun ging es, wenn überhaupt, nur noch auf die harte Tour. Und darin war er wenig geübt.

Sein ganzes bisheriges Leben war darauf ausgerichtet, den Mitmenschen in seinem Umfeld zu gefallen. Von allen hatte er sich in gutem Einvernehmen getrennt, allen konnte er noch in die Augen schauen. Selbst mit Carola hatte er das hinbekommen. Nicht, dass er sich von ihr getrennt hätte. Damals war er noch nicht so. Da war er an dauerhaften Beziehungen interessiert. Freiwillig hätte er sich nie von Carola getrennt. Sie hatte ihn verlassen, war reingefallen auf diesen elenden Angeber, der ihr ein Leben der Extraklasse versprochen hatte. Irgendwann hatte sie die leeren Versprechungen erkannt und wollte zu ihm zurück. Bevor sie jedoch dazu kam, passierte der Unfall und sie kam nie wieder zurück.

Seither hatte er sich nie wieder richtig auf eine Frau eingelassen. Sobald er merkte, dass seine Gefühle zu intensiv wurden, brach er die Beziehung ab. Nie wieder wollte er in ein so tiefes Loch fallen wie damals. Die langen Phasen der Trauer hatte er durchlebt. Er hatte Jahre gebraucht, um einigermaßen darüber hinwegzukommen.

Heute konnte er ohne Trauer an sie denken. Er hatte den letzten Schritt der Abnabelung endlich geschafft. Er war erleichtert. Aber auf seine Beziehungsfähigkeit hatte es noch keinen Einfluss. Er sah die junge Studentin resigniert an.

Bis vor einigen Jahren wäre einem Dozenten der Physik so etwas kaum passiert. Da waren die wenigen Frauen, die sich für diesen Studiengang entschieden, nicht eben feminin. Die hübschen, weiblichen Studentinnen zog es zu den Fächern Literatur, Pädagogik, Medizin oder Biologie. Chemie und Physik waren eine Männerdomäne. Das hatte sich in den letzten Jahren gewaltig verändert.

Ihm wäre weniger Wandel lieber gewesen. Obwohl das auch nicht stimmte, wie er zugeben musste. Er schaute die Mädels gerne an. Es gab den Vorlesungen einen weiteren Glanz, wenn sie von hübschen Studentinnen besucht wurden.

Dabei konnte Mark Tegtmeyer sich über geringe Hörerzahlen nicht beklagen. Ihm eilte der Ruf voraus, die trockenste Materie so aufzubereiten, dass sie spannend wie ein Krimi und für jeden verständlich wurde. Außerdem galt er als Freund der Hochschüler. Im Gegensatz zu einigen seiner Kollegen mochte er die Studenten und unterrichtete sie gerne. Daher kamen sie Semester für

Semester in Scharen zu seinen Vorlesungen. Es verging kaum eine, an deren Ende er nicht mit Applaus verabschiedet wurde. Ehrlichem Applaus. Dann kamen sie nach vorne zum Pult. Er nahm sich immer Zeit für ihre Fragen und Sorgen. Aus diesem Grund traf er sich auch einmal wöchentlich mit seinen Studenten in ungezwungener Atmosphäre. „Dann sehen wir uns heute Abend in der Kneipe!"

Erneut schüttelte Mark Tegtmeyer den Kopf: „Ich kann heute nicht."

Die Absage hatten, außer dem Mädel, noch andere Studenten gehört. Das hatte es noch nie gegeben. Ihr Dozent war sogar mit hohem Fieber zu den Treffen gekommen. Er musste es erklären.

Er schlucke schwer an seinen Worten: „Ein alter Freund von mir ist gestorben. Ich kann heute nicht in eine Kneipe gehen und so tun, als wäre alles wie immer."

Einige Studenten gaben sich mit dieser Entschuldigung zufrieden. Über Tod sprachen sie nicht gerne. Aber es gab auch welche, die ehrlich an ihrem Dozenten interessiert waren. Auch unter den männlichen Studenten. Einer von ihnen wollte mehr wissen. „War er krank?"

Mark schüttelte den Kopf: „Er wurde ermordet."

Betroffenes Schweigen ergriff die Studenten.

„Der Politiker? Stand in der Zeitung. Das war doch in Ihrem Wohnort."

Beinahe war Mark Tegtmeyer dankbar, dass die Frage mit einem Kopfnicken beantwortet werden konnte. Als er nun einen weiteren Versuch unternahm den Hörsaal zu verlassen, bildete sich eine Gasse. Alle hatten Verständnis, dass er gehen wollte. Selbst die kleine Drahtige behelligte ihn nicht mehr.

Auf dem Parkplatz der Uni, an sein Auto gelehnt, brach

seine bisher aufrecht erhaltene Beherrschung zusammen. Er ließ den angestauten Tränen freien Lauf. Er legte seinen Kopf auf das Dach seines alten Peugeot. Die heftigen Schluchzer wurden von schweren Faustschlägen auf das Dach seines Autos begleitet. Als er ruhiger wurde, fühlte er eine Hand, die sanft seinen Rücken streichelte. Überrascht kämpfte er die letzten Tränen nieder. Hinter ihm stand die kleine Drahtige. Innerlich stöhnte er. Dabei hatte ihre Berührung ihm durchaus gut getan.

„Wein ruhig weiter. Du musst dich deshalb nicht schämen. Das war einfach zu viel für dich, nachdem, was du schon mit Carola erlebt hast."

Mark Tegtmeyer fühlte heiße Wut in sich hochsteigen. Noch nie in seinem Leben hatte er jemanden angeschrien. Selbst in den emotionalsten Situationen war er ruhig geblieben. Ihm merkte man eine besondere Erregung an, weil er leise wurde – beängstigend leise. Jetzt wurde er laut. Das Mädchen zuckte unter den sprachlichen Hieben zusammen. Ihm ging es nicht besser. Erneut brach er in Tränen aus. Schnell nahm er sie in den Arm und entschuldigte sich wortreich, durchsetzt mit unzähligen kleinen Küssen. Sie nahm sein Gesicht in ihre Hände und zwang ihn zu ihr hinunter zu blicken. So klein sie war, so viel Größe strahlte sie in diesem Augenblick aus.

„Vergiss es einfach. Du musst dich nicht entschuldigen. In so einer Situation ist man eben nicht Herr seiner Selbst. Manchmal muss man sein Leid auch raus schreien. Mir macht das nichts. Ich kenne das."

Erstaunt hielt er inne. Ihm wurde bewusst, wie wenig er von ihr wusste.

„Wie meinst du das?"

„So wie ich es sage. Mein Bruder ist vor zwei Jahren gestorben. Mit läppischen Bauchschmerzen ist er, nachdem der Hausarzt drei Wochen sein Glück versucht hat, ins Krankenhaus gekommen. Dann ging alles ganz schnell. Bauchspeicheldrüsenkrebs! Und bevor wir es richtig verstanden hatten, war er Tod. Mit 16! Unser Nesthäkchen.“ Jetzt hatte sie ebenfalls Tränen in den Augen.

Mark Tegtmeyer nahm sie fester in den Arm. „Du bist immer noch nicht darüber weg?“

Er war wieder der liebevolle, hilfsbereite Dozent und Freund. Mark lehnte mit dem Rücken gegen sein Auto und hielt Brit vor sich im Arm. Das Gesicht an seine Brust gedrückt, nickte sie. „Ich weiß auch nicht, ob das Gefühl jemals verschwindet. Ich vermisse ihn noch genauso wie direkt nach seinem Tod. Immer, wenn ich zu meinen Eltern komme, erwarte ich, dass er die Treppe runter gesprungen kommt, um mich zu begrüßen, und er mir wieder irgendeine alberne Geschichte aus der Schule erzählt.“

Sie schniefte. „Weißt du, was ich am Schlimmsten finde?“

Er reagierte nicht. Sie erwartete keine Antwort.

„Dass er nie eine Freundin gehabt hat. Dass er nie erleben durfte, wie es ist, verliebt zu sein. Wenn ich mit dir zusammen bin, habe ich oft ein schlechtes Gewissen meinem Bruder gegenüber, weil ich erleben kann, was es heißt, jemanden richtig zu lieben und geliebt zu werden.“

Mark Tegtmeyer wurde schlecht.

Kapitel 14

Theo Husen hatte offensichtlich eine kurze und schlaflose Nacht hinter sich. Sein überhebliches Grinsen war wie weggewischt; es hatte einem erschöpften und frustrierten Gesichtsausdruck Platz gemacht. Es veranlasste ihn jedoch keineswegs, höflicher mit Celia umzugehen.

„Wie ich sehe, sind ihre Vorgesetzten endlich vernünftig geworden und haben einen Mann mit den Untersuchungen betraut", lautete die Begrüßung, als er Thorsten erblickte. Thorsten lächelte aufgesetzt freundlich.

„Darf ich mich vorstellen?"

Er streckte ihm die Hand entgegen. Anders als bei Celia ergriff Theo Husen die männliche Hand herzlich.

„Ich bin Thorsten Brandt, Frau Dörfers Kriminalassistent."

Als hätte er sich verbrand, ließ der Apotheker die Hand fallen. Celia zwinkerte Thorsten zu. Ohne die Aufforderung abzuwarten, ging sie ins Wohnzimmer, wo sie die Frau des Hauses vermutete. Die bisher stolze und adrette Medizinerin, hatte ebenfalls Federn gelassen. In ihrem Gesicht waren wie bei ihrem Gatten deutliche Spuren von Übernächtigung zu bemerken. Die Augen hatten von ihrem lebensfrohen Glanz verloren, die Körperhaltung war nicht mehr ganz so würdevoll. Dennoch ging ein Lächeln über ihr Gesicht, als sie Celia erblickte. Auch Thorsten wurde herzlich begrüßt. Sie bot Kaffee an, den sie bereits vorbereitet hatte. Er stand auf dem Couchtisch zwischen ihnen. Die Platzverteilung war wie beim letzten Besuch, nur, dass Thorsten sich heute neben Celia auf die Couch setzte. Theo Husen hatte das Wohnzimmer abwehrend und schweigend nach den Beamten betreten und seinen Sessel eingenommen, bevor die anderen sich hingesetzt hatten. Er legte keinen Wert auf Etikette.

Celia entnahm ihrer großen Tasche den Stapel Bankauszüge. Wie schon einmal legte sie die Papiere vor sich auf den Tisch. Heute störte es den Apotheker erheblich. Er griff nach den Unterlagen. Celia zog sie aus seiner Reichweite.

„Mal halblang. Zunächst wollen wir uns ein wenig unterhalten." Scheinbar entspannt setzte Theo Husen sich in seinen Sessel.

Thorsten bemerkte, wie er unter der scheinbaren Gelassenheit ungeduldig die Augenbrauen zusammenzog. Er war es nicht gewohnt, dass andere den Ton angaben. Bei dem Gedanken daran, was er seinen Freunden, Nachbarn und auch seiner Familie angetan hatte, freute Thorsten sich, dass Husen an Celia geraten war.

„Sie haben einen kleinen Ausverkauf vorgenommen?"

Husen blieb die Antwort schuldig. Verzog lediglich gelangweilt die Mundwinkel. Es kratzte ihn nicht, sollte die Geste besagen. Ruth Husen wollte jedoch Einzelheiten.

„Ihr Mann hat nach und nach ein hübsches Sümmchen zusammengetragen, indem er die Bewohner des Dorfes ausspioniert und sein Wissen an FlyPlan verkauft hat. Was wollen Sie mit dem Geld machen?"

Er reagierte aggressiv: „Das geht Sie überhaupt nichts an. Ich kann mit meiner Apotheke und meinem Land machen, was ich will. Und wenn ich etwas weiß, was andere wissen wollen, und die auch noch bereit sind, dafür Geld zu zahlen … Was werfen Sie mir eigentlich vor?"

Bevor Thorsten oder Celia zu einer Antwort kamen,

mischte Ruth Husen sich in das Gespräch: „Du gottverdammter Heuchler. Es ist nicht deine Apotheke und schon gar nicht dein Land. Und eins kann ich dir versprechen. Damit kommst du nicht durch. Laura wird jeden einzelnen Schritt von dir überprüfen und rückgängig machen, soweit es mein Erbe und mein Eigentum betrifft. Sollte sie herausfinden, dass du auch nur im Ansatz juristisch haftbar gemacht werden kannst, wird sie handeln."

Theo Husen wurde immer blasser. Beide schienen vergessen zu haben, dass die Kripobeamten mit im Raum saßen.

„Das wagst du nicht. Du wirst nicht gegen deinen eigenen Mann vorgehen und auch noch unsere Tochter hineinziehen. Du hast immer schon versucht, sie gegen mich aufzuwiegeln." Ruth Husen lachte bitter: „Dafür brauchtest du mich nicht. Das konntest du alleine. Jahrelang hast du Laura ignoriert, hast behauptet, sie sei eine billige Angestellte. Und jetzt, weil sie dir gefährlich werden kann, bin ich schuld daran? Mach dich nicht noch lächerlicher, als du ohnehin schon bist."

Husen schnappte hörbar nach Luft und baute sich in seinem Sessel auf.

Celia hielt den Moment für geeignet, das Gespräch wieder an sich zu nehmen.

„Wir brauchen eine Auflistung aller Leute, die Sie bespitzelt und verraten haben."

„Sie glauben nicht im Ernst, dass Sie auch nur einen Namen von mir bekommen."

„Doch, das glaube ich. Sie haben kaum eine Wahl. Wir ermitteln in einem Mordfall. Und Sie sind einer der Hauptverdächtigen."

Der Apotheker war schockiert und verlangte einen Anruf bei seiner Tochter Laura.

Seine Frau lachte ihn aus: „Du wagst es tatsächlich, deine Tochter um Hilfe zu bitten? Du? Keinen Finger wird sie für dich rühren."

„Ich habe mit dem Tod von Gregor nichts zu tun. Sie muss mir helfen, das zu beweisen." Er kreischte beinahe.

Celia grinste Thorsten heimlich zu. Sie hatte ihr Ziel erreicht. Genau dort wollte sie ihn haben.

„Wenn Sie so unschuldig sind, können Sie genauso gut mit uns zusammenarbeiten. Sollten Sie jedoch etwas zu verbergen haben ..." Celia ließ das mögliche Ende des Satzes unausgesprochen im Raum stehen.

Theo Husen schrumpfte in seinem Sessel. Kleinlaut beteuerte er immer wieder seine Unschuld.

Nach und nach kam das Ausmaß dessen, was Gregor Dietz und er getrieben hatten, ans Tageslicht. Als er einmal zu reden begonnen hatte, wollte er nicht mehr aufhören.

Für Celia keine neue Erfahrung. Sie hatte ein solches Verhalten schon mehrfach erlebt. Es gab unterschiedliche Motive dafür. Die einen waren froh, ihr Gewissen endlich erleichtern zu können. Die anderen redeten, um sich mit ihrer Tat zu brüsten. Und eine weitere Gruppe, zu ihnen zählte der Apotheker, versuchte, sich in ein besseres Licht zu rücken oder die eigene Schuld auf andere zu schieben.

Theo Husen erklärte den Beamten, dass er noch nie Einwände gegen Gregor Dietz hatte. Sie verstanden sich von Anfang an gut, da sie beide aus dem gleichen Holz geschnitzt waren. Beide waren unzufrieden mit dem, was sie von Haus aus mitbekommen hatten und wollten mehr. Als Theo Husen merkte, dass Gregor einen Weg in die große Politik anstrebte, trat er seinen Posten als Parteivorsitzender ab. Er wusste, es war nur vorübergehend.

Celia wollte wissen, wie er die bisher dargestellte Feindschaft erklären wollte.

Er berief sich auf politisches Geplänkel. „Wir mussten doch wenigstens so tun, als würden wir gegeneinander kandidieren."

Celia glaubte ihm kein Wort.

Als die Sache mit FlyPlan in Bewegung kam, war es Gregor, der auf Theo Husen zukam und ihn bewog das Spiel mit zu spielen, erläuterte der Apotheker unbeirrt weiter.

„Ich darf das mal für Sie zusammenfassen?" Thorsten stellte die Frage nicht ernsthaft. „Zunächst erzählen Sie meiner Chefin, wie unmöglich Sie Gregor Dietz finden. Als Sie mitkriegen, dass Sie zu den Tatverdächtigen zählen, wird aus ihrem Todfeind ihr Busenfreund. Damit nicht genug. Sie haben zwar zugehört, wenn die Leute sich unterhielten, haben weitergeleitet, wie deren Einstellung zu FlyPlan ist, und haben sich über Vermögensverhältnisse und Besitztümer informiert. Aber davon abgesehen, haben Sie nichts mit der ganzen Angelegenheit zu tun. Der Böse war Gregor Dietz."

Selbst in Theo Husens Ohren klang die Geschichte, in dieser Form zusammengefasst, unglaubwürdig. Er hätte sich jedoch lieber die Zunge abgebissen, als das zuzugeben.

Celia und Thorsten ließen sich eine Liste der Leute erstellen, deren Namen er an Gregor weitergegeben hatte. Eine umfangreiche Liste.

Der Besuch bei Ehepaar Dietz war weniger ergiebig. Wie schon gestern waren sie schockiert über das, was ihr Sohn getan hatte. Heute kam ein Gefühl der Fassungslosigkeit hinzu, als ihnen das Ausmaß anhand der Bankunterlagen bewusst wurde.

„Wenn ich das geahnt hätte, wäre er hier nicht mehr rein gekommen. Wir leben hier seit unserer Geburt. Wir haben nie Krach mit jemandem gehabt. Wir sind rechtschaffene Leute. Und unser Sohn macht alles kaputt. Jetzt bleibt uns nichts anderes übrig, als zu tun, was er mit uns vorhatte. Hier können wir nicht mehr bleiben – nach dem, was er getan hat", fasste Martha Dietz ihr Fazit zusammen, bevor sie in bittere Tränen ausbrach.

Auch ihr Mann hatte schwer zu kämpfen, um nicht seine Beherrschung zu verlieren. Anders als gestern, war er es heute, der seine Frau tröstete.

Celia hatte Mitleid.

„Was ist mit seiner Freundin?" Martha Dietz hatte sich wieder im Griff.

Celia verzog das Gesicht und schüttelte den Kopf. „Das wissen wir noch nicht. Wir müssen noch mit ihr reden."

Sie hätte den beiden gerne erzählt, dass sie ein Enkelkind bekämen. Aber wie die Dinge lagen, war sie nicht sicher, ob Rebecca Münch überhaupt bereit war, dem alten Ehepaar die Rolle der Großeltern zu gewähren.

„Gregor hinterlässt ihr seine Wohnung in Hannover?"

Thorsten und Celia waren überrascht, dass Eberhard Dietz dieses Detail wahrgenommen hatte.

„Ja, überraschenderweise läuft die Wohnung auf ihren Namen, obwohl er den Kaufvertrag alleine unterschrieben hat. Ich gehe davon aus, dass er nicht wollte, dass jemand über seine Vermögensverhältnisse informiert ist."

„Glauben Sie, die Frau steckt mit drin?"

Thorsten hatte das sichere Gefühl, dass sie nichts von den Aktivitäten ihres Freundes wusste. Er hütete sich jedoch, etwas Derartiges verlauten zu lassen.

Als sich die beiden Beamten von den Alten verabschieden wollten, blickte Celia erneut auf das gerahmte Foto des Sohnes auf der Küchenanrichte. Es war ein privat aufgenommenes Bild. Es hatte wenig gemein mit dem Mann auf den zahlreichen Wahlanschlägen. „Ist das eine ältere Aufnahme?"

Martha Dietz nickte traurig. „Ich wollte gerne ein neues Bild von ihm haben. Da hat er mir einen Abzug vom Plakat gemacht. Als wenn ich das hätte haben wollen. Aber wahrscheinlich konnte er gar kein anderes Bild von sich hergeben. Es gab nur noch die Fassade von ihm. Er war nicht immer so. Als kleiner Junge war er lieb. Richtig süß war er." Sie lächelte ihren Mann an. „So süß, dass sein Vater mit mir und ihm geschimpft hat. Er hatte Angst, wir verweichlichten ihn und am Ende werde er schwul." Sie lachte laut auf. „Davor hätte er keine Angst zu haben brauchen. Gregors Verschleiß an Frauen war groß. Und am liebsten hatte er Frauen, die schon vergeben waren."

„Da haben die beiden nur das eine Kind und dann wird da so was draus. Komisch, oder? Die Eltern sind so nett."

Celia empfand es ähnlich.

„Was kommt als Nächstes?", wollte Thorsten von seiner Chefin wissen.

„Puh, ich weiß nicht, wer wichtiger ist. Die Freundin in Hannover oder der Journalist, die vermeintliche Sekretärin oder der Pastor? Hast du gesehen, dass Gregor Dietz selbst über den ein Dossier hat?"

Hatte Thorsten nicht. „Das glaube ich nicht. Und was gab es über den zu berichten?"

Celia erzählte ihm, dass der gottesfürchtige Mann ein führendes Mitglied des Widerstandes gegen den Flugzeugbauer war.

„Na ja, die Landebahn soll ja auch, sozusagen, vor den Pforten seiner Kirche enden."

Celia lachte. „Das stimmt. Aber das alleine stand nicht in dem Bericht. Der Kirchenmann hat ein uneheliches Kind."

Thorsten schaute Celia fragend an. „Wo ist das Problem? Als Protestant darf er doch Sex haben."

Celia lachte erneut. „Aber er ist verheiratet", trällerte sie.

„Das ist ein Scherz, oder?"

Celia verneinte.

Thorsten konnte es nicht fassen. „Sodom und Gomorra", lachte er mit.

Nach einigen weiteren Überlegungen entschieden sie, der Freundin in Hannover gemeinsam einen Besuch abzustatten. Celia rief Jaron von ihrem Handy an und informierte ihn über den aktuellen Stand der Untersuchung.

„Ich habe auch Neuigkeiten." Jaron hatte wie versprochen Kontakt zu der Tochter des Apothekers aufgenommen. „Die hat eine richtig gute Meinung von ihrem Vater. Sie war durch ihre Mutter schon bestens über alle Einzelheiten informiert."

Das hatte Celia sich schon gedacht.

„Aber sie würde sich gerne mit dir über den Journalisten und Gregor Dietz unterhalten. Sie ist der Meinung, man könne das am Telefon nicht so gut. Sie kommt morgen zu euch ins Präsidium. Sie hat 10 Uhr vorgeschlagen. Ich habe gesagt, wenn ich mich nicht mehr bei ihr melde, bleibt es bei der Uhrzeit."

Thorsten und Celia waren einverstanden.

„Wir sind jetzt auf dem Weg nach Hannover", informierte Celia ihn.

Kapitel 15

Thorsten und Celia staunten nicht schlecht, als ihnen in Hannover die Tür durch Chiara Liefers geöffnet wurde. Thorsten, der die Frau bisher nicht zu Gesicht bekommen hatte, verschluckte sich beinahe an seiner Begrüßung.

Das Model überging es gekonnt. Auf den fragenden Blick Celias gab sie ihr eine kurze Erklärung für ihre Anwesenheit. Die ausführliche Erklärung lieferte Rebecca Münch, als sie sich in der Küche gegenüber saßen.

Allem Anschein nach hatten die beiden Frauen vor dem Besuch der Beamten ebenfalls hier gesessen.

Rebecca Münch wandte sich direkt an Celia: „Sie sind die Beamtin, die gestern Chiara vernommen hat?"

Celia setzte zu einer Antwort an.

„Lassen Sie, war eine blöde Frage. Natürlich sind Sie es. Als Chiara gestern auf einmal vor mir stand, war ich nicht gerade begeistert. Zumal Sie ihr von meiner Schwangerschaft berichtet haben."

Sie wischte sich mit der Hand über die Stirn, dann fuhr sie fort. „Es wurde auch nicht gerade besser, als ich von Chiara, nach und nach, alle Wahrheiten über sie und Gregor erfuhr."

Wieder eine Pause und wieder die Hand an der Stirn. Sie litt offensichtlich unter Kopfschmerzen.

Rebecca Münch berichtete über den gestrigen Tag, ihre Wut, ihre Zweifel an dem Mann, den sie geliebt hatte, und von dem sie ein Kind erwartete. Sie endete mit dem gemeinsamen Besuch in einem Restaurant und der Übernachtung der neuen Freundin bei ihr.

„Möchten Sie noch etwas essen? Chiara hat so viele

Brötchen zum Frühstück gekauft, dass es locker noch für Sie reicht", beendete sie ihre kleine Ansprache und zeigte auf einen Korb mit frischen Brötchen.

Weder Celia noch Thorsten war nach Essen. Stattdessen zog Celia die Dossiers und die Bankunterlagen aus ihrer Tasche.

„Es freut mich, dass Sie sich ausgesprochen haben. Ist für uns ganz praktisch, das spart uns einen Weg. Wir hätten Sie sowieso noch aufgesucht", wandte sie sich an Chiara Liefers.

„Sie sollten sich die Unterlagen hier ansehen."

Celia breitete sie auf dem Tisch aus, so dass beide Frauen sie einsehen konnten. Rebecca Münch stutzte, als sie auf einer der Unterlagen ihren Namen entdeckte. Es war der Kaufvertrag der Wohnung. Sie las ihn. Dann schob sie ihn wortlos Chiara zu. Die hatte in der Zeit einen Blick auf eines der zahlreichen Dossiers der Dorfbewohner geworfen. Da sie die Bewohner nicht kannte, konnte sie mit den Informationen wenig anfangen. Sie zog fragend die Augenbraue in die Höhe und legte es auf den Tisch zurück. Mit dem Vertrag konnte sie mehr anfangen.

„Hey, jetzt brauchst du dir keine Sorgen mehr zu machen, ob du dir die Wohnung leisten kannst oder nicht."

Rebecca lachte trocken ohne Fröhlichkeit: „Wenn du dich recht erinnerst, habe ich mir keine Sorgen gemacht. Ich habe dir gestern schon gesagt, dass ich ohne Probleme auch in einer kleinen Wohnung leben kann."

„Entspann dich wieder. Ich habe es nicht so gemeint. Aber es ist doch nett von Gregor:"

„Chiara, tu nicht so naiv. Wirf einen Blick auf die anderen Unterlagen. Die hat er mir nicht aus reiner Menschenfreundlichkeit geschenkt."

Chiara konnte mit den Unterlagen nach wie vor nichts anfangen. Celia klärte sie auf. Am Ende ihres Berichts herrschte für einen Moment Stille in der Küche. Dieses Ausmaß hatte auch Rebecca nicht erkannt. Obwohl sie annahm, sie hätte das Schlimmste schon von Chiara gehört, brach sie in Tränen aus. Chiara beugte sich zu ihr und streichelte ihren Rücken.

„Ich weiß nicht mal mehr, in was für einen Mann ich mich verliebt habe. Der existiert gar nicht. Jeden Tag kommt was Neues raus. Und eins ist schlimmer als das andere. Was für ein Mensch war er eigentlich?"

Sie schüttelte sich. „Der war ein Monster.", stieß sie voller Abscheu aus.

„Komm, beruhige dich. Vielleicht siehst du das alles schlimmer, als es ist. Schau doch erstmal in Ruhe, was mit den Unterlagen ist. Vielleicht ist er ja erpresst worden."

Rebecca verzog höhnisch das Gesicht. „Chiara, du glaubst doch selbst nicht, was du da redest. Selbst der Gregor, den ich kennengelernt habe, war nicht der Mann, der sich erpressen ließ. Es macht die Sache nicht besser, wenn ich mir was in die Tasche lüge."

Celia, die Rebecca zum ersten Mal sah, war am wenigsten erstaunt. Die beiden anderen hatten Rebecca als eher unentschlossen, beinahe naiv erlebt. Diese Stärke hatten sie ihr nicht zugetraut.

Celia nahm das Gespräch wieder auf. „Frau Münch, wenn ich Sie richtig verstehe, hatten Sie von den Aktivitäten Ihres Lebensgefährten keine Ahnung?"

Rebecca lächelte wehmütig und schüttelte den Kopf: „Wahrlich nicht. Nicht dass ich mir wünsche, ich hätte ausgerechnet von diesen Geschichten gewusst", sie zeigte auf die Unterlagen, „aber ich gebe zu, es wäre mir lieber, ich hätte den wahren Gregor erlebt."

„Haben Sie nie mitbekommen, wenn er mit Leuten telefoniert hat? Kam Ihnen in seinem Verhalten manchmal etwas merkwürdig vor?"

Rebecca überlegte gründlich. „Nein, ich muss zugeben, er hat in meiner Gegenwart keine geschäftlichen Telefonate geführt. Wenn, dann hat er in seinem Arbeitszimmer geredet."

„Ich dachte das gehört Ihnen beiden? Da stehen doch zwei Schreibtische drin."

Thorsten erinnerte sich gut an das Arbeitszimmer mit den beiden Schreibtischen. Rebecca Münch nickte: „Aber es gab eine Regelung: Wenn Gregor zuhause war, hatte ich das Zimmer zu räumen. Ich durfte es in der restlichen Zeit nutzen."

„Hatten Sie das Gefühl, Gregor wurde bedroht?"

Obwohl sie sicher war, dass Thorsten die Frage bereits gestellt hatte, wollte sie die Antwort noch einmal von Rebecca Münch hören. Auch davon hatte die junge Frau nichts bemerkt.

„Hätte ein guter Undercover-Agent werden können", brachte Thorsten das Verhalten auf den Punkt.

„Haben Sie mal jemanden aus dem Dorf kennengelernt?"

Es überraschte die Kripobeamten, dass sie diese Frage mit ja beantworten konnte. Sie erwähnte die Eltern, die dies in der ersten Vernehmung ja bereits erzählt hatten.

„Dann waren wir mal mit einem früheren Schulfreund essen. Er hat Gregor wegen eines Zeitungsartikels im Parteibüro besucht. Danach hat Gregor ihn zum Essen eingeladen. Dabei habe ich ihn kennengelernt."

Celia wurde hellhörig.

„Frank Dormagen?"

Rebecca bestätigte ihre Vermutung.

„Was für einen Grund gab es für seinen Besuch?"

Rebecca Münch lachte laut: „Nach allem, was ich Ihnen erzählt habe, glauben Sie doch nicht ernsthaft, dass Gregor mich eingeweiht hat, oder? Alles, was die beiden erzählt haben, war, dass Frank einen Artikel über Gregor schreiben wollte."

Celia nickte enttäuscht.

„Aber Sie haben doch sicher ein Gefühl für die Stimmung zwischen den beiden?"

Es war Thorsten, der darin eine neue Möglichkeit sah. Rebecca Münch dachte intensiv nach, bevor sie eine Antwort gab. Offensichtlich wollte sie behilflich sein.

„Ich habe nicht mehr daran gedacht. Aber jetzt, wo Sie fragen ..." „Zu Anfang, wir haben uns in einem Restaurant getroffen, als Gregor und Frank zur Tür reinkamen, hatte ich das Gefühl, es herrscht dicke Luft zwischen den beiden. Am auffälligsten war die ausgesprochene Aufmerksamkeit mir gegenüber. So als wollten sie sich nicht miteinander beschäftigen."

Sie machte eine erneute Pause. Thorsten war ungeduldig: „Und haben Sie etwas gesagt? Konnten Sie rausfinden, warum dicke Luft herrschte?"

Die Beamten wurden enttäuscht.

Im Laufe des Abends, erklärte Rebecca Münch, entspannten sich beide und es wurde sogar eine lustige Runde. Gregor hatte nie über den Grund der Missstimmung gesprochen. Und sie hatte ihn nie danach gefragt.

Celia und Thorsten waren gedanklich bereits bei einem erneuten Gespräch mit Frank Dormagen, als Rebecca Münch weitersprach. „Und dann habe ich noch einen Jugendfreund aus dem Dorf kennen gelernt. Der ist aber zu uns in die Wohnung gekommen. Ein Physikdozent. Anfangs konnte ich es nicht glauben. Wie kann jemand, der so gut aussieht, so ein trockenes Fach wie Physik lehren? Wenn ich nicht in Gregor verliebt gewesen wäre – in den hätte ich mich verlieben können."

Sie machte wieder eine Pause.

„Er hat etwas Verletzliches. Ich dachte die ganze Zeit, er brauche Hilfe, ich müsse ihn retten."

Pause.

„Vielleicht stimmt das ja auch. Nach dem Tod seiner Freundin. Das muss ihn ziemlich mitgenommen haben."

„War auch bei diesem Besuch etwas ungewöhnlich?" Celia überging den Einwurf über die scheinbare Verletzlichkeit des Dozenten bewusst.

Rebecca Münch schüttelte den Kopf. „Ich kenne den Grund nicht. Mir ist eigentlich nur die Tatsache aufgefallen, dass selbst Gregor Mark gegenüber unheimlich rücksichtsvoll war, als hätte er das gleiche Gefühl wie ich, ihn beschützen zu müssen."

„Niemand war sauer auf den anderen?"

Die Frau verneinte.

Thorsten warf seiner Chefin einen genervten Blick zu. Celia erwiderte ihn.

Chiara Liefers konnte noch weniger zu den Untersuchungen beisteuern. Da sie immer die Rolle der Sekretärin gemimt hatte, waren die privaten Treffen ohne sie verlaufen. Gregor stellte Theo Husen und Frank Dormagen mit ihren jeweiligen Berufen vor. Es war kein persönliches Wort zwischen ihnen gefallen.

„Was passiert denn jetzt mit der Wohnung und dem ganzen Geld." Rebecca stockte. „Scheiße, jetzt halten Sie mich für geldgierig, oder?"

Celia winkte ab.

„Ich brauche das Geld nicht, ich verdiene mein eigenes Geld. Aber ich muss für meine Zukunft und vielleicht auch für die eines Kindes planen, wenn ich mich entscheide, es zu behalten. Ich muss doch wissen, ob ich hier ausziehen muss. Immerhin ist sie nicht rechtmäßig erworben."

„So wie ich das sehe, ist das Geld zwar nicht auf moralisch einwandfreie Art verdient, aber auch nicht auf kriminellem, rechtlich zu verfolgenden Weg. Das würde bedeuten, dass die Wohnung tatsächlich ihnen gehört, so wie es auf dem Papier steht. Ich weiß nicht, ob das Finanzamt noch was haben will oder ob ihr Freund das schon erledigt hat. Aber abnehmen kann ihnen die keiner. Und das Geld? Nun, das geht seinen gewohnten Gang! Gesetzlich ist die Erbfolge ja geregelt. In dem Fall werden wohl die Eltern die Kohle bekommen."

„Das ist ja geil", entschlüpfte es Chiara nicht ganz fein.

„Dann können sie sich doch irgendwo nett was kaufen und müssen nicht ins Altersheim."

Auch Rebecca empfand Genugtuung bei dem Gedanken, dass die alten Menschen zumindest finanziell eine kleine Wiedergutmachung erhielten.

„Ich weiß nicht. Immer wenn ich die Münch sehe, bin ich hin und her gerissen zwischen dem Gefühl: total naiv und super taff. Aber egal – sie hat in jedem Fall mehr drauf, als nur das hübsche Aushängeschild für einen Politiker zu sein. Im Grunde kann sie froh sein, dass sie ihn los ist."

Obwohl er selbst merkte, dass seine Aussage ziemlich drastisch war, nahm Thorsten sie nicht zurück. Celia korrigierte ihn nicht.

„Und was hältst du von der großen Verbrüderung der beiden Frauen?", wollte sie stattdessen wissen.

„Ungewöhnlich. Normalerweise würden sie sich wohl

eher die Augen auskratzen, als sich zusammenzutun. Aber vielleicht hat es mit der ungewöhnlichen Situation zu tun." Thorsten war nicht ernsthaft an dem Thema interessiert.

Celia ließ nicht locker. „Könnte es nicht sein, dass die Frauen sich schon vorher verbrüdert haben?"

Thorsten zuckte zusammen. „Scheiße, ja klar." Aber kurz darauf verwarf er den Gedanken. „Komm Celia. Wie soll das gewesen sein. Einer kommt auf die Doppelgeschichte, sie verbrüdern sich und sinnen auf Rache. Und dafür wählen sie eine Bombe?" Thorsten lachte. „Ausgesprochen untypisch für Frauen."

„Nicht so schnell Thorsten. Sie können ja auch jemanden beauftragt haben."

Es war ihr deutlich anzumerken, dass sie selbst nicht so recht an ihre Version glaubte. „Wie dem auch sei – aus den Augen sollten wir sie nicht lassen. Allerdings finde ich den Journalisten spannender. Möchte zu gerne wissen, worüber die sich in der Wolle hatten."

Kapitel 16

Es war, wie Celia dachte, eine denkbar ungünstige Zeit, um ausgerechnet ein Gespräch mit einem Journalisten führen zu wollen. Nachmittags um 17 Uhr, so stellte sie sich vor, wurde fieberhaft an den Artikeln für die kommende Ausgabe gearbeitet. Aber statt geschäftiger Betriebsamkeit empfing sie angenehme Ruhe, als sie mit Thorsten das Büro der Redaktion betrat. Drei der fünf Schreibtische waren leer. Lediglich eine Frau und ein männlicher Kollege hielten die Stellung. Auf eine Bemerkung Celias lachte die Journalistin herzlich.

„Wir sind hier nicht in einer Großstadtredaktion. Wir können hier in Ruhe unser Pensum abarbeiten. Die Ausgabe für morgen steht. Es gibt nur noch ein paar leere Plätze für unvorhersehbare Ereignisse. Und dafür sind wir beide zuständig. Spätdienst sozusagen."

Sie zeigte auf den Kollegen, der sich bisher nicht um sie gekümmert hatte, und auch jetzt nicht den Anschein erweckte, als wolle er sich an dem Gespräch beteiligen.

Celia erkundigte sich nach Frank Dormagen.

Er hatte sich frei genommen, nachdem er bei Celias Besuch so ausgerastet war.

„Ist er immer so?"

Die Frau lachte wieder. Sie schien kein Freund von Trübsinn zu sein. „Der? Permanent. Er ist ohne Zweifel ein guter Journalist und bei uns völlig unterfordert, aber menschlich?" Sie winkte ab, als wäre damit alles gesagt.

„Hat sich sein Verhalten in letzter Zeit verändert?"

„Hey, täusche ich mich oder befinden wir uns hier mitten in einer polizeilichen Befragung?"

Celia wiegte den Kopf und ließ weder klare Zustimmung noch Verneinung erkennen. Die Frau störte es nicht.

„Im Grunde nicht. Vielleicht war er in letzter Zeit noch unleidlicher. Aber bei dem kann man das sowieso nicht mehr messen. Am besten geht man ihm, so weit möglich, aus dem Weg und macht sein eigenes Ding."

Sie lehnte an ihrem Schreibtisch und winkte lässig ab. Ihr Äußeres entsprach dem Klischee einer Journalistin. Nicht dick, burschikos, wilde kurze Haare, rot gefärbt, die von ihrem runden Kopf abstanden. Blasse, blaue Augen, die wach in ihre Umgebung blickten. Kein Lippenstift, keine Schminke, ausgewaschenes T-Shirt , enge Jeans.

Thorsten schaltete sich erstmals in das Gespräch ein. „Sie sind nicht gerade ein Fan ihres Kollegen?"

Die Journalistin prustete laut aus. Die Geste war Bestätigung genug, wurde durch ihre Worte jedoch nachhaltig unterstrichen. „Über den kann man ja nicht mal sagen, dass er ein Kollege ist. Eher ein Kollegenschw ..."

Sie ließ die restlichen Buchstaben unausgesprochen. Nach einer kurzen Pause fuhr sie fort. Diesmal ein wenig sachlicher. „Frank fühlt sich, nicht zu Unrecht, überlegen. Aber er hat auch nie den Mumm gehabt, sich aus der Provinz zu verabschieden und sein Talent der Welt anzubieten. Er ist schön brav hier geblieben und hat seinem Kumpel Gregor Dietz weiter die Fahne hochgehalten. So gut er sonst war – wenn es um seinen alten Schulfreund ging, war es vorbei mit der objektiven Berichterstattung."

Celia und Thorsten warfen sich einen kurzen Blick zu. Den Vorwurf hatten sie schon einmal vernommen. Damals hatte Ruth Husen ihn formuliert.

„Sind Sie Gregor Dietz je persönlich begegnet?", wollte Celia wissen.

Auch diesmal erhielt sie eine abfällige Antwort. Frank Dormagen hatte Gregor Dietz behandelt wie seinen persönlichen Günstling. Niemand durfte ihm zu nahe kommen, niemand hatte Fragen an ihn zu richten. Wenn Berichte oder Kommentare verfasst wurden, dann ausschließlich von ihm.

„Ich weiß nicht, wie er das beim Chef durchbekommen hat. Aber er hat es geschafft."

„Dann sollten wir uns doch mal mit ihrem Chef unterhalten." Der war ebenfalls nicht im Haus.

„Wie machst du das eigentlich? Hast du nie Hunger?"

Thorsten blickte demonstrativ zu einer Bäckerei, die gegenüber dem Parkplatz lag.

Celia warf einen Blick auf die Uhr und dann, um Vergebung bittend, zu Thorsten. Thorstens Einwurf war nicht unberechtigt. Celia vergaß häufig die Grundbedürfnisse des Lebens zu befriedigen, wenn ein Fall sie gefangen nahm. Erst wenn sie am Abend nach Hause kam, wurde ihr bewusst, was sie über Tag vernachlässigt hatte.

Sie ließ sich von Thorsten ein belegtes Brötchen und einen Latte Macchiato mitbringen. Gegen das Auto gelehnt, aßen die beiden Beamten das verspätete und ausgesprochen sparsame Mittagessen. Beide hingen ihren Gedanken nach. Celia hielt das Gesicht in die Sonne und genoss die warmen Strahlen. Sie gehörte zu den Menschen, die nie genug Sonne haben konnten, auch wenn sie gelegentlich unter wetterbedingten Kopfschmerzen litt.

„Hey träumst du?", riss Thorsten seine Chefin aus ihren Gedanken.

Celia hätte gerne noch ein paar Minuten Ruhe genossen. „Ja", knurrte sie Thorsten an.

Resigniert konzentrierte sie sich auf die Aufgaben, die vor ihr lagen. „Wollen wir uns mal auf den Weg zu unserem Sensationsjournalisten machen?“

Thorsten nickte und stieg in den Dienstwagen. In wenigen Minuten hatten sie die angegebene Adresse erreicht. Buxtehude war nun mal eine Kleinstadt.

Celia schaute sich um. Sie befanden sich mitten in der Altstadt. Enge Gassen und Häuser, deren Giebel sich hier und da beängstigend zur Straße neigten. Die Fassaden waren in freundlichen Farben gestrichen und mit Blumen geschmückt. Ein paar Meter weiter führte die Gasse auf einen Marktplatz, auf dem eine Kirche stand. Die Stadt wirkte, obwohl es noch beinahe eine Stunde bis zum Ladenschluss war, verlassen.

Celia stieß einen Pfiff aus. Thorsten nickte zur Bestätigung. „Nicht die schlechteste Wohngegend. Da würde ich gerne tauschen.“

Als sie wenig später die Wohnung des Journalisten betraten, hatten beide diesen Wunsch nicht mehr. Das Haus, in dem Frank Dormagen ein Appartement zur Miete bewohnte, machte einen ordentlichen und gepflegten Eindruck. Was man von der Wohnung des Journalisten jedoch nicht behaupten konnte. Sie bestand aus zwei Zimmern, Küche, Diele und Bad und hätte, mit ihren alten Böden aus Schiffsholz, bestimmt Atmosphäre verbreitet.

Frank Dormagen hatte es jedoch geschafft, jeden noch so kleinen Winkel mit Ramsch vollzustellen – ohne System, ohne Gefühl für Geschmack. Dabei gab es Stücke, die erkennbar eine Menge Geld gekostet hatten. Nur fehlte dem Besitzer der Sinn für Schönheit.

Dormagen öffnete den Beamten widerstrebend die Tür.

„Wir haben Ihnen ein paar Unterlagen mitgebracht, die Sie sich anschauen sollten. Und dann sollten Sie sich überlegen, ob Sie das Gespräch von gestern morgen, unter neuen Vorzeichen, noch einmal führen möchten."

Die sonst vorherrschende Freundlichkeit in Celias Stimme, hatte einer unbeirrbaren Härte Platz gemacht. Thorsten hatte sie in der einen oder anderen Situation bereits kennengelernt und wusste, dass nun nicht mit ihr zu spaßen war. Für Frank Dormagen hoffte er, dass er zumindest ahnte, was die Betonung für ihn zu bedeuten hatte.

Tatsächlich reagierte er weit entgegenkommender als noch am Vortag. Er bat sie in das sogenannte Wohnzimmer. Bevor sie sich hinsetzen konnten, musste er mehrere Packen Zeitungen aus den Sesseln wuchten. Er schien alles zu lesen, was an Zeitungen auf dem Markt war. Und offenbar bewahrte er sie alle auf. Er warf ihnen einen entschuldigenden Blick zu. „Man muss ja immer sehen, was die Konkurrenz macht." Er wies auf den ersten freien Sessel.

Celia ließ Thorsten den Vortritt und blieb neben einem großen Fenster, das einen Blick auf den Marktplatz bot, stehen. Gardinen gab es in dem Raum sowenig wie Vorhänge. Statt von Pflanzen wurde das Fensterbrett von weiteren Zeitschriften belegt. Celia lehnte sich mit dem Rücken dagegen und beobachtete den Journalisten, wie er eine weitere Sitzgelegenheit freiräumte.

Er schien ein bisschen sehr beflissen. Von der Aufmüpfigkeit des gestrigen Vormittags war nichts übrig.

Celia registrierte das Zittern seiner Hände. Als sie ihn dann mit den Unterlagen konfrontierte, die sie bei Gregor Dietz und dessen Bank gefunden hatte, waren es nicht mehr nur die Hände, die darauf hindeuteten, dass Frank Dormagen nervös war.

Celia ließ ihn schmoren. Thorsten, der nun schon genug Befragungen mit seiner Chefin erlebt hatte, mischte sich nicht ein. Nur einmal hatte er einen solchen Fehler begangen. Das nachfolgende Donnerwetter würde er so schnell nicht vergessen.

Der Journalist hatte nur einen kurzen Blick auf die Unterlagen geworfen. Er hatte sie auf dem niedrigen Tisch vor sich liegen gelassen, jede Berührung vermieden, als würde er sich sonst an ihnen verbrennen. „Was ist das?"

„Sagen Sie es mir."

Erneut senkte er seinen Blick auf die Unterlagen. Er schien mit sich zu ringen.

Celia beobachtete, wie sich langsam die Haltung veränderte. Er hatte eine Entscheidung getroffen. „Gregor hat ein ganz mieses Spiel getrieben." Widerwillig schob er die Unterlagen zusammen.

„Sie kennen sie?"

Der Journalist schüttelte den Kopf. Mit dem Kinn wies er auf die Papiere: „Nein, die nicht. Aber ich habe vor kurzem ähnliche Informationen bekommen. Das hier ist nur eine Bestätigung dessen, was ich raus gefunden habe."

„Wie sind Sie dahinter gekommen?"

Der Journalist lächelte und sah zum ersten Mal, zumindest im Ansatz, sympathisch aus. Den Eindruck zerstörte er mit seinen nächsten Worten ebenso schnell wie er gekommen war: „Journalistisches Können, würde ich sagen. Aber Auskünfte bekommen Sie von mir keine. Meine Informanten sind bei mir gut geschützt."

Celia lächelte ihn bedauernd an: „Ich hatte Sie für klüger gehalten. Wir ermitteln in einem Mordfall. Glauben Sie wirklich, dass der Schutz Ihrer Informanten, wie Sie es nennen, hier relevant ist? Sie machen sich verdächtig und Sie machen sich strafbar, indem Sie unsere Untersuchungen behindern. Nicht besonders klug, oder?"

Das Gesicht des Journalisten nahm die Farbe einer reifen Tomate an.

Celia stellte sich auf einen erneuten Wutausbruch ein, wie sie ihn gestern erlebt hatte. Thorsten, der die Stimmungsänderung ebenfalls erspürte, rutschte auf seinem Sessel nach vorne und war sprungbereit. Celia blieb dagegen gelassen.

Thorsten bewunderte sie wegen ihrer Beherrschung. Er hatte selten erlebt, dass sie die Kontrolle über sich verlor, auch wenn Situationen brisant zu werden drohten.

„Sie waren bei Gregor Dietz in Hannover und hatten wegen dieser Geschichte Krach mit ihm."

„Woher wissen Sie das?"

Celia zuckte die Schultern.

„Kriminalistisches Können, Herr Dormagen", antwortete sie mit einer gehörigen Portion Sarkasmus in der Stimme.

Der Journalist reagierte kaum. Hinter seiner Stirn arbeitete es fieberhaft. Wieder schwiegen die drei.

Nachdem etliche Minuten verstrichen waren, griff Celia in ihre große Umhängetasche. Thorsten, der schon immer verblüfft drüber war, was sie daraus so alles hervorzauberte, staunte nicht schlecht, als sie nun Handschellen hervorkramte.

„Herr Dormagen, ich nehme sie vorläufig fest. Sie stehen unter dem Verdacht ermittlungsrelevante Informationen bewusst zu verschweigen und sind tatverdächtig, Gregor Dietz ermordet zu haben."

Sie machte einen Schritt auf Frank Dormagen zu. Der sprang, wie von einem Tier gestochen, aus seinem Sessel.

„Das meinen Sie doch nicht ernst. Das können Sie

nicht machen. Ich habe mit dem ganzen Scheiß nichts zu tun." Es schien, als würde er gleich in Tränen ausbrechen.

„Wissen Sie was, Herr Dormagen? Mein Vater hat mir immer beigebracht, dass man das Gehirn einschaltet, bevor man etwas sagt oder tut. Und das hätten Sie vielleicht auch besser gemacht. Sie sind es doch, der die Situation verschärft und dahin gebracht hat, wo sie jetzt ist. Und es liegt einzig bei Ihnen, sie zu verändern."

Immer noch mit den Handschellen drohend stand Celia seelenruhig vor dem Mann. Er konnte ihrem Blick nicht begegnen.

„Setzen Sie sich, bitte. Ich rede."

Resigniert ließ er sich in den Sessel fallen.

Thorsten, der sich nicht von der Sesselkante gerührt hatte, lehnte sich etwas entspannter zurück.

„Ich bin mir nicht sicher, wen ich widerlicher finde. Zu Anfang habe ich geglaubt, dass Gregor Dietz, mit seinen Gemeinheiten und miesen Machenschaften, nicht zu übertreffen ist. Aber inzwischen bin ich mir da nicht mehr sicher. Theo Husen hängt ihn um Längen ab. Der hintergeht einfach alles und jeden in seinem Umfeld."

Celia saß Jaron in der Küche ihres Hauses gegenüber. Der Tisch war immer noch vom Abendbrot gedeckt, das sie kurz zuvor gegessen hatten. Keiner hatte Lust aufzustehen und abzuräumen. Celia lehnte sich auf ihrem Stuhl zurück und streckte die Beine unter dem Tisch. Dabei berührte sie Jarons Füße. Liebevoll fuhr er mit seinem rechten Fuß an ihrem Bein hoch. Die Geste hatte nichts Erotisches. Dafür war die Stimmung zu ernst. Sie beruhigte Celia jedoch, die immer noch aufgewühlt war wegen der Informationen, die sie von Frank Dormagen erhalten hatten.

„Erzähl weiter", forderte Jaron sie auf. Er schenkte ihr und sich selbst Tee nach.

„Frank Dormagen geht zum Bauamt und will Informationen über FlyPlan haben. Bebauungstechnische über den Ort und darüber, was weiter geplant ist. Da liegen auf dem Tisch Unterlagen über Besitzstandsänderungen. Er wusste zu dem Zeitpunkt schon, dass Gregor für die Erweiterung von FlyPlan war. Daraus hat der ja auch nie einen Hehl gemacht. Aber die Geschichte mit Husen wusste er nicht. Und er wusste zu dem Zeitpunkt auch nicht, wie weit Gregor mit seiner Unterstützung gehen würde. Die Unterlagen stießen ihn mit der Nase darauf, dass nicht nur Gregor Dietz, sondern auch Theo Husen sein Grundstück verkauft hat, und die beiden dadurch den Widerstand gegen die Verlängerung der Startbahn ad absurdum geführt hatten. Aber der Witz war, dass er dachte, Dietz hätte die Husens irgendwie über den Tisch gezogen. Er wusste ja, dass das Grundstück Ruth Husen gehört. Deshalb ist er zu Dietz nach Hannover und hat ihn zur Rede gestellt. Das war der Abend, als er auf Rebecca Münch getroffen ist."

„Lass mich raten. Gregor Dietz hat den Journalisten ausgelacht und über die Wahrheit aufgeklärt?"

Celia musste lachen. „Woher weißt du?"

Jaron zuckte die Schultern. „In jedem Juristen steckt eine gehörige Portion an krimineller Energie. So, wie du den Mann beschrieben hast, blieb doch gar nichts anderes."

„Stimmt. Allerdings wissen wir es bisher nur von Dormagen. Vielleicht hat er ja gelogen. Aber das kann ich mir nicht vorstellen."

Celia sprach weiter.

„Frank Dormagen fährt zurück nach Hause und trifft

sich mit Husen. Als er ihn mit seinem Wissen konfrontiert, ist Husen außer sich. Aber nicht nur darüber, dass Gregor Dietz ihn bloßgestellt hat, sondern aus Angst, dass alles publik wird und er seinen guten Ruf verliert."

Celia erzählte weiter: „Um zu retten, was eigentlich nicht mehr zu retten war, leitet er künftig alle Informationen über ihre Aktivitäten an Frank Dormagen weiter. Dafür hat er sich Stillschweigen über seine eigenen Verwicklungen zusagen lassen und noch mal Geld kassiert. Du kannst dich an die Kontoauszüge erinnern?"

Jaron musste zugeben, dass er das im Detail nicht konnte. „Da gab es in regelmäßigen Abständen Beträge, die als Sponsorengelder ausgewiesen waren. Ich habe es auch erst entdeckt, als ich sie mir nach Dormagens Erklärungen noch mal angeschaut habe. Da hat die kleine Lokalzeitung ganz schön bluten müssen. Ich wusste gar nicht, dass die für so was überhaupt Geld haben."

„Wie lange ging das Ganze?"

„Seit gut drei Monaten."

Jaron pfiff leise durch die Zähne.

„Was sagt uns das im Hinblick auf die Ermittlungen?"

Celia schüttelte den Kopf. „Um ehrlich zu sein – ich weiß es nicht. Der große Unbekannte ist Gregor Dietz. Ich glaube der hat so viele Leute gegen sich aufgebracht, dass ein Mord wie bei ‚Mord im Orientexpress' von Agatha Christie möglich wäre. Jeder darf mal. Jeder hat einen eigenen Grund."

„Aber wir können keinen der beiden ausschließen?"

„Nein, sicher nicht. Frank Dormagen ist von seinem Idol schwer enttäuscht worden – das kann viel auslösen. Dazu kommt, dass er intelligent genug ist, um nach Anweisung eine Bombe zu bauen. Und Theo Husen? Der Mann würde sicher viel für seinen vermeintlich guten

Ruf tun. Aber, bei der Bombe bin ich mir nicht so sicher."
„Aber die Intelligenz hat er auch?"
Celia nickte. Dann reckte sie sich und gähnte herzhaft.
„Na, so deutlich musst du ja nun auch nicht werden", lachte Jaron. „Ich hab's schon verstanden. Ich muss den Tisch heute alleine abräumen, oder?"
Celia sprang auf und wollte sich an das Geschirr machen. „So habe ich das nicht gemeint."
Jaron lachte und nahm Celia in den Arm. „Ab mit dir. Sieh zu, dass du ins Bett kommst."
Celia bedankte sich mit einem herzhaften Kuss.
Als Jaron eine halbe Stunde später ins Schlafzimmer kam, hörte er ihre regelmäßigen, tiefen Atemzüge, sie schlief.

Kapitel 17

Thorsten hätte sich Harmonie gewünscht. Sie war ihm, wie er Celia am Morgen erzählte, verwehrt geblieben. „Tut mir leid, wenn ich dir damit die Ohren voll jaule. Aber ich muss einfach mal mit jemandem darüber reden. Ich bin mir einfach nicht sicher, ob es sich überhaupt lohnt, noch Energien in die Beziehung zu stecken. Die Frau reizt mich bis aufs Messer mit ihren giftigen Attacken. Und ich finde sie so unbegründet."

Celia lachte.

„Findet Eva wahrscheinlich nicht."

Thorsten bestätigte ihre Vermutung. „Ach komm, wir kümmern uns lieber um den Fall. Bringt sowieso nichts, wenn wir uns über Eva die Köpfe heiß reden. Ändern wird sie sich deshalb bestimmt nicht."

„Die Frage ist doch nicht, ob sie sich ändert, sondern ob du dich trennen musst. Es sollte eigentlich nicht Sinn einer Beziehung sein, dass man sich für den anderen ändert. Du hast dich doch in Eva verliebt und nicht in ein Wunschbild. Und jetzt erkennst du, dass sie ganz anders ist?"

Thorsten wurde es unbehaglich. Er zögerte mit der Antwort. „Ich bin mir nicht sicher, ob es nicht doch so ist. Manchmal habe ich das Gefühl, sie ist nicht mehr die Frau, in die ich mich verliebt habe."

„Vielleicht ist sie die nie gewesen. Wer weiß, was du in ihr sehen wolltest."

Thorsten winkte ab. Er wollte nicht mehr über das Thema reden. Celia respektierte seinen Wunsch. Sie konnte sich noch gut erinnern, wie oft sie Gesprächsangebote von Freunden abgeblockt hatte, wenn es um ihren damaligen Freund Mike ging. Unterbewusst war ihr lange vor der Trennung klar, dass er nicht der Richtige und der Schlussstrich überfällig war. Aber sie wollte sich dem Problem nicht stellen. Als sie endlich so weit war, war es fast zu spät. Beinahe hätte sie es mit ihrem Leben bezahlt.

„Soll Jaron bei dem Gespräch mit Paula Husen dabei sein?"

Celia schüttelte den Kopf.

Thorsten gab sich damit zufrieden. Er zog sich in sein Büro zurück. Sie saß, mit einem Kaffee neben sich, an ihrem Schreibtisch, sortierte Unerledigtes zur Seite und schaffte Platz für die Unterlagen des Falles. Für jeden Beteiligten hatte sie ein eigenes Blatt angelegt, auf dem sie Stichworte über die betreffende Person notiert hatte. Sie lagen ausgebreitet auf ihrem Schreibtisch. In der Mitte lag das Blatt des Opfers, rundum die anderen. Sie war damit beschäftigt, Querverbindungen untereinander und zum Opfer zu ziehen. Mit Linien zeichnete sie die Verknüpfungen und beschriftete sie mit einem Stichwort über die Art der Beziehung. Schnell stellte sie fest, dass ihr Schreibtisch nicht ausreichte um alle Beteiligten unterzubringen. Sie griff ihre Unterlagen und ging mit ihnen zurück in Thorstens Büro. Dort gab es eine große Pinnwand. Auf der befestigte sie mit Stecknadeln, was sie auf ihrem Schreibtisch vorbereitet hatte. Thorsten schaute interessiert zu. Er kam von seinem Schreibtisch zu Celia herüber. Nachdenklich betrachtete er die Zusammenhänge.

„Da haben Sie ja unsere ganze Familie hübsch auf einem Bild zusammen angeordnet. Das gibt es in der Realität leider nicht mehr."

Celia und Thorsten waren gleichermaßen zusammengeschreckt.

„Tut mir leid. Ich glaube, Sie haben mein Klopfen nicht gehört. Ich bin Paula Husen.“

Mit ausgestreckter Hand kam die junge Frau auf die beiden Beamten zu. Auf den ersten Blick schien es, als hätte sie ausgesprochen viele Eigenschaften ihres Vaters geerbt. Dazu zählten, neben der schlanken, beinahe asketischen Figur, die kantigen, fast harten Gesichtszüge. Paula Husen war, was die Äußerlichkeiten anbelangte, nicht so vom Glück begünstigt wie ihre Schwester Lara.

„Sie haben Recht. Wir haben Sie wirklich nicht gehört. Wir waren gerade in die Betrachtung des Umfeldes des Opfers vertieft.“

Celia ging auf die junge Frau zu, um sie zu begrüßen. Thorsten tat es ihr gleich. Zu dritt nahmen sie in Celias Büro platz. Da niemand Kaffee wollte, eröffnete die Juristin das Gespräch sehr souverän.

„Staatsanwalt Karloff bat mich, Sie über die Beziehung zwischen Gregor Dietz und Frank Dormagen aufzuklären. Ich hatte den Eindruck, dass es besser wäre, dies in einem persönlichen Gespräch zu tun. Wie sich der Fall in den letzten zwei Tagen entwickelt hat, liege ich damit sicher nicht falsch. Auf die Art, kann ich auch bei meiner Mutter vorbeischauen und sehen, was ich für sie tun kann.“

Die Stimme der Frau hatte bei den letzten Worten jede Weichheit verloren. Mehr noch, sie war von mühevoll unterdrückter Wut geprägt.

Celia nutzte die Gelegenheit, um die Tochter zu ihrem Vater zu befragen.

„Da Sie ihn selbst ins Spiel bringen – trauen Sie ihm einen Mord zu?“

Die Juristin zuckte bei den Worten zusammen. Allem Anschein nach hatte sie nicht damit gerechnet, auf ihren Vater angesprochen zu werden.

„Entschuldigen Sie meine Reaktion. Auch als Juristin rechnet man nicht damit, dass man sich mal mit der Tatsache auseinandersetzen muss, dass der Vater in kriminelle Machenschaften verwickelt sein könnte."

Celia beobachtete die Frau, ohne etwas zu erwidern. Thorsten hatte einen Notizblock vor sich auf dem Tisch liegen, verzichtete aber darauf, Frage und Reaktion zu notieren. Es dauerte noch einen weiteren Moment, bis Paula Husen sich besonnen hatte.

„Wie soll ich das sagen? Wir wissen schon seit unserer Kindheit, dass unser Vater zu diversen Gemeinheiten fähig ist. Er hat es uns oft genug spüren lassen. Aber dabei ging es darum, dass wir weiblich sind und ihm das nicht genügte. Was er unserer Mutter angetan hat, steht dabei noch mal auf einem ganz anderen Blatt."

„Sie meinen den Verkauf an FlyPlan?"

Paula Husen schaute verdutzt zu dem Beamten. Sie lachte hart auf.

„Nein, das meine ich nicht. Das sind Peanuts. Dagegen werden wir juristisch vorgehen. Da hat er nicht die geringste Chance. Und auch FlyPlan wird sich warm anziehen müssen. Das die den Vertrag unterschrieben haben, grenzt an Dummheit."

„Wovon reden Sie?"

„ Sie haben ihn doch kennengelernt. Ist Ihnen nicht aufgefallen, wie er mit unserer Mutter umgeht?"

Celia hatte es miterlebt.

„Das sind Sachen, gegen die kann man nichts machen. Die sind so subtil, dass man keine Chance hat."

Celia hatte genug mitbekommen, um zu wissen, worüber die Tochter sprach. Aber sie hatte wenig Lust, erneut darauf einzugehen. Auch wenn es ihr leid um die Frauen der Familie tat. Sie hob bedauernd die Schultern.

Paula Husen verstand die Geste. „Entschuldigen Sie bitte. Das gehört hier natürlich nicht hin. Es ist nur ein wenig viel in den letzten Tagen. Und kombiniert mit dem, was unser Vater sich in den letzten Jahren geleistet hat ..."

Sie ließ den Rest unausgesprochen. „Aber Sie haben eine Frage gestellt." Sie zögerte erneut für einen kleinen Moment. „Nein! Nein!", sie klang sehr bestimmt. „Einen Mord kann ich mir dennoch nicht vorstellen. Schon die bloße Aussicht, er würde erwischt und müsste ins Gefängnis, würde ihn davon abhalten. Er ist so sehr auf seinen Komfort angewiesen, sein vornehmes Leben ist ihm so wichtig. Nein, wirklich nicht."

Sie lachte über die Vorstellung, ihr Vater säße im Gefängnis. Dann wurde sie wieder ernst.

„So was nennt man wohl Galgenhumor. Im Grunde ist es wirklich nicht zum Lachen. Ich wage nicht, an meine Mutter zu denken. Der ist das Lachen schon lange vergangen."

Thorsten räusperte sich, weil er befürchtete, die junge Frau würde erneut auf die ehelichen Probleme zu sprechen kommen. Paula Husen war feinfühlig. Sie lächelte Thorsten an.

„Ich fange nicht schon wieder von der Beziehung meiner Eltern an. Ich bezog mich schon auf die aktuellen Ereignisse. Aber Sie wollten etwas über die drei Männer Gregor, Frank und Mark wissen, oder?"

„Hauptsächlich über die beiden ersten. Herr Tegtmeyer war mit seinen Informationen großzügig."

Erneut lachte Paula Husen.

„Das passt gut. So war Mark immer schon. Hilfsbereit und nachsichtig."

Bei dem Gedanken an den ehemaligen Klassenkameraden wurden ihre sonst eher harten Züge weich. Celia stellte erstaunt fest, dass sie den gleichen Gesichtsausdruck gestern bei Rebecca Münch gesehen hatte.

„Sie mögen Mark Tegtmeyer?"

Thorsten, der die Feinheiten nicht mitbekommen hatte, schaute überrascht zu seiner Chefin. Auch die Juristin wirkte irritiert.

„Sieht man das so genau?", wollte sie wissen.

Celia ließ die Frage im Raum stehen.

„Was solls", zuckte sie mit den Schultern. „Es hat Zeiten gegeben, da hätte mir die Frage Tränen in die Augen getrieben. Da war ich mehr, als nur ein bisschen in den Mann verliebt. Aber das ist schon viele Jahre her. Inzwischen sind meine Gefühle ein wenig abgeklärter und der Realität gewichen."

Sie schaute betont an sich herunter.

„Der Mann braucht keine Frau wie mich. Der kann ganz andere haben." Sie zögerte einen Moment. „Aber festgelegt hat er sich trotzdem nicht. Nicht mehr seit damals."

Celia hob fragend eine Augenbraue. Thorsten fasste die Frage in Worte. „Die Lebensgefährtin von Gregor Dietz hat gestern eine ähnliche Bemerkung gemacht. Was war damals?"

Paula Husen winkte ab. „Eine ganz alte Geschichte. Eine Freundin von Mark ist bei einem Verkehrsunfall ums Leben gekommen. Ich glaube, sie war seine ganz große Liebe. Seither hat er viele Frauen gehabt, aber er ist nie lange bei einer geblieben. Ich glaube, er hat es nie richtig verarbeitet."

Celia tat der Mann zwar leid, aber sie wollte zum Thema kommen.

„Ja, Frank Dormagen", ging Paula auf Celia ein.

„Entschuldigen Sie den Ausdruck, aber während unserer Schulzeit war er für uns der Inbegriff des Arschkriechers. Dass er Gregor nicht die Schultasche hinterhergetragen hat, war eigentlich erstaunlich. Der hat einfach alles für den gemacht." Ihre Stimme zeugte, auch nach all den Jahren, von großer Abscheu. „Ohne Frank wäre Gregor im Abi kläglich gescheitert."

Auf den fragenden Blick Celias winkte sie ab. „Die haben beschissen, wo sie konnten. Nur in der mündlichen Prüfung klappte das natürlich nicht. Aber da kam Gregor sein Naturell zugute. Reden konnte er damals schon."

„Frau Husen", Celia war ein wenig ungeduldig. „Das ist ja alles schön und gut. Aber das erklärt noch überhaupt nicht, warum der Mann bei unseren Ermittlungen so widerspenstig ist. Im Gegenteil. Wenn er ein so großer Bewunderer des Politikers ist, müsste er doch alles daran setzen, dass wir den Mörder so schnell wie möglich ermitteln."

Paula Husen wusste keine Antwort. Sie unterhielten sich noch eine ganze Weile. Am Ende änderte es aber nichts an der Situation. Paula Husen konnte nicht weiterhelfen.

„Trauen Sie ihm zu, dass er so enttäuscht von seinem Helden war, dass er zu einem Mord fähig wäre. Immerhin hat er herausgefunden, was Ihr Vater und Gregor Dietz getrieben haben?"

Die junge Frau wog ihre nächsten Worte sehr genau ab. „Frank ist doch ein armer Kerl. Er hat immer im Schatten von Mark gestanden. Obwohl er alles für Gregor getan hat, hat der sich mehr mit Mark abgegeben und Frank deutlich spüren lassen, dass er ihn nur benutzt. Ich weiß wirklich nicht, wie er das all die Jahre gepackt hat. Dann kam der Unfall und die Beziehung zu Mark kühlte ab. Das war seine Gelegenheit und er hat sie genutzt, würde ich sagen. Ich kann nicht beurteilen, wie die Erkenntnisse über Gregors Tun auf ihn gewirkt haben und was sie ausgelöst haben. Tatsache ist aber, dass Frank unbeherrscht ist. Aber das passt nicht zu einer Bombe. Oder meinen Sie nicht?", schränkte sie ihre Aussage ein.

Im Stillen mussten die beiden Beamten der Frau Recht geben. Eine Bombe war ein Mordwerkzeug, das Kalkül verlangte. Sie taugte nicht für spontane Rachegelüste.

„Was könnte Herrn Dormagen, wenn er als Täter nicht in Frage kommt, zu einer Blockade unserer Ermittlungen verleiten?"

Paula Husen bedachte die Frage ernsthaft. „Mir fallen zwei mögliche Gründe ein. Zunächst einmal, weil er etwas über sich selbst nicht bekanntwerden lassen möchte. Und dann vielleicht, weil er den Täter schützen möchte."

Beide Gedanken hatten etwas für sich.

„Was könnte es sein, das niemand über ihn wissen soll?"

Die Worte der Frau brachten Thorsten und Celia tatsächlich aus der Fassung. „Seine Homosexualität zum Beispiel."

„Wieso sollte er das verhindern wollen. Da ist doch nichts dran in der heutigen Zeit."

Es war erneut Thorsten, der die Gedanken aussprach. Aber Paula Husen lachte verächtlich. „Das ist doch dummes Gerede."

Bevor Thorsten beleidigt sein konnte, fuhr sie fort. „Entschuldigen Sie, ich meine es nicht persönlich. Das hätten viele gern. Aber Sie wissen so gut wie ich, dass es noch genug Vorbehalte gibt – vor allem dann, wenn die betroffenen Personen, in irgendeiner Form in der Öffentlichkeit stehen."

Erneut mussten die Beamten der Frau zustimmen. Die zweite mögliche Begründung für sein Verhalten brauchte sie nicht zu erläutern. Als sie sich verabschiedete, ließ sie zwei nachdenkliche Ermittler zurück.

Kapitel 18

Mark Tegtmeyer brauchte einen Moment, bevor er sich zurechtfand. Im Hintergrund hörte er jemanden in einer Küche klappern. Es hörte sich nach einer Kaffeemaschine an. Kurz darauf bestätigte der Geruch, der ins Zimmer zog, seine Vermutung.

Er lag im Bett der kleinen Drahtigen. Ein Novum. So viel Beziehungen er bisher hatte, nie war er mit einem der Mädchen in ihre Wohnung gegangen. Brit hatte ihn zu einem weiteren Fehler verleitet. Zunächst die missglückte Trennung und nun das. Wissend, dass er nun nichts mehr daran ändern konnte, schaute er sich vom Bett im Zimmer um. Dabei bemerkte er, dass er sich gar nicht so unwohl fühlte.

Die Studentin hatte allem Anschein nach ein Faible für solide alte Möbel, die definitiv nicht vom Sperrmüll, sondern aus entsprechenden Läden kamen. Die Sachen machten einen teuren Einruck. Es hinderte sie nicht daran, dem Zimmer einen durchaus gemütlichen Anstrich zu geben.

Mark lachte, als er realisierte, dass er zum ersten Mal in seinem Leben in einem Himmelbett geschlafen hatte. Dabei konnte er sich nicht mal mehr daran erinnern, wie er dort hineingekommen war. Seine Erinnerung setzte im Wohnzimmer der Studentin aus. Dabei brauchte er sich keine Gedanken darüber zu machen, was möglicherweise im Bett passiert war. Er erinnerte sich, dass dies bereits im Wohnzimmer passiert war. Er hatte genug psychologisches Wissen, um sein Verhalten mit einer gesunden Trauer zu erklären. Aber er war auch ehrlich genug, um sich einzugestehen, dass es damit nichts zu tun hatte. Er hatte sehr bewusst mit Brit geschlafen. Bewusster als all die Male vorher. Die Situation am Parkplatz hatte etwas in ihm verändert. Er konnte nicht benennen, was es genau war – Brits eigene Geschichte oder ihr Verständnis für seine.

Was es auch gewesen sein mochte, es hatte in ihm erstmalig seit langem ein warmes, wohliges Gefühl ausgelöst. Es hielt überraschenderweise immer noch an. Er stand auf und wollte die im Wohnzimmer liegenden Klamotten einsammeln, um Brit nicht ohne Hose gegenüberzutreten. Es gelang ihm nicht. Im Flur kam sie ihm entgegen. Sie war, wie er, immer noch nackt. Und sie strahlte ihm beinahe beseelt entgegen. Ihr Anblick erfreute und erregte ihn gleichermaßen. Lächelnd nahm Brit es zur Kenntnis.

„Erst Kaffee oder lieber später?“, erkundigte sie sich keck.

Als sie sich später in der Küche gegenübersaßen, fühlte er immer noch einen Hauch Erregung und ein wohliges Nachkribbeln. Erstaunt stellte er das Fehlen von früheren Fluchtgedanken in solchen Situationen fest. Er streckte die Beine unter dem kleinen Holztisch aus und lehnte sich entspannt auf dem Stuhl zurück. Genüsslich trank er den ersten Schluck Kaffee.

Brit hatte sich ganz offensichtlich Mühe gegeben, den Tisch zu decken. Allerdings nicht extra für ihn, wie sie ihm erklärte: „Das Frühstück ist mir die liebste Mahlzeit. Bei der lasse ich mir immer Zeit. Die anderen vergesse oder überspringe ich schon mal. Aber das Frühstück nie. Egal, wie spät es ist.“

Mark Tegtmeyer war nie aufgefallen, wie souverän die junge Studentin war. Sie schien genau zu wissen, wo sie im Leben stand. Er schämte sich, dass er bisher so wenig ernsthaftes Interesse an ihr hatte. „Kommst du eigentlich aus Hamburg?"

Wie ein Detektor ortete sie, dass ihm sein Nichtwissen peinlich war.

„Mach dir keine Gedanken. Ich wusste ja, dass du keine ernste Beziehung wolltest. Das hast du mehrfach und sehr deutlich zu verstehen gegeben. Nein, ich komme aus Gütersloh. Da, wo der Hund begraben ist."

Er musste lachen. Nicht nur wegen der letzten Bemerkung. Er war erleichtert, mit welcher Klarheit sie die Situation wahrgenommen hatte und nun mit der Veränderung umging. Im Hintergrund lief leise klassische Musik. Er konnte sie nicht zuordnen. „Magst du klassische Musik?"

„Ja", antwortete sie schlicht.

Er verließ seinen Platz und hockte sich neben ihren Stuhl. Seine Hände legte er auf ihre Beine.

„Ich glaube, ich muss mich bei dir entschuldigen. Ich war nicht fair zu dir."

Er zögerte bevor er weiter sprach. „Nicht nur zu dir. Aber eben auch zu dir. Du hast es nicht verdient, dass jemand so mit dir umgeht. Entschuldige bitte."

Er wollte mehr sagen, aber sie ließ es nicht zu. Sie stand auf und zog ihn mit hoch. Wieder stand die kleine zierliche Person vor ihm und kam ihm doch so groß vor.

„Hör auf damit. Wir wissen beide, dass du gute Gründe für dein Verhalten hattest und sich seit gestern was verändert hat. Aber du solltest dich nicht gleich überfordern. Lass uns abwarten, was in den nächsten Tagen passiert, wie du dich fühlst. Und wer weiß, vielleicht entwickelt sich was ganz Besonderes daraus."

Sie schaute ihm ernsthaft in die Augen. Mark schnürte

es die Kehle zu. Er wollte nicht darüber nachdenken, was er in der Vergangenheit getan hatte. Brit, die sehr wohl die Tränen in seinen Augen hatte schimmern sehen, zog ihn ins Wohnzimmer auf das Sofa. Sie wischte ihm die Tränen weg und küsste ihn sanft.

„Wie es ist, ist es in Ordnung", flüsterte sie, während sie vor ihm auf dem Boden kniete und sein Gesicht in ihren Händen hielt. Früher hätte Mark eine solche Situation gerne zu einer erneuten sexuellen Begegnung genutzt. Heute fühlte er nur ein tiefes Gefühl der Dankbarkeit über so viel Freundlichkeit. Er zog Brit neben sich auf das Sofa.

„Ich bin ein ganz schöner Idiot. Wieso habe ich bisher eigentlich nicht gemerkt, was für eine beeindruckende Frau du bist?"

„Tja, warum nur?", lachte sie.

Es war nicht schwer, Brit davon zu überzeugen, dass sie ihre Beziehung an der Uni nicht an die große Glocke hängen sollten.

„Sag mal, gibt es in dem Fall auch normale Leute?"

Celia lachte, konnte Thorstens Äußerung aber durchaus nachvollziehen.

„Vielleicht hat es was mit dem Atomkraftwerk in Stade zu tun. Du weißt schon. Strahlungen und so. Die sollen ja mitunter Veränderungen hervorrufen. Vielleicht stoßen wir gerade darauf, dass sie Veränderungen der Psyche verursachen." Thorsten runzelte die Stirn und wies mit dem Zeigefinger an sie. Jaron sah es gerade noch als er zur Tür herein kam.

„Ich hoffe, das galt nicht mir."

„Nein, deiner Lebensgefährtin."

„Höre ich da ein wenig Respektlosigkeit heraus?", er wandte sich an Celia und küsste sie.

„Was heißt ein wenig. Ich finde sie sehr auffällig."

Sie erwiderte seinen Kuss.

„Möchtest du Kaffee?"

„Lieber was Kaltes."

Er ging zur Pinnwand und betrachtete die von Celia erstellten Zeichnungen und Notizen.

„Hat euch das Gespräch mit der Juristin Husen weitergebracht?"

Celia reichte ihm ein Glas Wasser, ging zur Pinnwand und griff nach einem Stift. Ohne etwas zu sagen, notierte sie unter dem Namen Frank Dormagen das Wort „homosexuell".

„Und deshalb hat er Gregor Dietz umgebracht? Wollt ihr euch lächerlich machen?"

Celia winkte ab. Thorsten übernahm die Antwort. „Ist nicht unsere Absicht. Aber es war, wenn überhaupt, das einzig Interessante an der ganzen Unterhaltung. Es gab nichts, was uns weitergebracht hat."

Er wirkte bei den Worten ein wenig resigniert. Celia konnte es ihm nicht verdenken.

„Ich weiß nicht, wo wir ansetzen sollen. Nicht, dass Gregor Dietz unzähligen Menschen in seinem Umfeld Grund genug für einen Mord geliefert hätte. Aber irgendwie passt es dann doch nicht. Oder wir haben noch nicht tief genug geschürft."

Celia gab nicht so schnell klein bei. Entschlossen und mit neuer Energie griff sie nach dem Telefonhörer. Über mehrere Zwischenstationen erreichte sie die Sekretärin von Jean Leroc von der Firma FlyPlan.

Er war der Mann, der für die Firma die Verhandlungen mit Gregor Dietz geführt hatte. Nach einigen Mühen war die Sekretärin davon überzeugt, mit der Polizei und nicht mit einem Journalisten zu telefonieren und stellte das Gespräch zu ihrem Chef durch. Ihn konnte Celia sehr schnell von der Notwendigkeit eines persönlichen Treffens überzeugen. Celia griff nach ihrer großen Umhängetasche und wollte sich von Jaron verabschieden, als die Tür von draußen aufgestoßen wurde. Mit Schwung betrat Alec Snyder das Büro – ganz in Orange gekleidet. Sie sprudelte munter los. Die angespannte Situation bei ihrer Vorstellungsrunde schien sie vergessen zu haben. Sie verhielt sich völlig unbefangen. „Hey, ich bin auf der Suche nach Richie. Der hat mir da unten einen wahren Trümmerhaufen hinterlassen. Aber ich weiß nicht, wonach ich Ausschau halten soll. Wisst ihr was darüber oder über Richie?"

Ihre Art erleichterte es Celia, ihrerseits neu und ungezwungen auf sie zuzugehen. „Weder, noch. Ich glaube nicht, dass die Sachen etwas mit unserem Fall zu tun haben. Und Richie haben wir seit unserer gestrigen Begegnung nicht mehr zu Gesicht bekommen", lachte Celia.

Alec Snyder schlug sich mit der Hand gegen die Stirn.

„Gott bin ich unhöflich. Ich habe nicht mal richtig Hallo gesagt."

Sie kam auf Celia zu und nahm sie in den Arm.

Celia, die sich nicht für prüde hielt, war die Annäherung unangenehm. Sie gehörte nicht zu den Menschen, die schnell körperlichen Kontakt zuließen oder suchten. Nähe wollte sie nur von Menschen, die ihr auch tatsächlich nahestanden. Und das konnten nur Menschen sein, die sie schon lange kannte und zu denen sie eine Beziehung aufgebaut hatte.

Sie ließ es sich nicht anmerken. Nur Jaron bemerkte, wie steif sie auf die Umarmung reagierte. Bei dem Gedanken, ebenfalls in den Arm genommen zu werden, fühlte er sich befangen, nicht nur weil er keinen erneuten Konflikt bei Celia hervorrufen wollte. Aber Jarons Sorgen waren überflüssig – Alec Snyder hielt Abstand zu den Männern. Jaron war erleichtert. Bei Thorsten konnte davon nicht die Rede sein.

„Sag mal", wandte sie sich direkt an Celia, „was hältst du davon, wenn wir heute Abend zusammen etwas Trinken gehen. Ich bin hier noch recht fremd und außerdem finde ich dich nett."

Jaron fühlte, wie er sich erneut verspannte. Irgendwas irritierte ihn. Auch Celia war unbehaglich zumute. Nur Thorsten ergriff die Gelegenheit beim Schopf. „Das ist doch eine gute Idee. Was haltet ihr davon, wenn wir mit Alec zu Mona gehen. Die Atmosphäre ist doch nett und da hätten wir die Möglichkeit, gemütlich zusammenzusitzen und uns besser kennenzulernen."

Celia warf ihm einen wütenden Blick zu. Thorsten erwiderte ihn trotzig. Er wusste, dass Celia ihn in seiner Absicht, Eva möglichst aus dem Weg zu gehen, durchschaute. Alec reagierte derart begeistert, dass Celia kaum eine Möglichkeit sah, nein zu sagen.

Die Gerichtsmedizinerin verschwand so stürmisch, wie sie hereingeplatzt war. Celia warf Jaron einen fragenden Blick zu. Aber er konnte die Begegnung mit Alec genauso wenig einordnen wie sie. Daher zuckte er unschlüssig die Schultern. Thorsten schien das alles nicht mitbekommen zu haben. Er schwärmte unverhohlen von der Frau. „Ist die nicht klasse? Vor allem so unkompliziert."

Celia stöhnte: „Du würdest wahrscheinlich sogar eine Giftschlange als unkompliziert beschreiben. Ich glaube nicht, dass du momentan besonders urteilsstark bist."

Sie boxte ihn freundschaftlich in die Rippen.

„Hähä, wie komisch." Er fühlte sich erwischt.

„Thorsten, ich glaube, wir müssen los. Sonst schaffen wir unseren Termin nicht."

Thorsten war eingeschnappt. Celia ließ sich davon nicht beirren. „Du kannst machen, was du willst. Aber du wirst nicht erleben, dass ich kommentarlos zusehe, wenn du in meinen Augen Mist machst. Nur weil die Beziehung zu Eva schlecht läuft, brauchst du dich nicht in ein Abenteuer mit einer anderen stürzen."

„Du spinnst doch. Bist du immer noch eifersüchtig? Hast du Angst, sie stiehlt dir die Show?"

Celia schluckte die heftige Erwiderung, die ihr auf der Zunge lag, herunter. Stattdessen konzentrierte sie sich auf den Verkehr. Sie fuhren am Deich entlang zum großen Flugzeugwerk. Kurz bevor sie das Gelände erreichten, passierten sie eine Stelle, an welcher der Deich durchbrochen war. Dahinter konnten sie die bisherige Start- und Landebahn des Unternehmens sehen. An dieser Stelle sollte auch der Ausbau stattfinden. Sie würde dann weiter, quer über die Straße, mitten durch Obstplantagen, hin nach Neuenfelde führen. Dort, kurz vor der Kirche, die man in der Ferne erkennen konnte, würde sie enden.

Celia bog auf das Firmengelände. Vor einer Schranke musste sie anhalten. Der Pförtner erkundigte sich bei Jean Leroc nach der Richtigkeit von Celias Angaben. Dann ließ er sie, ausgestattet mit einem Besucherschein und einer Wegbeschreibung, passieren.

So kühl die Sekretärin die beiden Beamten empfing, so wohlwollend war die Begrüßung durch Jean Leroc. Jovial schüttelte er den beiden die Hand und lud sie in die Besucherecke seines Büros ein. Dort hatte er schon mit Kaffee und Kuchen eindecken lassen. Leroc sah ganz so aus, als würde er sich diesen Service öfter gönnen. Der

Figur nach hätte ihm ein Verzicht auf das ein oder andere Stück nicht geschadet.

Sein Gesicht war rund, er hatte eine Glatze. Der graue Anzug war auf die ausufernde Figur maßgeschneidert. Der Mann erinnerte Celia in seiner Art an Hercule Poirot, den Detektiv aus Krimis von Agatha Christie. Allerdings war Leroc Franzose. Er sprach fließend Deutsch, man konnte einen französischen Akzent heraushören konnte. Er wirkte sehr beflissen.

Celia lehnte einen Kaffee ab und ließ sich stattdessen ein Mineralwasser reichen. Thorsten trank Kaffee.

„Wir sind bei unseren Ermittlungen im Mordfall Gregor Dietz auf einige Unterlagen gestoßen, in denen sie erwähnt werden."

Celia war bewusst, dass sie recht kurz angebunden war. Die entscheidenden Hintergrundinformationen hatte Jean Leroc bereits am Telefon erhalten, so dass Celia ihre Worte nicht weiter erläutern musste. Der Mann schüttelte betroffen seinen Kopf. Es wirkte theatralisch. „Schrecklisch. Sehr schrecklisch. Aber ich weiß nicht, wie ich Ihnen weiter'elfen könnte." Er hob entschuldigend die Arme.

Celia reichte ihm die Papiere, die sie in Gregor Dietz' Schreibtisch gefunden hatten. Er warf nur einen flüchtigen Blick darauf und legte sie auf den Couchtisch zwischen ihnen. Celia reichte wortlos die Bankunterlagen von Dietz und Husen nach. Auch diese bedachte er nur mit einem flüchtigen Blick. Er schaute Celia direkt in die Augen und hob erneut die Schultern. „Was soll ich dazu sagen? Wir haben Geschäfte miteinander gemacht. Aber das macht mich weder zum Verdächtigen noch zum Täter. Im Gegenteil. Der Mann war mir sehr nützlich. Weshalb hätte ich ihm etwas antun sollen?"

Er strich sich selbstverliebt mit der Hand über die Glatze.

„Es gab eine Menge Leute, denen Ihre Geschäfte nicht ganz so behagten. Wer wollte Herrn Dietz an der Fortführung hindern?"

Der Mann lachte. „Wollen Sie be'aupten, der Mann ist wegen unserer kleinen Geschäfte umgebracht worden? Das ist ja beinahe lächerlisch." Der französische Akzent und das affektierte Getue gingen Celia allmählich auf die Nerven.

Thorsten, der sich wieder gefangen hatte, teilte Celias Gefühle. Er hatte eine Abneigung gegen die Sprache und die Menschen, seit man ihm in der Schule versucht hatte, Französisch beizubringen. Im Gegensatz zur englischen Sprache, erschien ihm das Französische immer als gestelzt und aufgesetzt. Er mischte sich in das Gespräch.

„Ob Sie das lächerlich finden oder wie auch immer, wir müssen einen Mordfall klären. Und, glauben Sie mir, Menschen werden für weit weniger als die Beträge umgebracht, die bei Ihnen über den Tisch gegangen sind. Wenn Sie also die Fragen beantworten würden, wären wir sehr dankbar."

Celia warf Thorsten einen freundlichen, aufmunternden Blick zu. Er war froh, dass seine Chefin nicht zu den nachtragenden Menschen gehörte.

Der Franzose wurde ein wenig kleinlauter. „Ich bin leider überfragt. Wissen Sie, isch habe die Menschen nicht kennengelernt. Wir haben miteinander telefoniert, nachdem Herr Dietz den Kontakt zu den verkaufswilligen Bewohnern des Ortes hergestellt hat. Dann haben wir Vereinbarungen getroffen und der Rest lief ganz legal über Anwälte und Notare. Alles wasserdicht und lupenrein, wie Sie in Deutschland sagen würden."

„Ist es üblich, dass mit so großen Summen Menschen dazu bewogen werden, in einen Plan einzuwilligen, der gerichtlich noch gar nicht entschieden ist?“ Celia interessierte dieser Punkt, obwohl er nicht direkt mit dem Fall zu tun hatte.

„Ja, ist es“, antwortete der Mann lakonisch. „Es geht ’ier um eine Menge Geld. Da sind die Beträge, die wir an die Grundstückseigentümer zahlen, Bagatellen. Und Sie müssen sich vorstellen, dass die Arbeitsplätze von vielen tausenden Menschen davon abhängig sind. FlyPlan ist es doch letztlich egal, wo sie ihre Flieger bauen. Aber den Menschen in dieser Region dürfte es nicht egal sein. Wir sind also nicht die Bösen. Eher würde ich doch die als Egoisten bezeichnen, die als Landwirte nicht auf ihr Land verzichten wollen und damit die Zukunft von vielen Arbeitswilligen zerstören. Wenn wir also mit ein wenig Geld die Entscheidung für die Zukunft beeinflussen können, dann ist daran doch nichts Verwerfliches.“

In Celia sträubte sich alles. Leider gebot ihre Rolle, dass sie sich eine persönliche Stellungnahme verkniff. Sie sah, dass auch Thorsten, im wahrsten Sinne des Wortes, bereits auf dem Sprung war. Mit einer kleinen Handbewegung bedeutete sie ihm, sich zurückzuhalten.

„Auch, wenn Sie ein Wohltäter sind, hat nicht jeder Bewohner des Ortes das so erkannt. Es gibt Menschen, die nach wie vor gegen eine Ansiedlung in der Größenordnung, wie Sie sie vorhaben, sind. Haben Sie von denen jemanden kennen gelernt?“

Er blieb dabei: Er hatte keine persönlichen Kontakte zu den Dorfbewohnern. Er kannte lediglich Gregor Dietz persönlich. Nicht mal Theo Husen hatte er getroffen.

„Gott, was für ein schleimiger, ekliger Kerl. Schon

alleine die Glatze. Hast du gesehen, wie die geglänzt hat? Wahrscheinlich poliert er sie sogar. Widerlich."

Celia lachte. „Isch weiß nischt, was du willst. Ein schönes Gesicht braucht nun mal Platz", feixte sie mit Akzent und strich sich mit der Hand über den Kopf, wie es Leroc getan hatte. Nun musste auch Thorsten lachen.

„Tschuldigung wegen eben."

Celia winkte ab. „Hast nicht gerade eine gute Phase. Da kann man schon mal grantig werden."

„Danke", murmelte Thorsten.

Ein Blick auf die Uhr des Dienstwagens zeigte ihr, dass es längst Mittagszeit war. Das Gespräch mit der Juristin und Jean Leroc hatten mehr Zeit in Anspruch genommen, als sie eingeplant hatte.

„Hast du Hunger oder sollen wir uns gleich auf den Weg zu Mark Tegtmeyer machen?"

Sie wusste, dass die Frage überflüssig war. Sie hatte Thorstens begehrliche Blicke zum Kuchen sehr wohl gesehen. Außerdem hatte Thorsten immer Hunger. Nicht einmal die schlimmste Krise mit seiner Freundin brachte ihn vom Essen ab. Er hatte den Vorteil, dass man ihm, im Gegensatz zu Leroc, die Mengen, die er verspeiste, nicht ansah. Ohne seine Antwort abzuwarten, lenkte Celia den Wagen an eine Imbissbude, die am Wegrand stand. Sie lockte der fettige Frittenduft nicht. Sie beschränkte sich auf eine Flasche Mineralwasser.

„Weißt du, was mich richtig wütend macht?"

Thorsten nickte mit dem Kopf, weil er den Mund noch voll hatte. Schnell schluckte er runter. „Das, was mich auch wütend macht. Die ganze Geschichte stinkt zum Himmel. Die hangeln sich am Rande der Legalität entlang, hintergehen die Leute, ohne mit der Wimper zu zucken und wir können nichts machen. Leute wie Leroc bleiben unbehelligt. Wenn der sich nicht gerade als unser Mörder entpuppt."

„Stimmt. Und daran glaube ich überhaupt nicht. Der hat sich die Hände bestimmt nicht schmutzig gemacht. Warum sollte er auch? Gregor Dietz hat ja zu seiner vollsten Zufriedenheit gearbeitet."

Thorsten nickte heftig, während er den nächsten Bissen Fritten verarbeitete.

„Gut, dann schauen wir noch mal bei Mark Tegtmeyer vorbei. Vielleicht kann der uns ja weiterhelfen."

Thorsten Brandt war sehr gespannt auf den Mann, der einen so tiefen Eindruck bei Rebecca Münch und Celia gemacht hatte.

Kapitel 19

In Theo Husen brodelte es. Er hatte sich noch nie so missverstanden und gedemütigt gefühlt. Als er am frühen Morgen wie jeden Tag seine Apotheke aufschließen wollte, passte der Schlüssel nicht. Zunächst hatte er noch an einen dummen Jungenstreich geglaubt. Aber der Schlüsseldienst belehrte ihn eines Besseren. Der Schlüssel passte nicht, weil er nicht zu diesem Schloss gehörte. Erst langsam dämmerte es ihm. Seine Frau hatte es auswechseln lassen. Wutentbrannt hatte er den Mann vom Schlüsseldienst stehen gelassen und war nach Hause gefahren. Er kochte vor Wut. In seinem rasenden Eifer übersah er die an der Straße geparkten Autos seiner beiden Töchter. Krachend schmiss er die Wagentür zu und hastete zur Haustür. Abrupt hielt er inne. Auf der obersten Stufe standen drei Koffer. Seine Koffer. In das Gefühl der Wut mischte sich Unsicherheit. Er atmete tief ein und holte die Wut wieder an die Oberfläche. Energisch schob er den Schlüssel ins Türschloss. Wie bei der Apotheke ließ sich auch dieser nicht bewegen. Alle Sorge und Unsicherheit war verflogen. Rücksichtslos hämmerte er mit den Fäusten gegen die Haustür und verlangte Einlass. Der wurde ihm einige Augenblicke später gewährt. Als die Tür sich einen Spalt öffnete, drückte er von außen mit aller Macht dagegen. Mit einem Mal ließ der Widerstand von innen nach und er stolperte mit der ganzen Wucht, die er aufgewandt hatte, in den Flur. Er hatte Mühe sich auf den Beinen zu halten. Als er aufblickte, sah er sich seiner Frau und seinen beiden Töchtern gegenüber. Es hielt ihn nicht davon ab, mit erhobener Hand auf seine Frau loszugehen.

„Du wagst es, mich aus meiner Apotheke und meinem Haus auszusperren? Ich werde dir zeigen, wer hier das Sagen hat."

Er wollte zuschlagen, als seine Hand nach hinten gerissen wurde.

„Nichts dergleichen wirst du tun. Wage es nicht. Du hast Mama so viel angetan, es reicht."

„Du wagst es, die Hand gegen deinen Vater zu erheben. Du Paula?"

Diese nickte, unterstützt durch ihre Schwester Laura.

„Ich auch Papa, glaub es uns. Du wirst Mama nichts mehr tun. Wir haben schon viel zu lange still gehalten."

Theo Husen bebte vor Wut. Er schaute zu seiner Frau, die kalkweiß, aber erhobenen Hauptes zu ihm blickte. Bevor er jedoch etwas zu ihr sagen konnte, ergriff seine Tochter Paula erneut das Wort. „In der Stube haben wir ein paar Papiere zur Unterschrift vorbereitet. Ich möchte dich bitten, sie zu lesen, zu unterschreiben und dann das Haus so schnell wie möglich zu verlassen."

Theo Husen sprach nicht, er kreischte: „Ich werde nichts unterschreiben. Was bildest du dir ein, wer du bist? Und dieses Haus verlasse ich, wenn ich es will. Ist das klar?"

Er schob sich an seiner Frau vorbei in die Stube. Er kam nur bis zur Flügeltür.

„An deiner Stelle würde ich mir gut überlegen, ob ich weiterhin so auftrumpfen würde. Entweder du machst, was wir eben gesagt haben, oder wir rufen die Polizei. Dann zeigen wir dich an und sorgen dafür, dass sie deine große Anzahl Spezialvideos zu Gesicht bekommen."

Paula machte eine bedeutungsvolle Pause.

„Oder die Bilder auf deinem Computer."

Theo Husen wurde, wenn irgend möglich, noch

bleicher. Er wandte sich in der Tür um und sah seiner Frau ins Gesicht. „Du hast den Mädchen davon erzählt?"

Er war fassungslos.

„Ihr würdet es nicht über euch bringen, mich anzuzeigen. Es würde schließlich auch auf euch zurückfallen."

Diesmal war es Ruth Husen selbst, die das Wort ergriff. „Du irrst dich Theo. Man würde vielleicht Mitleid mit uns haben. Man würde sich vielleicht Gedanken darüber machen, ob du dich früher an deinen eigenen Kindern vergangen hast. Aber die Kinderpornos würden einzig dir zur Last gelegt werden. Wir hätten nichts damit zu tun."

Theo Husen bäumte sich ein letztes Mal auf: „Wenn eine Frau nicht mehr in der Lage ist, ihren Mann zu befriedigen, hat er alles Recht der Welt, sich diese woanders zu holen. Das war schon immer so und ist auch heute noch so."

Die drei Frauen lachten ihn aus tiefstem Herzen aus.

„Du bist so lächerlich in deiner Selbstherrlichkeit. Eigentlich müsste ich mir doch jemanden suchen, der mich befriedigt. Du kannst doch nicht mehr, seit ich wieder angefangen habe zu arbeiten. Aber das ist mir inzwischen so egal, wie nur irgendetwas. Ich erwarte, dass du mir zurückgibst, was mir gehört. Und dann sind wir geschiedene Leute. Ich werde morgen einen Anwalt mit der Scheidung beauftragen. Geh jetzt und unterschreib die Papiere."

Die Würde und die Ruhe, mit der seine Frau die Worte vorgebracht hatte, waren es, die ihn davon überzeugten, dass es tatsächlich vorbei war. Ohne Kommentar war er in die Stube gegangen und hatte die Papiere ergriffen. Er war zu stolz sie durchzulesen. Der Apotheker unterschrieb und verließ das Haus ohne Abschied.

Jetzt saß er in Jork, in einem Hotel, und betrachtete

die Papiere in seinen Händen. Mit dem Abstand war die Resignation gewichen und hatte erneut der Wut Platz gemacht. Bis in die letzten Winkel seiner Seele fühlte er die Demütigung, die ihm die drei Frauen zugefügt hatten. Er spuckte auf die Unterlagen.

„Almosen", zischte er durch die Zähne.

Theo Husen war nicht in der Lage zu erkennen, wie glimpflich er davon gekommen war. Er hatte sämtliche Erträge aus den Verkäufen der Grundstücke und der Apotheke an seine Frau übertragen, seine Ansprüche auf das Haus abgetreten, in die Scheidung eingewilligt und sich mit einer monatlichen Rente in Höhe von 2500 Euro zufriedengegeben. Nur die Apotheke durfte er behalten. Nicht jedoch den Grund und Boden, auf dem sie stand. Je länger er auf die Papiere blickte, desto größer wurden die Wut und der Wunsch nach Rache.

Celia und Thorsten wurden soeben Zeugen einer ungewöhnlichen Begegnung. Nachdem Thorsten seine Fritten verspeist hatte, machten die beiden Beamten sich auf den Weg zu Mark Tegtmeyer. Sie hatten Glück. Zeitgleich mit ihnen, fuhr auch er auf den Hof seiner Eltern. Ob durch Zufall oder absichtlich, befanden sich seine Eltern im Hof vor der Haustür und fegten den Eingang. Anna Tegtmeyer war mit einem Besen ausgerüstet, ihr Mann hielt eine Schaufel, auf die sie den zusammengefegten Dreck schob. Er beförderte den Kehricht auf die neben ihm stehende Schubkarre. Fast gleichzeitig entstiegen die Ankommenden ihren Autos.

Während Mark Tegtmeyer wie selbstverständlich auf Celia und ihren Kollegen zuging, um diese zu begrüßen, blieben die Eltern des Mannes wie Denkmäler auf ihren Positionen stehen. Sie starrten auf den Wagen und beobachteten, wie Brit, die neue Freundin ihres Sohnes, ausstieg. Es war offensichtlich, dass sie die junge Frau noch nicht kannten. Verhalten stupste die Mutter ihren Mann an und wies mit dem Kinn auf Brit. Dann schlug sie sich erfreut mit der Hand vor den Mund und schüttelte ungläubig den Kopf.

„Scheint, wir kommen ein wenig ungelegen?"

Mark lächelte Thorsten und Celia freundlich entgegen. „Machen Sie sich nichts draus. Meine Eltern sehen nicht sehr viele von meinen Freunden. Zumeist halte ich sie von ihnen fern. Heute ist eine Ausnahme. Ich gebe allerdings zu, dass ich gehofft hatte, auch ungesehen in meine Wohnung zu gelangen."

Er lachte erneut, als er die Hände bedauernd hob. Er zog Brit vom Auto zu Celia und Thorsten und stellte sie ihnen vor. Erst danach drehte er sich zu seinen Eltern und stellte auch ihnen die junge Frau vor.

„Sie sind aber wahrscheinlich nicht hier, um sich mein Privatleben anzuschauen. Sie wollen sicher über Gregor reden."

Thorsten musste neidlos die entwaffnende Art des Mannes anerkennen. Sie verführte zu uneingeschränkter Sympathie. Wie beim ersten Besuch, bot er auch diesmal Plätze im Garten oder in der Wohnung an. Celia entschied sich für den Garten. Die Luft wurde immer drückender und sie mochte sich gar nicht vorstellen, wie sich das in einer Dachwohnung anfühlen würde.

Mark Tegtmeyer führte die Besucher um das Haus herum zu einer Gartenlaube. Sie stand in einem großen Obstgarten, umgeben von einem geschmiedeten Eisenspalier, an dem Rosen und Wein rankten. Sie bot Platz für gut zehn Leute. Die Eltern waren nicht in den Garten gefolgt.

Celia war froh über ihre Wahl. In der Laube herrschte ein angenehmes schattiges Klima. Die Vier verteilten sich auf die Teakholzstühle und Bänke, die um einen großen ebenfalls aus Teakholz gefertigten Tisch standen. Bevor Celia das Gespräch eröffnen konnte, kam Anna Tegtmeyer mit einem schwer beladenen Tablett aus einer Tür hinter dem Haus. Mark Tegtmeyer und Thorsten sprangen gleichzeitig auf, um der alten Frau behilflich zu sein.

Sie war der Inbegriff einer alten Bauersfrau. Faltige Haut in einem vom Leben gezeichneten Gesicht, kleiner, schmaler Körper auf flinken Beinen, wache Augen, bekleidet mit einer abgenutzten Kittelschürze.

„Nein, nein, lasst nur. Das schaff ich schon", wehrte sie das Hilfsangebot der Männer ab, ließ sich das Tablett aber dennoch aus der Hand nehmen. Mark Tegtmeyer stellte es auf dem Tisch ab. Neben Tassen für einen Kaffee und Gläsern für ein erfrischendes, kaltes Getränk befand sich ein frisch gebackener Kuchen auf dem Tablett.

Wieselflink deckte die alte Frau den Tisch ein, nicht ohne einen prüfenden Blick auf die junge Frau an der Seite ihres Sohnes zu werfen. Sie sprach nicht, lächelte nur freundlich und als sie ihre Arbeit erledigt hatte, zog sie sich wortlos ins Haus zurück.

„Das ist aber nett", stellte Brit fest.

Mark Tegtmeyer winkte ab. „So ist sie immer. Das ist sicher auch ein Grund, warum ich mir irgendwann abgewöhnt habe, ihnen meine Leute vorzustellen. Sie wieselt immer um einen rum und benimmt sich, als wäre sie eine Dienstbotin. Sie meint es gut", kam er einem Einwurf von Brit zuvor. „Aber sie übertreibt immer. Und am schlimmsten ist es, wenn ich eine Frau mitbringe. Dann macht sie sich Hoffnungen auf baldiges Hochzeitsgeläut. Und die ewige Enttäuschung wollte ich ihr nicht antun." Er lachte wieder dieses unbekümmerte, herzliche Lachen.

„So und jetzt genug von mir. Was gibt es Neues im Mordfall?" Celia und Thorsten stöhnten beinahe im Chor, bevor sie in groben Zügen über den Stand der Ermittlungen berichteten. Sie reichten dem jungen Mann die Unterlagen, auf denen die Informationen über ihn und seine Eltern vermerkt waren. Zornesröte stieg ihm ins Gesicht. Jeder am Tisch konnte fühlen, wie er sich versteifte. Der freundliche Gesichtsausdruck war wie weggeblasen. Mark Tegtmeyer presste die Lippen fest aufeinander. Es schien, als wollte er sich daran hindern, unkontrolliert einen Kommentar abzugeben. Mit den Augen gab Celia Thorsten zu verstehen, dass sie abwarten wollten. „Mark, warum sagst du nichts? Was sind das für Unterlagen?" Brit konnte die veränderte Stimmung nicht begreifen. Statt einer Antwort schob er die Unterlagen seiner Freundin zu. Wie Chiara Liefers konnte die junge Frau wenig mit den Informationen anfangen. Sie zuckte die Schultern und schob die Blätter zurück. „Was macht dich so sauer?"

Der Dozent lachte hart und wenig herzlich. „Das sage ich dir gerne. Der Mann, der sich jahrelang als mein Freund bezeichnet hat, hat heimlich Informationen über mich und meine Familie weitergegeben. Er hat sozusagen ein Dossier über mich angelegt, um Schwachstellen ausfindig zu machen, die mich und meine Eltern angreifbar machen und uns am Ende dazu bewegen könnten, unser Land und unser Haus an FlyPlan zu verkaufen."

Celia hatte bewusst nur das Blatt mit den Notizen über die Tegtmeyers gezeigt. „Sie haben nichts davon gewusst?"

Mark schüttelte den Kopf. „Wir haben doch schon mal

darüber gesprochen. Bei unserem ersten Gespräch. Ich wusste, dass Gregor das Grundstück seiner Eltern verkauft hatte."

„Woher eigentlich? Sie haben es in unserem Gespräch nicht erwähnt. Die Eltern wussten es nämlich nicht."

Man konnte ihm das Entsetzen über diese Information ansehen. Aber er fasste es trotzdem in Worte. „Das gibt es nicht. Der hat wirklich seine eigenen Eltern hintergangen?"

Die Frage war rhetorisch. Sie verlangte keine Antwort. Der junge Mann wischte sich mit der Hand über die Stirn. Er machte einen erschöpften Eindruck. Der sonst vorhandene jugendliche Elan war versiegt.

„Was passiert mit den Eltern."

Seine Stimme war hinter der Hand kaum zu vernehmen. „Beantworten Sie zuerst meine Frage. Woher wussten Sie, dass die Familie Dietz das Grundstück an FlyPlan veräußert hat?"

Mark Tegtmeyer schüttelte zunächst den Kopf. Inzwischen wirkte er resigniert.

Celia fand es sympathisch, dass er so viel Mitgefühl für seine Nachbarn aufbrachte. Mit einem Blick zu seiner Freundin Brit, riss er sich zusammen: „Das hat Gregor mir selbst erzählt. Ich hatte mich gehörig über einen seiner Auftritte hier im Ort geärgert. Dabei hatte er mal wieder in das Sprachrohr der FlyPlan posaunt und gleichzeitig uns Dorfbewohner als Hohlköpfe und Hinterwäldler dastehen lassen. Das habe ich ihm am Telefon vorgeworfen. Daraufhin hat er mich zu einem Gespräch nach Hannover eingeladen."

Mark lachte zynisch. „Um unserer Freundschaft Willen, hat er gemeint. Und ich Döösbaddel bin hingefahren."

Er machte eine Pause.

Thorsten, der endlich zum Ende kommen wollte, drängte ihn weiterzusprechen. Celia hatte nichts gegen seine Einmischung.

„Da sitzt er vor mir. Selbstgefällig, wie es schon immer seine Art sein konnte, und erzählt mir was von Profit und Zukunft. Dass ich auch was vom Kuchen abhaben könnte, wenn ich auf der richtigen Seite stehe."

„Er wollte Ihnen einen Verkauf schmackhaft machen?" Thorsten war auch diesmal schneller als Celia.

Diesmal gefiel ihr die Einmischung nicht. Sie warf ihm einen tadelnden Blick zu. Er fühlte sich ertappt. Es war in der Tat seine größte Schwäche, dass er zu wenig Geduld in den Gesprächen aufbrachte.

Der Dozent fuhr ohne sichtbare Reaktion auf Thorstens Worte in seinen Ausführungen fort: „Wenn ich nicht vorher schon gewusst hätte, dass er Politiker ist, hätte ich ihm spätestens zu dem Zeitpunkt geraten, es zu werden. Oder Verkäufer." Die Worte klangen abfällig.

„Ihm war völlig gleichgültig, was aus unserem Ort wird. Und auch, was aus den alten Bewohnern wird. Ihn interessierte nur die Kohle. Ja, er wollte mich überreden, auch zu verkaufen. Und da war das Gespräch für mich zu Ende."

„Was für eine Rolle spielte Theo Husen?"

Mark Tegtmeyer begriff nicht. „Die kennen Sie doch. Er ist aktiv im Widerstand gegen den Ausbau der Flugzeugwerft. Und ansonsten?" Er zögerte einen Moment. „Ansonsten ist er ein alter Spinner. Ich weiß nicht, wie er es geschafft hat, eine so tolle Frau zu heiraten. Entweder war er früher ganz anders oder die Frau war blind, taub und verblödet."

Celia musste sehr an sich halten. Ohne Kommentar reichte sie erneut Unterlagen über den Tisch.

Wenn Mark Tegtmeyer beim Anblick des Dossiers über die eigene Familie wütend geworden war, so schien die Erkenntnis über das, was Theo Husen getan hatte, ihm jede Farbe aus dem Gesicht zu treiben. Ein Gespenst hätte neben ihm farbenprächtig gewirkt.

„Das kann nicht sein. Das muss ein Irrtum sein. Wirklich."

Er schien beinahe verzweifelt.

„Ich schwöre. Ich kann den Mann wirklich nicht leiden. Aber er ist mit Sicherheit der aktivste von allen Widerständlern. Da will ihnen jemand einen Bären aufbinden."

„Tut mir Leid, Herr Tegtmeyer, aber wir wissen mit Sicherheit, dass es so ist, wie es aus den Papieren hervorgeht. Abgesehen davon, dass wir Bankkonten des Mannes eingesehen haben, die genug Aussagekraft für sich hätten, hat er es inzwischen zugegeben."

Die Entschuldigung war nicht nur eine Floskel. Celia meinte sie ernst. Sie bedauerte, dem Mann seine Illusionen rauben zu müssen. Dennoch nutzte sie die Situation für eine schnelle Frage. „Trauen Sie Theo Husen zu, um sich selbst zu schützen, um zu verhindern, dass sein Doppelspiel an den Tag kommt, den Mord an Gregor Dietz begangen zu haben?"

Der Dozent schüttelte sich wie ein begossener Pudel. „Das haben Sie mich schon mal gefragt."

„Stimmt, aber da wussten Sie nicht, was Sie jetzt wissen. Mit den neuen Erkenntnissen könnte sich ja auch Ihre Ansicht ändern."

Der junge Mann rang um Fassung. Aber so recht wollte es ihm nicht glücken.

„Ich versteh das nicht. Liegt hier irgendwas in der Luft. Gregor und auch Theo? Gregor hat ja nicht so ein

Geheimnis daraus gemacht. Aber Theo? Das will mir nicht in den Kopf."

Er schaute Celia direkt in die Augen. „Ich weiß nicht mehr, was ich glauben soll. Ja, vielleicht ist Theo Husen doch fähig, einen Mord zu begehen. Ich weiß es nicht. Ich muss das alles erstmal verdauen."

Er wies mit der Hand auf die Unterlagen, die zwischen den Vieren auf dem Tisch lagen.

Brit, die sich die ganze Zeit nicht gerührt hatte, legte vorsichtig eine Hand in den Nacken ihres Freundes. Offensichtlich half es. Die verspannte Haltung lockerte sich. Er lächelte Brit freundlich zu.

„Weißt du wie das ist, wenn dir jemand plötzlich mitteilt, dass alles, was du bisher geglaubt hast, falsch war. Ich fühle mich wie ein kompletter Idiot."

Er lachte kurz und hart auf.

Brit lächelte. „Doch, ich weiß, wie das ist. So habe ich mich damals gefühlt, als mein Bruder mir erzählte, er hätte die Weihnachtsgeschenke gefunden. Obwohl er so viel jünger war, war er es, der herausgefunden hat, dass es den Weihnachtsmann nicht gibt. Ich war erschüttert. Ich hätte gerne weiter an ihn geglaubt."

Die drei anderen am Tisch, auch Mark Tegtmeyer, mussten lachen.

Celia bewunderte die junge Frau. Sie hatte der Situation geschickt die Schwere genommen. Auch Mark schien ihr dankbar dafür zu sein. Er legte seinen Arm um sie und drückte seinen Kopf kurz an ihre Schulter.

„Ich würde auch gerne weiter an den naiven, übereifrigen Apotheker glauben. Aber egal, wie ich jetzt über ihn denke und was er getan hat – einen Mord traue ich ihm dennoch nicht zu. So skrupellos kann er nicht sein."

Celia und Thorsten zweifelten an Mark Tegtmeyers Einschätzung hinsichtlich Theo Husen.

„Der hat zu viel Geltungsbedürfnis. Da passt eine solche Aktion nicht."

Thorsten wollte seiner Chefin nicht glauben.

„Gerade wegen seines Geltungsbedürfnisses", konterte Thorsten ihre Auffassung, „der braucht doch nur zu fürchten, seinen Ruf zu verlieren. Du hast doch mitbekommen, dass der ihm über alles geht. Und dann ..."

Er ließ das Ende offen. Celia dachte einen Moment über die Argumentation nach. Aber dann schüttelte sie entschieden den Kopf. „Nää, im lääve nit", foppte sie Thorsten auf Kölsch, übersetzte ihm die Worte aber großzügig. „Im Leben nicht. Die Art passt nicht. Selbst wenn ich dir darin zustimme, dass er für seinen Ruf eine Menge tun würde. Aber dann würde er auf eine andere Mordart zurückgreifen. Gift oder Pistole. Ein Duell würde gut zu ihm passen. Findest du nicht?"

Kapitel 20

Normalerweise fühlte Frank Dormagen sich auf dem Weg zur Arbeit beschwingt. Er war sich seiner Fähigkeiten bewusst. Schon während der Schulzeit. Nur hatte sich seit gestern einiges geändert. Seine Position in der Redaktion war durch den Tod Gregor Dietz' schon beeinträchtigt worden, durch die Niederlage, die ihm öffentlich durch die Kripobeamtin beigebracht worden war, wurde sie dramatisch gefährdet. Natürlich war er ein guter Journalist, aber das half ihm nichts. Er war nun mal kein Sympathieträger, einfach nur durch seine Erscheinung. Ihn konnte man immer dann gebrauchen, wenn es um Konfrontationen ging.

Ging es jedoch darum, Kontakt oder Vertrauen aufzubauen, war er die falsche Wahl. Damit fielen etliche Themen und Bereiche für ihn flach, mit denen seine Kollegen beauftragt wurden. Und nun fehlte ihm auch noch die enge Verbindung zur Politik.

Frank Dormagen fluchte laut und vernehmlich, als er die letzten Meter zur Redaktion zurücklegte. Die Menschen, die ihm auf dem Bürgersteig begegneten, machten einen Bogen um ihn. Für ihn war es wie eine Bestätigung seiner eben gehegten Gedanken.

Schwerfällig stieg er die Stufen zur Redaktion hoch. Hätte er selbst nicht bereits begriffen, wie es um ihn und seine Situation stand, hätte der Eintritt in die Büroräume ihm unmissverständlich den Status quo aufgezeigt. Bis gestern hatten seine Kollegen ihn distanziert gegrüßt. Aber sie hatten es gemacht. Heute grüßte niemand. Dafür wurde er unverhohlen gemustert. Ob er wollte oder nicht, er musste entscheiden, wie er zukünftig seinen Kollegen begegnete. Er entschied sich für den Weg, den er gut kannte. „Einschmeichelnd“ würden wohlmeinende Gemüter es nennen. Die Kollegen nannten es „schleimen“. Sie waren sein Verhalten schon gewohnt, in der Vergangenheit hatte er es immer dann angewandt, wenn es um den Chef oder Gregor Dietz gegangen war. Sie nahmen es hin, da es dokumentierte, dass Frank Dormagen die verschoben Machtverhältnisse begriffen hatte.

„Ich muss mich bei euch entschuldigen. Der Tod von Gregor Dietz geht mir sehr nahe. Deshalb habe ich gestern das Büro so überstürzt verlassen und euch mit der Arbeit alleine gelassen. Ich mache es wieder gut. Versprochen.“

Hier und da erntete er spöttische Lacher, nur die Kollegin nickte und schien zumindest einen Funken Mitleid zu verspüren. Sie winkte ab. „Vergiss es. Es hat dich zumindest ein bisschen menschlicher gemacht.“

Frank Dormagen spürte, dass es nicht mehr zu sagen gab. Nun musste er noch mit dem Chefredakteur reden. Auf sein Klopfen an dessen Bürotür reagierte niemand. Unschlüssig stand er davor. Wieder war es die Kollegin, die ihn darauf aufmerksam machte, dass der Chef noch nicht im Haus war. Er ging zurück zu seinem Schreibtisch und widmete sich seiner Arbeit. Er brauchte einen überragenden Bericht über den Tod seines Freundes und die Verwicklungen der Firma FlyPlan mit dessen Tod.

„Ich finde es wird Zeit, dass wir uns mal mit dem Chefredakteur der hiesigen Zeitung unterhalten. Frank Dormagen ist, meiner Meinung nach, noch lange nicht vom Haken. Und seine elitäre Rolle in der Redaktion ist doch ein guter Aufhänger, um mehr über ihn zu erfahren.“

Thorsten fügte sich, obwohl er erschöpft war. Zusätzlich zum Wetter erschwerte seine private Situation es ihm, frisch zu bleiben. Durch die vielen Beziehungsebenen des Falles, ließen ihn seine eigenen Probleme nie ganz los.

Er stöhnte innerlich, um keine neuerliche Unterhaltung mit Celia über sich und Eva zu provozieren. Dazu war er noch nicht bereit.

Celia, die vermutete, dass die Gedanken ihres Kollegen sich um seine private Beziehung drehten, ließ ihm seine Ruhe und fuhr schweigend in die Zeitungsredaktion.

Da die beiden Beamten bisher keinen Kontakt zum Chefredakteur hatten, erkannten sie ihn nicht, in dem schick gekleideten, an einen Bankmanager erinnernden Mann, der vor ihnen das Gebäude der Redaktion betrat. Zielstrebig stieg er die Stufen in den ersten Stock und ging in die Büroräume, ohne anzuklopfen.

Am Verhalten der Mitarbeiter war unschwer zu erkennen, welche Position der Mann innehatte.

Beflissen nahm einer der Redakteure die Füße vom Schreibtisch, die Journalistin strich sich schnell über die Haare und Frank Dormagen sprang auf seine Füße.

„Ich finde, so ein Benehmen stände dir auch gut zu Gesicht", zischelte Celia Thorsten ins Ohr.

Der hatte gut Lachen, er wusste, Celia würde ihn kreuzigen, wenn er es auch nur im Ansatz versuchen würde. Statt einer Antwort auf ihr Ansinnen, entfuhr ihm ein angewidertes: „Ekelhaft", als sie Zeuge der Begegnung zwischen Frank Dormagen und seinem Chef wurden.

Celia unterbrach die unangenehme Darstellung, indem sie sich vernehmlich räusperte und ihren Ausweis zeigte.

Frank Dormagen, der sie bisher nicht wahrgenommen

hatte, zuckte zurück und ließ den beiden Beamten den Vortritt. Erstaunt über dessen Rückzug, drehte der Chefredakteur sich zu den Beamten. Er hatte ihre Anwesenheit bisher nicht registriert. Als er den Ausweis zu entziffern versuchte, zog er die sowieso schon recht eng stehenden Brauen zusammen, so dass sie eine Linie über beiden Augen bildete. Es verschaffte ihm nicht unbedingt ein vorteilhaftes Äußeres. Aber es passte zu seinem Gesamtbild: Groß, sportlich, faltige Haut auf Händen und Gesicht, wirkte er ein wenig dämonisch. Seine Stimme unterstrich den Eindruck keineswegs. Sie hatte einen satten Bariton und wirkte so gepflegt, ohne gekünstelt zu sein, dass sie den äußerlichen Eindruck völlig überlagerte. „Oh, die Kripo hatten wir noch nie im Haus. Ich gehe mal davon aus, dass es sich um etwas Ernstes handelt. Bei Parkvergehen rücken sie nicht aus, oder?"

Gleichzeitig mit seinen Worten wies er zur Tür seines Büros. Ohne ein weiteres Wort an ihn zu richten, ließ er Frank Dormagen stehen und öffnete den Beamten die Bürotür.

Es handelte sich um ein helles Zimmer, das auf der gesamten Kopfseite über Fenster verfügte. Sie lagen zur Straße auf der Celia und Thorsten ihren Dienstwagen abgestellt hatten. Obwohl die Fenster geschlossen waren, herrschte eine angenehm kühle Luft vor. Das Büro des Chefredakteurs wirkte, wie schon seine Kleidung, eher wie das eines Bankers. Es war ordentlich und aufgeräumt. Lediglich zwei einzelne Blatt Papier lagen auf seinem Schreibtisch.

Nachdem er den beiden Beamten jeweils einen Stuhl vor seinem Schreibtisch angeboten hatte, nahm er selbst hinter dem Tisch Platz. Er setzte sich entspannt in seinen Schreibtischsessel zurück und wartete auf das, was kommen würde. Man merkte, dass er entweder ein sehr reines Gewissen oder sich gut im Griff hatte.

Als Celia den Chefredakteur ansprach, durchzuckte Thorsten die Erkenntnis, etwas versäumt zu haben. Der Mann hatte sich nicht vorgestellt. Celia musste den Namen auf dem Schild neben der Bürotür gelesen haben. Auch ihr Gegenüber war überrascht. Er entschuldigte sich jedoch nicht dafür, sich bisher nicht vorgestellt zu haben. Stattdessen ging er auf Celias Frage nach seinen Beziehungen zu Gregor Dietz ein.

„Selbstverständlich sind wir uns begegnet. Aber man kann nicht sagen, dass wir eine Beziehung zueinander hatten. Nicht mal oberflächlich. Für die Politik war Frank Dormagen zuständig."

„War?"

Rainer Schüttler lachte: „Nein, ist." „Freudscher Versprecher?"

Erneut kniff der Mann die Augen zusammen, wie er es schon einmal getan hatte. „Nein. Es hat wohl mehr damit zu tun, dass es in der Politik hier vor Ort, viel um Gregor Dietz ging und deshalb ist mir das ‚war 'rausgerutscht."

Celia war nicht überzeugt. Die Stimme klang nicht ganz so selbstbewusst, wie sie bisher gewirkt hatte.

„Da Sie es selbst erwähnen – wie kam es dazu, dass die Berichterstattung so ausschließlich bei Frank Dormagen lag?" „Das war bereits bei meinem Vorgänger so und lag wohl an den Kontakten aus der Schulzeit. Die beiden hatten einen guten Draht zueinander und Frank kam an Informationen, die ein anderer aus der Redaktion nicht erhalten hätte."

Die Antwort klang plausibel.

„Hat sich daran nichts geändert, als Frank Dormagen deutliche Tendenzen gegen den Ausbau der Start- und

Landebahn zu erkennen gab?“

„Hat er ja nicht. Er hat lediglich aufgedeckt, dass die Firma FlyPlan nicht mit ganz einwandfreien Methoden arbeitet. Er hat herausbekommen, dass man an höheren Stellen versuchte, Gesetze so auszulegen, dass sie dem Flugzeugbauer in den Kram passten.“

Er überlegte einen Moment bevor er fortfuhr. „Ich will es nicht behaupten, aber ich kann mir nicht vorstellen, dass der Kontakt zu Herrn Dietz darunter gelitten hätte. Aber das kann ihnen Frank doch sicher am besten beantworten.“

Er griff zum Telefonhörer, um den Journalisten dazu zu rufen. Celia hielt ihn davon ab. „Wir haben bereits mehrfach mit Frank Dormagen gesprochen. Er ist jedoch weit weniger kooperativ, als man im Falle eines Mordes an einem Freund denken sollte.“

Erneut zog der Mann die Augenbrauen zusammen. „Dafür gibt es meines Erachtens keinen Grund. Wir sind hier nicht beim Springerverlag. Und wir sind auch keiner geheimen Verschwörung mit Dimensionen des Watergate-Skandals auf der Spur. Wir achten vielmehr darauf, im Einvernehmen mit der Polizei zu arbeiten. Das bringt uns am Ende mehr, als gegen sie zu arbeiten.“

Celia kannte die Praktiken.

In Köln hatte sie es mit einigen Journalisten von unterschiedlichen Blättern zu tun gehabt, die selbst vor Bestechungsversuchen nicht zurückschreckten, um früher als die Kollegen der Konkurrenzblätter, an Informationen über interessante Fälle zu gelangen.

Thorsten der bislang geschwiegen hatte, schaltete sich ein: „Sie haben in letzter Zeit eine Menge Geld an einen Informanten gezahlt. Wenn es sich, wie Sie sagen, nicht um einen Skandal handelt, dem Frank Dormagen auf der

Spur ist, warum haben Sie dann das Geld investiert?"

Rainer Schüttler verlor für einen Moment seine Überlegenheit. Auch ohne seine Worte, wäre den beiden Beamten klar gewesen, dass er nicht wusste, wovon die Rede war. „Was reden Sie denn da? Was für ein Geld?"

Celia erklärte es ihm. „Es sind drei Monate lang regelmäßig Gelder an einen Informanten gezahlt worden. Wir haben die Zahlungseingänge zurückverfolgt. Und wir haben die Aussage von Frank Dormagen. Es besteht also kein Zweifel."

„Und ob da welche bestehen", widersprach der Chefredakteur. „Wenn hier Gelder geflossen wären, müsste ich davon wissen. So was geht immer über meinen Schreibtisch. Und mich hat niemand um Geld gebeten."

Ohne sich erneut ausbremsen zu lassen, griff er nach dem Telefonhörer und zitierte Frank Dormagen herbei.

Die devote Haltung, die er seinem Chef gegenüber erneut einnahm, verursachte Celia Übelkeit. Sie wagte es nicht, Thorsten anzusehen, hoffte aber, dass seine Gefühle ihm nicht zu deutlich auf seinem Gesicht abzulesen waren.

Rainer Schüttler hielt sich nicht lange mit Vorreden auf. Ohne Rücksicht auf die Beamten, konfrontierte er den verstörten Journalisten mit den Vorhaltungen. Seine Stimme hatte dabei einen gefährlichen Unterklang. Hatten die drei erwartet, Dormagen würde zusammenbrechen und sich rechtfertigen, so hatten sie sich geirrt. Im Gegenteil. Aus der bisher devoten Haltung wurde eine aufrechte und angriffslustige. Seine Gesichtszüge spiegelten den Wandel wieder. Er ließ seinen Chef ausreden. Als er sicher sein konnte, dass er nun an der Reihe war, schaute er dem Chefredakteur direkt in die Augen.

„Sie wissen, dass ich Sie sehr schätze. Aber es gibt

Sachen, die gehen Sie nichts an. Unter anderem, was ich mit meinem Geld mache. Es hat keine Zahlungen aus der Kasse der Zeitung gegeben. Ich habe lediglich die Zeitung als Mittler benutzt. Wenn Sie sich die Kontenbewegungen ansehen wollen, werden Sie erkennen, dass der Betrag, den ich Husen gezahlt habe, zunächst in der gleichen Summe von meinem Konto auf das der Zeitung eingezahlt wurde."

Für einen Moment herrschte eisiges Schweigen. Celia konnte sich nur mit Mühe beherrschen. Aber ihrer Stimme war die verhaltene Wut anzuhören. „Wissen Sie was, ich habe die Faxen jetzt dicke. Ich nehme Sie fest, wie ich es gestern schon vorhatte. Sie behindern nach wie vor unsere Ermittlungsarbeit und Sie machen sich mit jedem Auftritt verdächtiger. Thorsten, belehr ihn bitte über seine Rechte."

Sie erhob sich und hatte bereits die Handschellen parat. Bevor Frank Dormagen erneut etwas erwidern konnte, klickten sie an seinem Handgelenk. Thorsten leierte seinen Spruch über die Rechte herunter. Sowohl Chefredakteur als auch Journalist verloren die Fassung. Nur die Art unterschied sich. Dormagen kreischte, Schüttler formulierte seine Frage leise aber eindringlich. Celia wandte sich an ihn, da sie es überflüssig fand, weitere Worte an den verstörten Dormagen zu richten.

„Frank Dormagen", sie zeigte mit dem Kinn auf ihn, „versucht seit Tagen unsere Ermittlungen zu behindern. Entweder antwortet er gar nicht, schreit, flippt aus oder vermittelt einen Eindruck, der gar nicht stimmt. So wie in diesem Fall. Er hat uns gestern absichtlich in dem Glauben gelassen, er hätte mit ihrer Einwilligung die Zahlungen an seinen Informanten geleistet. Bei einem offiziellen Auftrag durch die Zeitung, hätte die ganze Aktion einen anderen Anstrich gehabt. So müssen wir aber davon ausgehen, dass ihr Mitarbeiter die Informationen nur gesammelt hat, um seine Rachepläne gegen seinen früheren Freund ausarbeiten zu können."

„Das ist doch Schwachsinn. Wieso hätte ich Gregor was tun sollen. Wir waren Freunde." Die Stimme Dormagens überschlug sich immer noch.

„Sie waren. Da liegt die Betonung. Der Mann hat Sie aufs Übelste hintergangen. Er kann unmöglich weiterhin ihr Freund gewesen sein." Celias Stimme klang schneidend.

Rainer Schüttler versuchte, beruhigend auf seinen Mitarbeiter einzuwirken: „Frank, nun machen Sie mal halblang. So kommen Sie doch nicht weiter. Erklären Sie den Beamten und mir natürlich auch, warum Sie sich so verhalten haben. Ich bin sicher, es klärt sich alles auf."

Thorsten blickte irritiert zu Celia. Der Stimmungswechsel des Chefredakteurs kam zu plötzlich. Eben noch, hatte er seinen Mitarbeiter kräftig zusammengeschissen, nun wollte er ihm partout aus der Patsche helfen. Frank Dormagen holte tief Luft, als wolle er neuerlich heftig aufbegehren. Sein Chef hinderte ihn daran. „Frank", beschwor er ihn. Es wirkte. Dormagen entspannte sich. Als er erneut den Mund öffnete, wurde er von Celia unterbrochen:

„Überlegen Sie sich gut, was Sie jetzt sagen. Wir haben zu viel Unwahrheiten oder Halbwahrheiten von Ihnen gehört. Wenn Sie nicht ehrlich sein wollen, sagen Sie am besten gar nichts mehr."

Frank Dormagen mutierte zum kleinen devoten Mitarbeiter. Zunächst bat er darum, dass man ihm die Handschellen abnähme. Als ihm dies verwehrt wurde, bat er darum sich hinsetzen zu dürfen. Celia nickte.

Ohne den Kopf zu heben, begann der Journalist zu reden. Es war eine Mischung aus beruflichem Ehrgeiz und persönlicher Unfähigkeit zu sich und seiner Veranlagung zu stehen, die ihn zu den Handlungen geführt hatte.

„Sie wollten Theo Husen den Eindruck vermitteln, dass Sie wichtig sind. Sie wollten, ohne Wissen ihrer Kollegen, herausfinden, wer hinter dem Tod ihres Freundes stand. Und Sie wollten nicht, dass jemand erfährt, dass Sie seit ihrer Jugend in den Politiker Gregor Dietz verliebt sind. Habe ich das korrekt zusammengefasst?"

Celia schaute Frank Dormagen an. Er hielt seinen Blick auf den Boden gerichtet. Celia, die bisher neben ihm gestanden hatte, änderte ihre Position. Mit dem Rücken zur Schreibtischkante schob sie sich in sein Blickfeld. Zögernd warf er einen Blick von unten zu Celia hinauf, als wolle er die Wirkung seiner Worte überprüfen.

„Ist Ihnen eigentlich klar, dass Ihre Homosexualität keineswegs ein Geheimnis ist? Man spricht darüber."

Frank Dormagen war bei den Worten zusammengezuckt. Auf seine Frage nach dem Namen desjenigen, der über seine Veranlagung sprach, verweigerte Celia die Auskunft.

„Den Rest werden wir im Präsidium besprechen", forderte sie ihn zum Gehen auf.

Frank Dormagen wirkte, als würde er gleich in Tränen ausbrechen. Es klang ein bisschen wie das Winseln eines Hundes, als er erneut darum bat, ihm die Handschellen abzunehmen und auf eine Verhaftung zu verzichten. Gestern hatte Celia sich breitschlagen lassen. Heute blieb sie hart. In beiden Punkten. Sie wusste, dass er besonders darunter litt, so an den Kollegen vorbeigeführt zu werden. Aber sie wollte es genau so.

Mit gesenktem Kopf schlich er an den Kollegen zur

Tür hinaus, Thorsten hinterher, dann Celia. Thorsten bugsierte den Journalisten auf die Rückbank des Autos und setzte sich neben ihn. Celia fuhr.

Im Präsidium übergab sie Dormagen einem Kollegen. Er sollte alles zu Papier bringen, was er im Zusammenhang mit FlyPlan und Gregor Dietz und selbstverständlich Theo Husen wusste und selber getan hatte.

Erschöpft lehnte Celia sich an die Wand im Gang, nachdem sie die Bürotür des Kollegen geschlossen hatte. Müde strich sie sich mit der Hand die langen Haare hinter die Ohren und dann über die Stirn.

„Alles in Ordnung?“ Thorsten, der sich selbst selten so ausgelaugt gefühlt hatte, konnte sich gut in Celia hineinversetzen. Sie nahm sich zusammen und richtete sich wieder auf.

„Ja, klar. Ich gehe mal zu unserem Staatsanwalt und unterrichte ihn über die neusten Entwicklungen.“

Thorsten grinste ein wenig anzüglich. „Das baut dich sicher wieder auf.“

Celia konterte mit einem ironischen Lächeln: „Selbst wenn wir nicht liiert wären, müsste ich den Staatsanwalt informieren, oder?“

Thorsten nickte, um Entschuldigung bittend.

„Aber du hast trotzdem recht. Es wird mich aufbauen.“

Sie schwang betont die Hüften, als sie ihm noch einmal lässig zuwinkte und den Gang entlang zur Staatsanwaltschaft verschwand.

„Hey, du siehst aber fertig aus.“ Jaron war bei dem Anblick seiner Freundin beinahe ein wenig erschreckt. Unter der Bräune, die sie sich an den Sonnentagen geholt hatte, erschien sie ihm ausgesprochen blass.

„Nichts, woran du nicht etwas ändern könntest“, lächelte sie ihn verführerisch an.

Er kam hinter seinem Schreibtisch hervor. Celia, die nur einen Schritt in sein Büro getan hatte, blieb abwartend stehen. Jaron zog sie zu sich und nahm sie in den Arm. Erschöpft lehnte sie ihren Kopf an seine Schulter. Jaron rührte sich nicht. Beide genossen die Nähe des anderen.

Das Klingeln des Telefons unterbrach den erholsamen Moment. Während Jaron den Anruf entgegennahm, setzte Celia sich auf den Besucherstuhl vor dem Schreibtisch. Jaron hatte den Hörer von dieser Seite des Schreibtisches abgenommen und stand neben ihr. Sie bedauerte den Anruf. Jaron beendete das Telefongespräch und begab sich auf die andere Seite. Er lächelte sie beinahe entschuldigend an. „Kleine Vorsichtsmaßnahme", erklärte er. „Ich genieße deine Nähe zu sehr."

„Danke, gleichfalls. Aber kein Mensch hindert uns daran, unsere Begegnung heute Abend zu intensivieren", lachte Celia kokett.

„Celia, hör auf mich zu verführen. Ich lasse mich versetzen." „Schon wieder? Das wird dir eh nicht bewilligt."

Jaron wusste, dass sie Recht hatte. In seinem Job waren freie Stellen rar gesät. Dass es diesmal geklappt hatte, kam schon einem Wunder gleich.

„Gut, dann berühre ich dich in Zukunft nicht mehr innerhalb der Dienstzeit", lachte er. Dann wurden beide ernst.

„Ich bin mir nicht sicher, ob Frank Dormagen unser Mann ist, aber ich würde ihn gerne eine Nacht hier behalten und morgen erneut verhören. Vielleicht hilft ihm das ja endgültig auf die Sprünge."

„Keine Einwände. 24 Stunden hast du ja ohnehin. Probier es aus."

Celia blickte auf die Uhr. „Für heute reicht es auch. Zu

blöd, dass Thorsten die Verabredung mit Alec getroffen hat."

Jaron nickte. „Ich wüsste auch ein gutes Alternativprogramm. Können wir nicht absagen? Mir war sowieso nicht wohl bei der Nummer. Irgendwas war komisch."

Celia, die ebenfalls ein beklemmendes Gefühl gespürt hatte, versuchte auf den Grund dafür zu kommen. „Hast du eine Ahnung, woran es lag?"

Jaron konnte sich keinen Reim auf seinen Eindruck machen. Dass er bereit war, darüber nachzudenken, gefiel Celia.

„Doch, ich weiß jetzt, was es war. Sie ist nur auf dich zugegangen. Die Einladung für heute Abend, war an dich und nicht an uns alle gerichtet. Überleg mal", forderte er Celia auf, sich die Situation noch einmal vor Augen zu führen.

„Ja klar, du hast Recht. Thorsten hat die Einladung auf uns alle gemünzt." Celia stutzte. „Glaubst du, sie hat gestern mitgekriegt, dass ich eifersüchtig war und wollte mich nicht erneut provozieren?"

„Ich glaube nicht, dass es damit zu tun hatte. Es war ..." Jaron suchte nach den richtigen Worten. „Nein, es war genau so. Sie wollte sich nur mit dir treffen. Punkt."

„Und was machen wir jetzt?" Celia stellte Jarons These nicht in Frage.

Er zuckte die Schultern und schüttelte den Kopf: „Nichts. Sie hat nicht widersprochen, also gehen wir zusammen. Dann können wir ja sehen, wie es sich entwickelt."

Kapitel 21

„Wieso kann ich kein Essen auf mein Zimmer haben. Ich bezahle schließlich dafür." Theo Husen war aufgebracht. Nicht nur, dass er in einem Hotel absteigen musste, weil seine eigene Frau ihn rausgeworfen hatte. Jetzt musste er auch noch auf jede Annehmlichkeit verzichten. Paula hatte ihn ganz richtig eingeschätzt. Komfort war etwas, was ihm ungemein wichtig war. So sehr, dass er deshalb sogar auf Urlaube verzichtete.

Seine Wut richtete sich gegen seine Frau und seine Töchter. Seine eigene Beteiligung an der Situation wollte er sich nicht eingestehen. Außer sich schmiss er den Hörer auf die Gabel. Entschlossen packte er seine Koffer wieder ein. Er wollte sich nicht weiter demütigen lassen. Seine beiden Töchter hatten inzwischen sicher das Haus wieder verlassen und mit seiner Frau würde er fertig werden, entschied er. Der Zorn gegen seine Frau wuchs. Sie war es doch gewesen, die ihr ganzes gemeinsames Leben über den Haufen geworfen hatte. Nur weil sie wieder arbeiten wollte. Danach war nichts mehr, wie es einmal war. Sie strahlte mit jedem Tag, den sie arbeitete, mehr Souveränität aus. Mit jedem Tag, den sie in die Betreuung der Kranken investierte, blühte sie mehr auf. Um sie nicht zu groß werden zu lassen, wollte er sie im Bett beherrschen. Aber für ihn wurde es von Mal zu Mal schwerer, Lust zu empfinden. Es stellte sich keine Erektion mehr ein. Nie hatte er sich so gedemütigt gefühlt.

Danach hatte er keinen weiteren Versuch unternommen. Stattdessen hatte er es mit bezahlten Frauen versucht. Mit Edelnutten. Auch dieser Versuch misslang.

Beschämt und gedemütigt verließ er sie. Tagelang lief er mit hängenden Schultern herum. Sein Trieb blieb groß wie früher. Er musste neue Wege der Befriedigung finden. Er suchte im Internet. Zunächst auf erlaubten Seiten. Immer mit dem gleichen enttäuschenden Resultat. Irgendwann fand er Wege zu illegalen Kinderseiten. Er konnte wieder. Ohne sich Gedanken darüber zu machen, was das über ihn aussagte, genoss er es. Wohl wissend, dass er sich auf verbotenen Pfaden befand, ließ er keine Vorsicht gegenüber seiner Frau walten. Er wollte sie kränken. Die Verachtung, die sie ihm jedoch entgegenbrachte, bestärkte ihn in seinem Wunsch, es sie immer und immer wieder wissen zu lassen, wenn er auf den entsprechenden Seiten des Internets gewesen war. Es wäre ihm nicht in den Sinn gekommen, persönlich solche Handlungen an Kindern vorzunehmen. Damit fühlte er sich frei von jeder Verantwortung und Schuld.

„Jetzt wollen wir doch mal sehen, wer der Herr im Hause Husen ist." Er war sich der Lächerlichkeit einer solchen Aussage nicht bewusst.

Er raffte die Koffer zusammen, die ihm seine Frau und seine Töchter gepackt vor die Tür gestellt hatten. Ohne ein Wort legte er den abgezählten Betrag für das Zimmer auf den Tresen an der Rezeption. Die Rückfahrt dauerte nur wenige Minuten. Gegen seinen Willen bekam er ein mulmiges Gefühl. Er hatte sich keine Gedanken darüber gemacht, wie begrenzt seine Möglichkeiten gegenüber seiner Frau waren. Er hatte nichts mehr in der Hand.

„Doch", korrigierte er sich bitter, die Apotheke hatte sie ihm gelassen. Damit er sich seinen Unterhalt verdienen konnte. „Das findet sie wahrscheinlich auch noch großzügig", fluchte er laut. „ 2500 Euro", er prustete abfällig durch die Nase, „ich werde mich nicht abspeisen lassen." Seine Worte klangen bei weitem nicht so mutig und überzeugend, wie er es gerne gewollt hätte.

Mit wachsendem Selbstvertrauen stieg er aus dem Auto, nachdem er festgestellt hatte, dass die Autos seiner Töchter verschwunden waren. Dann stellte er fest, dass das Auto seiner Frau ebenfalls weg war. Damit hatte er nicht gerechnet. Konsterniert stellte er die Koffer vor die Haustür und setzte sich auf die oberste Stufe zum Eingang. Ratlos überdachte er seine Situation. Dann keimte Hoffnung in ihm auf. „Wollen doch mal schauen, ob Madam immer noch so nachlässig ist." Entschlossen umrundete er das Haus. Beim Anblick des geöffneten Kellerfensters jubilierte er. Er schob den Schlauch des Wäschetrockners in den Kellerraum, holte die Koffer und stieg ins Haus.

„Habt ihr eigentlich überhaupt keen Feierabend mehr?" Mona, die korpulente Wirtin des Marktschreiers in Jork, umarmte Celia und Jaron herzlich.

Sie waren weit mehr als Gäste ihrer Kneipe. Die drei waren miteinander befreundet. Sie sahen sich allerdings selten. Mona Müller war ein Düsseldorfer Unikat. Sie ließ sich nie darüber aus, was sie von Düsseldorf nach Norddeutschland verschlagen hatte, aber sowohl Jaron als auch Celia vermuteten persönliche Gründe. Allem Anschein nach war es nicht gut gegangen. Mona lebte alleine. Jaron und Celia bedrängten sie nie. Sie wussten, sie würden die Geschichte irgendwann zu hören bekommen.

„Man sieht euch ja überhaupt nicht mehr."

„Wir sind mit dem Politiker beschäftigt. Du hast sicher davon gelesen."

„Ach Jott, ihr Armen. Ich hab's befürchtet."

Dann wandte sie sich an die anderen. Zunächst

begrüßte sie Thorsten und Richie von der Spurensicherung in ihrer burschikosen Art, bevor sie sich an das neue Gesicht in der Runde wandte. „Na Mädel, wo haben sie dich denn aufgetrieben. So ein bildschönes Menschenkind sieht man hier nicht so oft."

Alec Snyder, die Komplimente gewohnt war, brachte dieses lauthals vorgebrachte, doch ein wenig aus dem Konzept. Sie bedankte sich beinahe scheu.

„Jott, und deine Stimme", setzte Mona gleich noch einen drauf. „Die ist so erotisch, da brauchst du ja sonst nichts mehr zu tun, um einen Mann anzumachen."

Alec Snyder lachte in ihrer tiefen kehligen Art.

„Hören sie schon auf", bat sie.

„Ich bin Mona – ohne Sie, bitte. Hier siezt mich keen Mensch", kam die Wirtin ihrem Wunsch nach.

„Wollen wir weiter hier im Gang rum stehen, oder können wir uns auch irgendwo hinsetzen?"

Thorsten war ein wenig ungehalten. Es war nicht klar erkennbar, ob es daran lag, dass er nicht die erste Geige bei Alec spielte oder daran, dass er sie nicht bei Mona spielte. Bisher hatte Mona immer viel Wirbel um ihn gemacht, beinahe als wolle sie mehr als nur einen guten Gast in ihm haben. Mona, die deshalb eine gute Wirtin war, weil sie ein feines Gespür für Menschen und ihre Emotionen hatte, war der Ton des Beamten aufgefallen.

„Jungchen, dir geht's nicht so jut, oder?"

Thorsten winkte ab. „Erzähle ich dir ein andermal." Er griff Alecs Arm und führte sie an einen Sechsertisch.

„Was wollt ihr haben?", bot er an, die erste Runde zu übernehmen.

Celia und Mona wechselten einen vielsagenden Blick. Keiner kannte Eva. Aber Thorsten hatte in der Vergangenheit unter Alkoholeinfluss genug erzählt, sodass sie einen Einblick in sein Liebesleben bekommen hatten. Celia wiegte den Kopf hin und her. Mona verstand, dass es nicht gut um die Beziehung stand. Sie nahm die Bestellung auf.

Obwohl der Laden brummte, wie Mona es immer nannte, hatte sie bis heute keine Hilfskraft eingestellt. „Selbstständig heißt selbstständig, weil man selber arbeitet und nicht weil man andere für sich arbeiten lässt", war ihr Motto.

Alec wurde von Thorsten in Beschlag genommen. Er bestritt das Gespräch mit ihr beinah alleine. Richie, den Chef der Spurensicherung, störte es nicht. Und auch Jaron und Celia waren nicht böse darüber. Alec dagegen schon. Beinahe unfreundlich abrupt wandte sie sich Celia zu. „Erzähl von dir. Wo kommst du her, was hast du bisher gemacht und was hat dich überhaupt zur Kripo gebracht?"

Celia fühlte sich überrumpelt. Sie ging mit Informationen über ihr Privatleben sparsam um. So waren ihre Antworten kurz und bündig, haarscharf am Unhöflichen vorbei.

So direkt Alec war, so feinfühlig schien sie zu sein: „Ich bin dir zu nahegetreten, oder? Heute bei der Begrüßung habe ich das schon gemerkt. Und jetzt mit meinen Fragen wieder."

Celia leugnete nicht. „Wir kennen uns nicht. Und ich gehöre nun mal nicht zu den Menschen, die ihr Privatleben auf einem silbernen Tablett vor sich hertragen."

Jaron, der schweigend dem Geschehen folgte, drückte Celia unter dem Tisch liebevoll die Hand. Er konnte ihre abwehrende Haltung gegen die neue Kollegin deutlich spüren. Auch er fühlte sich nicht wohl in ihrer Gegenwart.

Thorsten bemühte sich, die spürbare Spannung abzufedern. „Erzähl du doch ein bisschen von dir", forderte er Alec auf. Dem kam Alec gerne nach. Als Mona die Getränke brachte, lauschte auch sie deren Erzählungen.

Schillernd wie ihr Äußeres war ihr Werdegang. Als Kind eines Amerikaners und einer deutschen Mutter, die beide zu jung waren, um eine Chance gehabt zu haben, landete sie in einem kleinen bayerischen Nest, bei ihren Verwandten und einer Ansammlung bigotter Nachbarn. Die sozialen Ausgrenzungen der Mutter kompensierte Alec durch überragende schulische Noten. Sie bewarb sich um ein Stipendium in den USA, um dem kleinbürgerlichen Dasein zu entkommen. Sie erhielt es, nicht zuletzt wegen ihrer Herkunft, verließ Deutschland und ihre Mutter und zog zum Vater. Dort hatte sie eine gute Zeit. Alec studierte Medizin und spezialisierte sich. Als sie alles erreicht hatte, was man drüben erreichen konnte, wollte sie es den Deutschen beweisen. „Tja, und hier bin ich", schloss sie. Einen Moment blieb es still am Tisch.

Mona ergriff als erste das Wort. „Doll, was für eine Geschichte. Normalerweise enden so etwas immer bei Drogen oder Alkohol. Dein Weg ist sicher der cleverere." Sie hob ihr Glas, das sie sich mit an den Tisch gebracht hatte.

„Wie ist es heute mit Repressalien gegen dich und deine Hautfarbe?", wollte Celia wissen, nachdem sie ihr Glas wieder abgestellt hatte.

Alec wiegte den Kopf abwägend von einer zur anderen Seite. „Unterschiedlich. Es kommt immer ein wenig auf die Gegend an. Immer noch gilt – je ländlicher, desto größer die Vorbehalte gegen mich."

„Warum bist du dann hier und nicht in Hamburg oder Bremen?" Richie stellte die nahe liegende Frage.

„Ich liebe die Herausforderung", witzelte Alec, wurde aber schnell wieder ernst. „Eine Frage von Angebot und Nachfrage. In der letzten Zeit sind etliche unserer Stellen gestrichen oder nicht mehr neu besetzt worden."

Richie stöhnte. Er konnte ein Lied darüber singen. Oft wusste er vor lauter Arbeit nicht, wo ihm der Kopf stand.

„Und als man mir sagte, hier wäre noch Bedarf, habe ich nicht lange gezögert. Außerdem war ich der Meinung, dass hier im Norden, durch die Nähe zur See, die Menschen aufgeschlossener sind als in der südlichen Republik."

„Hat sich deine Meinung bestätigt?", wollte Jaron wissen. „Hey, der Staatsanwalt spricht doch mit mir. Ich dachte schon, du wolltest nichts mit mir zu tun haben."

Jaron kam nicht zu einer Erwiderung. Thorsten übernahm es für ihn. „Mach dir keine Gedanken. Jaron ist eher der Stille. Aber wenn er jemanden in sein Herz geschlossen hat, dann richtig. Wie man bei Celia sehen kann."

„Ja, leider", erwiderte Alec, zur Überraschung aller Anwesenden.

Mona, die sich so schnell nicht irritieren ließ, wollte die Worte erklärt haben: „Was ist das für eine Antwort? Wem von den beiden gönnst du die Beziehung nicht?"

Alecs Augen weiteten sich vor Schreck: „Hat es so geklungen? Das sollte es nicht. Ich gönne sie natürlich beiden."

„Das klang aber anders." Celia wollte sich mit einer schlichten Entschuldigung nicht zufrieden geben. Eben noch, nach den Erzählungen, war sie dabei, ihren Eindruck über Alec zu revidieren. Deren Spruch holte jedoch das Gefühl der Eifersucht bei ihrer ersten Begegnung wieder hoch. Alec wurde unter ihrer braunen Hautfarbe rot.

„Ich würde gerne alleine mit dir reden", wandte sie sich direkt an Celia. Die reagierte nicht. Die Reaktion am Tisch war eindeutig.

Thorsten übernahm dies. „Da wird nichts draus. Du kannst nicht so eine Bemerkung in den Raum werfen und uns dann ausschließen wollen. Vergiss es."

Alec war verlegen. „War ein dummer Spruch. Ich glaube, ich habe es falsch angepackt."

„Da könntest du recht haben." Richie nahm seinen Worten durch ein Lächeln die Schärfe. Aber er nahm ihr nicht die Verantwortung einer Erklärung.

„Was ich eigentlich sagen wollte, war", sie zögerte peinlich berührt, „ich hätte es gerne selbst bei Celia versucht. Ich habe dich gesehen und mich in dich verknall. Punkt. Jetzt wisst ihr auch das. Ich bin nicht nur farbig, sondern auch noch lesbisch."

Keiner reagierte.

„Seid ihr jetzt schockiert?" Sie klang kleinlaut.

Celia fasste sich als erste. Sie schüttelte den Kopf und lachte. Jaron musste grinsen. Es war eine von Celias liebenswürdigen Eigenschaften. Sie hatte viel Humor und verzieh ihren Mitmenschen so manchen Fehler, den andere lange nachtragen würden.

„Gott, das hättest du ja auch früher sagen können. Dann hätten wir uns die peinliche Nummer hier erspart."

Alec lachte mit. „Wie hättest du es denn gerne gehabt? Hallo, ich bin die Neue, mein Name ist Alec Snyder und ich bin lesbisch, oder wie?"

„Nicht ganz. Aber die Nummer eben war nicht besonders gelungen."

„Mea culpa", bat Alec um Vergebung.

„Dann wollen wir mal nicht so sein. Aber du hast meine Frage noch nicht beantwortet."

Jaron bemühte sich, ihr die Verlegenheit zu nehmen, indem er auf das ursprüngliche Thema zurückkam. Alec warf ihm einen dankbaren Blick zu.

Celia, froh über die Entspannung, beugte sich zu Jaron und hauchte ihm einen Kuss auf die Wange. Alec reagierte ohne Vorwarnung.

„Das wäre nach den Worten nicht nötig gewesen. Ich habe lange kapiert, dass ich keine Chance bei dir habe."

Mona war weniger geduldig mit ihren Mitmenschen als Celia. Sie explodierte. „Mädchen, jetzt will ich dir mal wat sagen. Bisher war das hier eine nette Runde. Du hast sie nun schon zweimal ordentlich aufgemischt. Ich finde jetzt reicht et." Je aufgeregter die Wirtin war, desto deutlicher machte sich ihre rheinische Herkunft bemerkbar.

Alec Snyder war diesmal nicht so einsichtig in ihren Fehler. „Ich finde es war reichlich provokant von Celia, Jaron ausgerechnet jetzt einen Kuss zu geben", antwortete sie schnippisch.

„Du hast se doch nich alle", versetzte die Wirtin. „Wat willst do eigentlich, Mädel?"

Jaron wollte beschwichtigen. „Mona, ich glaube, Alec hat dich verstanden. Vielleicht sollten wir aufhören, jedes Wort und jede Reaktion auf die Goldwaage zu legen. Ich denke, wir fangen einfach noch mal von vorne an."

Man konnte Mona ansehen, dass sie nicht gerne einlenkte. Aber sie widersprach nicht. Alec erhob ebenfalls keine Einwände.

„Ist das für dich auch okay?", wandte er sich an Celia.

„Klar."

Jaron hatte ihre Reaktion vorausgesehen.

Celia bestellte noch eine Runde. Aber es wollte keine unbeschwerte Stimmung mehr aufkommen. Die Verabschiedung vor der Kneipentür fiel wenig herzlich aus, auch wenn alle bemüht waren, sich den Anschein von Leichtigkeit zu geben.

Obwohl sie das Auto ihres Mannes vor dem Haus gesehen hatte, war Ruth Husen nicht darauf vorbereitet, ihn im Haus vorzufinden. Sie erschrak heftig, als er ihr in der Diele plötzlich gegenüberstand.

„Hast du wirklich geglaubt ich lasse mich so einfach abspeisen?“ Er lachte gehässig. „Hier ist mein Zuhause. Und ich gedenke, hier zu bleiben.“

Bedeutungsvoll wies er auf seine Koffer, die er vor der Treppe abgestellt hatte.

Die Ärztin bemerkte, wie ihr Puls sich beschleunigte. Sie hatte das Angebot Paulas, bei ihr zu übernachten, abgelehnt. Nun bereute sie ihren Mut.

„Verlass das Haus oder ich rufe die Polizei!“, brachte sie selbstbewusster vor, als sie sich fühlte.

„Das machst du nicht. Kein Polizist wird den Ehemann aus seinem eigenen Haus schaffen. Das wäre lächerlich.“

„Du bist schlecht informiert, Theo. Die Gesetze haben sich seit dem letzten Jahrhundert geändert, “ versetzte sie sarkastisch. Ungerührt ging sie in die Stube, wo das Telefon auf einem Beistelltisch lag. Als sie danach griff, wurde ihr Arm brutal nach hinten gerissen. Sie verlor das Gleichgewicht und fiel. Sie schrie auf. Um das Geräusch zu deuten, das dem Fall folgte, brauchte sie ihre medizinischen Kenntnisse nicht. Der rechte Arm, auf den sie gestürzt war, war gebrochen. Er verursachte ihr höllische Schmerzen, fachte aber gleichzeitig auch ihre Wut an. Sie baute sich vor ihrem Mann auf.

„Verschwinde hier. Ich kann dich nicht mehr sehen. Du selbstgefälliger Versager.“

Theo Husen vergaß auch den letzten Rest Anstand. Er

schlug zu. Im Fallen schlug ihr Kopf gegen den Beistelltisch. Ohnmächtig sank sie zusammen.

In der darauf folgenden Panik erkannte Theo Husen diesen Umstand nicht. Er hielt seine Frau für tot. Fieberhaft suchte er nach einem Ausweg.

Kapitel 22

Celia stöhnte: „In meinem nächsten Leben werde ich Straßenfeger. Ich schwöre es. Geregelte Arbeitszeiten ohne Katastrophen müssen der Himmel auf Erden sein."

Celia und Jaron hatten es noch nicht vom Wohnzimmer, wo der Abend für sie einen versöhnlichen Ausklang gefunden hatte, ins Schlafzimmer geschafft, als sie durch Celias Handy aus einem leichten Schlummer gerissen wurden. Jaron war ebenfalls sofort hellwach.

Er holte Celias Handy. Während sie den Anruf entgegen nahm, machte er Kaffe. Ein Anruf um diese Zeit bedeutete, dass die Nacht zu Ende war.

„Oh Gott, wie geht es ihr?", hörte er Celia erschrocken ausrufen.

Jaron wurde mulmig.

„Okay, ich bin gleich da."

Jaron hockte sich vor die erschütterte Celia. Er fasste ihre Hände. „Was ist los?"

„Ruth Husen." Sie holte tief Luft. „Jemand hat ihr Haus angezündet. Die Feuerwehr hat sie im Wohnzimmer mit gebrochenem Arm und Kopfverletzung aufgefunden. Sie ist ohne Bewusstsein, aber sie lebt."

„Unglück oder Brandstiftung?"

„Die Feuerwehr vermutet Brandstiftung. Aber sie untersuchen das Haus noch. Sie haben die Sachverständigen bereits angefordert. Ich muss los."

Jaron überredete sie zu einem Kaffee. Sie trank ihn im Stehen.

„Warte noch einen Moment." Jaron, hatte einen Augenblick gezögert. „Ich komme mit!"

„Du hast Recht. Ich sollte ausziehen. Aber es fällt mir schwer, die Beziehung zu beenden. Immerhin sind wir seit drei Jahren zusammen. Das kann man nicht einfach so wegwischen."

Thorsten Brandt saß in Monas Kneipe und schüttete der Wirtin sein Herz aus. Er hatte mit den anderen das Lokal verlassen. Aber er war zurückgekommen, nachdem Eva ihm erneut eine Szene gemacht hatte.

Mit Reisetasche und den nötigsten Sachen hatte Thorsten die gemeinsame Wohnung verlassen, begleitet von den erschrockene Proteste seiner Freundin. Damit hatte Eva nicht gerechnet. Im Treppenhaus hatte er sich noch einmal zu ihr umgedreht. Sie hielt in ihren Beschimpfungen inne.

„Du kennst meine Handynummer. Solltest du daran interessiert sein, die Beziehung weiterzuführen und in Ruhe mit mir nach einer Lösung zu suchen, kannst du dich melden. Ansonsten werde ich mich nach einer anderen Bleibe umsehen."

„Thorsten!", rief sie ihm hinterher.

Ohne weitere Verzögerung hatte er das Haus verlassen. Erst im Auto fiel ihm auf, dass er nicht wusste, wohin. Nach kurzer Überlegung hielt er Mona für die beste Idee.

Die war nun umfassend informiert. Nachdem Thorsten sich alles von der Seele geredet hatte, kamen ihm Zweifel an der Richtigkeit seines Handelns. Mona dachte anders und hielt mit ihrer Meinung auch nicht hinter dem Berg. „Jungchen hier jeet et doch nit darüm, wie lang die Beziehung schon läuft. Hier geht es doch darum, wie lange sie weitergeht und in welcher Form", wechselte sie vom rheinischen Platt ins Hochdeutsche.

„Lass sie ruhig mal schmoren und nachdenken. Wenn du willst, kannst du eine Weile bei mir wohnen. Bei mir steht ein Zimmer leer." Er war froh über das Angebot.

Mona hatte die Kneipentür abgeschlossen, um gemeinsam mit Thorsten in ihre Wohnung, im ersten Stock zu gehen, als sein Handy klingelte. Bei dem Blick auf das Display war er erleichtert, dass es nicht Eva war.

„Ich bin hundemüde. Meinst du, wir könnten schlafen gehen? Oder möchtest du, dass ich nach Hause fahre. Ich meine ...", weiter kam Brit nicht. Mark beugte sich zu ihr und küsste sie liebevoll, jedoch ohne erotische Hintergedanken.

„Du kannst hier bleiben. Du brauchst nicht nach Hause zu fahren. Die Zeiten der nächtlichen Trennungen sind vorbei. Außerdem wäre es doch eine ziemliche Sauerei, dich jetzt wegzuschicken, nachdem du seit Stunden meinen Sorgen und Problemen gelauscht hast."

Brit lachte erleichtert. Seine Worte zerstreuten die letzten Zweifel, dass sie sich den Stimmungswechsel zwischen ihnen beiden vielleicht nur eingebildet hatte.

Seit die Kripobeamten sie verlassen und mit den neuesten Erkenntnissen ihrer Untersuchungen geschockt hatten, redeten sie. Überrascht hatte er festgestellt, dass Brit eine hilfreiche und gleichwertige Gesprächspartnerin war. Aber das war es nicht alleine. Mark Tegtmeyer bemerkte eine Zufriedenheit in ihrer Gegenwart, die er noch nie in dieser Form gespürt hatte. Es verursachte ein flauen Gefühl, wenn er darüber nachdachte, was alles hätte anders werden können, wenn er die Augen früher geöffnet hätte. Schnell schob er den Gedanken zur Seite. Er stimmte in ihr Lachen ein.

„Du bist eine tolle Frau. Ich weiß nicht, was mich daran gehindert hat, es vorher festzustellen", bekannte er freimütig.

Brit, die ihm gegenüber auf einem Sofa gesessen hatte, rutschte zum ihm auf den Sessel, auf seine Knie. Sie legte beide Arme um seinen Hals und näherte sich seinem Gesicht. Für einen Moment schien es, als wolle er den Kopf zurückziehen. Aber dann ließ er den Kuss zu. Diesmal war er eindeutig erotischen. Mehr noch. Er war ein Versprechen.

Mark nahm es gerne an. „Möchtest du mein Schlafzimmer kennenlernen? Ich habe allerdings kein Himmelbett."

Brit quittierte die geflüsterten Worte mit einem Nicken.

Jäh wurde der heiße Moment durch die Feuersirene auf dem Scheunendach nebenan unterbrochen. Brit zuckte zusammen. Das Geräusch ging ihr durch Mark und Bein.

„Es muss irgendwo brennen. So alarmieren sie die freiwillige Feuerwehr. Du wirst sehen, jetzt dauert es nur wenige Minuten, bis die ersten Fahrzeuge mit Blaulicht losrasen."

Gemeinsam gingen sie zum Fenster. Aus dem ersten Stock seiner Wohnung hatte man einen guten Blick über den Ort. Einen Feuerschein konnten sie jedoch nicht ausmachen. Nachdem die Löschfahrzeuge losgefahren waren, gab es nichts mehr zu sehen. Mark und Brit gingen ins Schlafzimmer. Allerdings war die Stimmung dahin.

„Verdammte Scheiße! Hoffentlich ist ihr nichts Schlimmes passiert", machte Celia ihrem Ruf, es mit jedem Matrosen aufnehmen zu können, wenn es ums Fluchen ging, alle Ehre. Jaron wusste, dass Celia nicht nur wegen ihrer Gefühle für die Frau so empfand.

„Soll ich fahren?" Jaron wartete die Antwort nicht ab, sondern nahm Celia die Schlüssel ihres Dienstwagens aus der Hand. Celia fügte sich.

Auf ihrem Weg sprachen sie nicht. Jeder war in seine Gedanken vertieft. Als sie den Ort des Geschehens erreichten, schauten sie sich überrascht an.

„Ich denke, hier hat es gebrannt?", fand Jaron als erster seine Sprache wieder.

Celia hob ratlos die Hände. „Sieht man nicht viel von", bestätigte sie seinen Eindruck.

„Dann lass uns mal sehen, wie es drinnen aussieht."

Celia schaute sich, auf der Suche nach dem Rettungswagen, um. Außer drei Löschfahrzeugen und einem Polizeiauto stand kein offizieller Wagen vor der Tür des Anwesens. Dafür hatten sich umso mehr Journalisten eingefunden. Sie versuchten, so nah wie möglich an das Haus zu kommen. Die Polizeibeamten hatten sie jedoch gut im Griff.

Als sie Celia erblickten, bombardierten sie diese mit ihren Fragen. Unter ihnen auch Frank Dormagens borstenhaarige Kollegin. Celia ignorierte auch sie.

In der Diele des Hauses wurde der Brand offensichtlicher. Ruß hatte sich an die Wände und die Decke gesetzt. Offenbar hatte es hier kein offenes Feuer gegeben.

„Hallo", rief Celia ins Haus. Keine Antwort.

Aus den Kellerräumen drangen Geräusche nach oben. Celia folgte ihnen, die Treppe hinunter. Auf der letzten Stufe stellte sich ihr und Jaron ein Feuerwehrmann entgegen. In weiser Voraussicht, mal wieder für eine Journalistin gehalten zu werden, hatte sie ihren Ausweis griffbereit. Sie hielt ihn dem Mann entgegen. Vom Alter hätte er ihr Vater sein können. Es überraschte Celia nicht, dass er missbilligend mit der linken Augenbraue zuckte, als er ihren Rang zur Kenntnis nahm. Frauen in ihrer Position waren auf dem Land noch selten. Er verhielt sich jedoch korrekt. „Na, dann kommen Sie mal."

Er führte sie in einen von drei Kellerräumen, die von einem großen Vorflur abgingen. Wie es schien, war die gesamte Villa unterkellert. Der Mann führte sie, in den als Waschkeller genutzten Raum. Neben der Waschmaschine und dem Trockner beherbergte der Raum eine große Anzahl Wäscheleinen, die unter der Decke befestigt waren, etliche Wäschekörbe, ein Bügelbrett und Bügeleisen. „Hier ist scheinbar jemand eingestiegen. Können Sie das sehen?"

Ohne Rücksicht auf mögliche verwertbare Spuren, stampfte der Mann durch den Raum zum Fenster und fasste mit seinen Händen an den Rahmen.

„Finger weg", raunzte Celia ihn brüsk an. „Darum muss sich die Spurensicherung kümmern."

Um von ihren geharnischten Worten abzulenken, sprach sie übergangslos weiter. „Hier hat es aber nicht gebrannt."

Der Feuerwehrmann bestätigte ihre Vermutung.

„Hier entlang." Er führte sie in den angrenzenden Raum. Der entsprach den gängigen Vorstellungen eines Kellerraumes: Das ungeordnete Durcheinander mit abgelegten Sachen und Möbeln wurde durch das Feuer, das hier gewütet hatte, und das Wasser mit dem es gelöscht worden war, verstärkt.

„Sie müssen ja rasend schnell hier gewesen sein. Man sieht nur hier was", stellte Jaron fest.

Der Feuerwehrmann nickte. „Frau Husen hatte mehr Dusel als Verstand, dass ihre Nachbarin gerade rechtzeitig mit ihrem Hund Gassi gegangen ist."

„Wo ist die Nachbarin?"

„Mit Frau Husen ins Krankenhaus."

Celia erkundigte sich nach Theo Husen.

„Keine Ahnung! Hier war er jedenfalls nicht, als wir

seine Frau gefunden haben. Der hat die doch nicht verdient. So eine liebenswerte Frau und so ein Knochen. Immer will er was Besseres sein." Der Feuerwehrmann hielt mit seiner Meinung nicht hinter dem Berg. Offensichtlich hatte Husen sich nicht viele Freunde in seinem Umfeld gemacht.

„Wo haben sie Frau Husen gefunden?"

„Im Wohnzimmer, neben einem Tisch. Darauf lag das Telefon."

„Wollte sie Hilfe rufen?"

Der Mann lachte bitter. „Wenn sie mich fragen, dann sicher nicht wegen dem Feuer."

„Wie meinen sie das?"

Er zuckte erneut mit den Schultern. „Der gebrochene Arm kann ja durch einen Sturz verursacht sein. Auch die Verletzung am Hinterkopf, die der Notarzt festgestellt hat. Aber der feuerrote Handabdruck auf ihrer Wange – ich bezweifle, dass sie sich den selbst beigebracht hat."

Celia wechselte einen raschen Blick mit Jaron.

„Das Feuer ist gelegt worden? Da sind Sie sich ganz sicher?" Der Mann schnaubte verächtlich. „Wenn ich nicht sicher wäre, würde ich es nicht sagen. Benzingeruch ohne Kanister ist schon verdächtig genug und wenn dann noch Streichhölzer vor dem Kellerfenster liegen, habe ich jedenfalls keine Fragen mehr." Celia griff zu ihrem Handy und forderte die Spurensicherung an.

„Auch wenn Sie sich sicher sind. Wir brauchen Gewissheit. Haben Sie das Haus nach Theo Husen abgesucht?"

„Ne. Es bestand keine Gefahr mehr. Das Feuer haben wir gelöscht und der Rest ist schließlich nicht meine Aufgabe."

Es war offensichtlich, dass der Mann der Ansicht war, genug gesagt und getan zu haben. Für einen Altländer war er ohnedies überraschend mitteilsam.

Celia ließ ihn ziehen und machte sich, gemeinsam mit Jaron, in den oberen Räumen des Hauses auf die Suche nach Theo Husen. Ihre Suche blieb ergebnislos.

„Wer sollte einen Grund haben, die Frau ins Jenseits zu befördern?"

„Ja, merkwürdig. Aber es könnte doch sein, dass jemand Theo Husen ans Fell wollte und seine Frau nur zufällig dazwischen geraten ist."

Die Erklärung klang auch in ihren Ohren plausibel. „Hoffen wir mal, dass wir bald mit ihr reden können und dass wir ihn bald finden."

„Könnte ihn jemand verschleppt haben?"

Celia war unsicher. Um nichts unversucht zu lassen, gab sie eine Fahndung nach ihm raus.

„Hallo, ist hier jemand?"

Celia und Jaron warfen sich einen kurzen Blick zu, als sie die kehlige Stimme von Alec Snyder vernahmen.

„Hat sie heute Bereitschaft?"

„Sieht so aus", lautete die lakonische Antwort Celias. „Dann wollen wir mal schauen, wie es läuft."

Jaron war nach dem verkorksten Abend skeptisch. Seine Befürchtungen wurden bestätigt.

„Oh, Staatsanwaltschaft und Kripo in gewohnt vereinter Ausführung. Wie nett."

Ohne auf die zynischen Worte einzugehen, schilderte Celia die Umstände, den Zusammenhang zu ihrem derzeitigen Fall und worauf sie achten sollte.

„Euch ist schon klar, dass ich nicht erst seit gestern bei der Spurensicherung bin, oder?"

Celia war entnervt. „Ja, aber gute Forensiker haben keine Probleme damit, sich in Fälle einweisen zu lassen. Du bist doch für Richie im Dienst, oder?"

Es behagte ihr nicht, Jaron Recht geben zu müssen.

„Wo sind die anderen?“

Alec wies mit dem Kopf nach draußen.

Celia instruierte auch sie. Auf ihrem Weg ins Haus stieß sie in der Tür auf Jaron. „Ich fahre ins Krankenhaus und schau, wie es Frau Husen geht. Vielleicht treffe ich auch noch die Nachbarin. Soll ich dich zuerst nach Hause fahren oder lässt du dich von einer Streife zurückbringen.“

„Wenn du nichts dagegen hast, komme ich mit.“

In dem Moment fuhr Thorsten vor.

„Möchtest du Alec bei ihren Untersuchungen Gesellschaft leisten oder mit Jaron und mir in die Klinik fahren?“

Thorsten hing der Abend ebenfalls noch nach. Er verdrehte die Augen. „Wieso ist die denn hier?“

„ Warum wohl? Sie hat Bereitschaft.“

„Wie war eure Begegnung?“

„So wie der Abschluss bei Mona. Unerfreulich.“ Jaron war deutlich.

„Okay! Apropos Mona. Ich bin heute Abend bei ihr eingezogen.“

„Willst du erzählen oder lieber nicht?“

„Können wir später machen. Ich habe Mona schon die ganze Zeit die Ohren vollgetönt. Es ist also nicht mehr so dringend. Aber um Alec möchte ich mich heute nicht unbedingt kümmern müssen. Mein Bedarf an schwierigen Frauen ist fürs Erste gedeckt.“

„Ist eigentlich auch nicht mehr so wichtig, dass jemand von uns hier ist. Jaron und ich haben alles gesehen und den Rest übernimmt die Spusi“, benutzte sie die gängige Abkürzung für die Spurensicherung.

„Frau Husen? Tut mir leid, dass ich Sie aus dem Bett

hole. Ich habe keine guten Nachrichten."

So schonend man solche Mitteilungen überbringen konnte, teilte Celia der jüngsten Husentochter das Geschehen mit. Sie traf fast zeitgleich mit den Beamten im Krankenhaus ein. Ihr Gesicht zeigte Spuren von Tränen.

„Was zum Teufel ist im Haus meiner Eltern passiert?"

„Genaues können wir noch nicht sagen. Nur so viel, dass jemand eingestiegen ist, ihre Mutter verletzt hat und versucht hat das Haus anzuzünden. Alles in allem, ist es vergleichsweise glimpflich abgegangen, da eine Nachbarin zur rechten Zeit das Feuer im Keller bemerkt hat. Allerdings vermissen wir ihren Vater. Könnte sein, dass ihm der Anschlag galt und er entführt wurde."

Lara Husen lachte, als hätte Celia den größten Witz aller Zeiten gerissen. Die Reaktion irritierte die Beamten. Sie passte nicht zu der bodenständigen Frau.

„Alles okay mit Ihnen?", versuchte Celia sie zu beruhigen.

Lara Husen entschuldigte sich: „Tut mir leid. Nichts ist in Ordnung. Mein Vater wohnt nicht mehr im Haus. Den konnten sie dort nicht finden. Meine Mutter hat ihn heute Morgen rausgeschmissen."

„Wo ist er hin?" Lara Husen wusste es nicht und zeigte deutlich, dass es sie auch nicht interessierte. „Wissen Sie, mein Vater war schon immer eigenwillig. Wenn ich es mal nett ausdrücken soll. Aber in den letzten Jahren ist er zunehmend unerträglich geworden. Wir drei haben unserer Mutter schon vor einiger Zeit nahegelegt, einen Schlussstrich zu ziehen. Aber sie ist noch von der alten Garde. Einmal verheiratet, immer verheiratet. Aber die letzten Ereignisse haben selbst ihr deutlich gemacht, dass es Zeit wird."

Unterdessen hatten sie die Notaufnahme erreicht. Dort wurden sie von der aufgelösten Nachbarin begrüßt.

„Kind, es ist so schrecklich. Was für ein Glück, dass ich vorbei gekommen bin. Ich mag gar nicht daran denken, was hätte passieren können, wenn ich nicht da gewesen wäre."

Lara Husen machte keinen Versuch, die Frau zu beruhigen. Celia unterbrach die Litanei der Frau. „Frau Feindt haben Sie, bevor Sie das Feuer entdeckten, jemanden in der Nähe des Hauses gesehen?"

Die Frau wimmerte. „Nein, habe ich natürlich nicht. Das hätte ich doch sonst schon lange gesagt. Ich habe einen Krimi im Fernsehen angeschaut."

„Wie passend", schoss es Celia in den Sinn.

„Und als der zu Ende war, bin ich mit meinem Hund wie immer noch ein letztes Mal für die Nacht rausgegangen." „Haben Sie ein Auto gehört oder andere Geräusche, die Ihnen ungewöhnlich erschienen?" Jaron versuchte, die Frau auf das Wesentliche zu konzentrieren.

Sie schaute ihn verblüfft an, als hätte sie ihn bisher überhaupt nicht wahrgenommen.

„Staatsanwalt Karloff", stellte er sich vor. Es machte Eindruck. Celia entlockte es ein Grinsen.

Frauen verfielen Jaron reihenweise. Seine Art vermittelte ihnen immer das Gefühl, im Mittelpunkt seines Interesses zu stehen. Das beflügelte sie zu ungeahnten Anstrengungen. Sein Äußeres tat sein Übriges. So überlegte die Nachbarin fieberhaft, ob sie nicht doch mehr zu der Sache beitragen konnte.

„Ja, natürlich", schlug sie sich mit der flachen Hand gegen die Stirn. „Wie konnte ich das vergessen. Na ja, es war nicht wirklich ungewöhnlich", versuchte sie eine Entschuldigung. „Schließlich ist es auch das Heim deines

Vaters", wandte sie sich direkt an Lara Husen.

Celia lenkte die Aufmerksamkeit der Frau wieder auf sich.

„Sie haben Theo Husen am Haus gesehen? Wann?"

Die Frau schüttelte vehement den Kopf. „Habe ich nicht. Nur das Auto."

Lara Husen, sowieso schon recht blass, wurde noch blasser. „Heißt das, mein Vater hat meiner Mutter das angetan?" Ihr Entsetzen war deutlich zu sehen.

Celia versuchte sie zu beruhigen. „Das wissen wir ja nicht. Vielleicht hat er gar nichts damit zu tun."

Thorsten warf ihr einen zweifelnden Blick zu. Celia signalisierte ihm Zurückhaltung. Sie arbeiteten lange genug zusammen, um sich auf diese Art verständigen zu können. Zu einem weiteren Wortwechsel kam es nicht.

Der behandelnde Arzt ließ Ruth Husen durch eine Schwester, aus dem Zimmer fahren. Celia hinderte ihn daran.

„Wie geht es Frau Husen?"

Statt des Arztes antwortete die Verletzte selbst.

„Machen Sie sich keine Sorgen um mich. Unkraut vergeht nicht. Ich habe nur einen gebrochenen Arm und eine leichte Gehirnerschütterung. Sie wollen mich zur Beobachtung über Nacht hier behalten. Morgen kann ich schon wieder nach Hause."

Der Arzt lachte: „Sie sind ja in der Tat nicht so schnell klein zu kriegen. Aber Sie hat Recht. Alles halb so wild. Das sah zunächst schlimmer aus."

Ohne ein weiteres Wort verschwand er im nächsten Behandlungszimmer. Ein typischer Arzt im Dauerstress der Notaufnahme.

Lara Husen hatte die Hand ihrer Mutter gegriffen. An der Seite der Liege ging sie mit ihrer Mutter. Jaron,

Thorsten und Celia liefen in einer kleinen Prozession hinterher. Die Krankenpflegerin versuchte gar nicht erst, sie daran zu hindern, mit in den Patientenaufzug zu steigen. Sie hatte Celias' Ausweis gesehen.

Ein Stockwerk höher wurde Ruth Husen in ein Einzelzimmer geschoben. Als die Schwester das Zimmer verlassen hatte, setzte sie sich vorsichtig im Bett auf. Ihre Tochter half ihr. Ruth Husen lächelte mit all ihren blauen Flecken die Anwesenden ein wenig gequält an.

„Können Sie uns ein paar Fragen beantworten?" Celia versicherte sich, dass ihr Eindruck von der Verfassung der Frau richtig war.

Ruth Husen schüttelte den Kopf heftig und zuckte unter dem Schmerz, den diese Bewegung auslöste, zusammen.

„Sie brauchen nicht zu fragen. Das hier", sie deutete auf ihr Gesicht, „habe ich meinem Gatten zu verdanken. Vielleicht aber auch mir selbst. Ich habe mich vergessen und Worte benutzt, die ich niemals hätte sagen dürfen."

„Papa hat dich geschlagen?" Lara Husen konnte es nicht fassen. Wütend stampfte sie mit dem Fuß auf, kniff die Augen zusammen und ballte die Hände zu Fäusten. „Jetzt reicht's. Er ist zu weit gegangen. Endgültig. Du hättest ihm die Kinderpornos schon nicht durchgehen lassen sollen." Erschreckt schlug sie die Hand vor den Mund, als sie realisierte, was sie in Gegenwart der Kripobeamten hatte verlauten lassen. Ihre Mutter war mindestens ebenso erschreckt.

„Lara", ermahnte sie die Tochter, „halt den Mund. Das ist erledigt."

Jaron warf der Frau einen skeptischen Blick zu. „Sie sind gebildet, Frau Husen. So hat man Sie jedenfalls beschrieben. Kinderpornografie ist strafbar. Mitwissen und Deckung einer Straftat ebenfalls."

„Tschuldige Mutter." Lara war sichtlich zerknirscht über die Reaktion auf ihre unbedachten Worte.

Ruth Husen winkte mit dem gesunden linken Arm ab. Sie schien zu einem Entschluss gekommen zu sein. „Vergessen Sie es. Ich habe damit nichts zu tun. Und mein Mann?" Sie lachte hart: „Der schaut sich Bildchen im Internet an. Der stellt die ja nicht her. Und er verführt keine Kinder."

Celia spürte zum ersten Mal Unbehagen über die Frau in sich aufkommen. „Tun Sie nur so oder sind sie so naiv?", wollte sie wissen.

„Wie reden Sie mit meiner Mutter?", begehrte Lara Husen sofort auf.

Celia antwortete gar nicht erst, sondern schaute Ruth Husen unverwandt ins Gesicht. Diese konnte dem Blick nicht standhalten. Sie senkte die Augen auf ihre Hände, die ineinander gefaltet auf der Bettdecke lagen.

„Schon gut." Sie hob den Blick und schaute Celia nun direkt in die Augen. „Um ehrlich zu sein, ging es mir weniger um meinen Mann, als vielmehr darum, mich selbst zu schützen."

Die Stimme wurde immer leiser und die Augen waren wieder auf die Bettdecke gerichtet. „Die strafbare Handlung meines Mannes, ist ja nur die eine Seite der Medaille. Die andere ist unzweifelhaft mein persönliches Manko, Konsequenzen zu ziehen. Obwohl ich um das Ende unserer Ehe längst wusste, habe ich nichts unternommen, um es offiziell zu machen. Ich wollte nicht als Versagerin dastehen." Sie hob die Schultern und die linke, nicht gegipste Hand mit der Innenseite nach oben, als bitte sie um Vergebung.

Celia gewährte sie ihr nicht: „Sie decken Ihren Mann, weil Sie sich als Versagerin fühlen? Und als wäre das nicht genug, lassen Sie ihn auch noch in Ruhe Kinderpornos anschauen?“ Sie winkte ab. „Wir werden uns später sicher noch einmal darüber unterhalten müssen. Im Moment interessiert mich der aktuelle Fall mehr. Wo ist Ihr Mann? Im Haus war er nicht. Glauben Sie, er hat das Feuer gelegt?“

Ruth Husen wirkte bei weitem nicht mehr so stolz. Beinahe tat sie Celia leid.

„Ich weiß es nicht. Er stand plötzlich im Haus. Ich weiß nicht, wie er hineingekommen ist. Ich wollte meine Tochter anrufen und sie um Hilfe bitten. Aber Theo ist hinter mir her und hat mir den Hörer aus der Hand gerissen. Das hat mich aus dem Gleichgewicht gebracht und ich bin hingefallen. Dabei habe ich mir den Arm gebrochen.“

Sie hob den rechten, verbundenen Arm, als wollte sie ihre Worte unterstreichen.

„Diese Verletzung, nehme ich an, war der Grund, warum ich die Fassung verloren und ihn angeschrien habe. Dann weiß ich nur noch, wie er mich ins Gesicht geschlagen hat.“ Sie zuckte wieder die Schultern, als wollte sie andeuten, dass dies alles war, woran sie sich erinnern konnte.

„Wo könnte Ihr Mann hin sein?“

Lara Husen, bemüht gut zumachen, was sie angerichtet hatte, sagte kleinlaut: „Wir wissen nicht, wo unser Vater sich einquartiert hat.“

Telefonisch ließ Celia die Streifenbeamten anweisen, nach Theo Husen und seinem Fahrzeug Ausschau zu halten. Parallel sollten die Hotels und Gasthäuser in der nächsten Umgebung abtelefoniert werden. Sie vermutete, dass Husen sich nicht weit entfernen würde.

„Ich möchte, wenn es Ihnen nichts ausmacht, alleine sein. Ich bin erschöpft“, sagte Ruth Hansen.

Kapitel 23

Rebecca Münch drehte und wälzte sich schlaflos in ihrem Bett. Die Wohnung kam ihr ungewohnt verlassen vor. Die ganze Nacht hatte sie Licht im Flur brennen lassen. Dabei war sie es gewohnt, alleine zu sein. Immerhin war Gregor viel unterwegs. Oft hatte sie es sogar genossen, die Abende alleine, nach ihren Vorstellungen, zu gestalten und in der Nacht das Bett für sich zu haben.

Chiara wollte sie auch gestern noch nicht alleine lassen. Aber Rebecca hatte darauf bestanden. Immerhin hatte auch sie einen Verlust erlitten. Beide waren sich einig, dass wohl niemand im Parteibüro weitere Verwendung für sie haben würde. Sie verabschiedeten sich am späten Nachmittag voneinander.

„Weißt du", Rebecca wählte ihre Worte sorgfältig. „So schrecklich die Geschichte mit Gregor ist und ich auch nicht so genau weiß, wen ich da eigentlich verloren habe, ich weiß wenigstens, wen ich gewonnen habe. Und das ist mir viel wert. Ich danke dir."

Chiara Liefers war perplex. „Du bedankst dich bei mir?" Sie lachte. „Das ist ja Hohn. Ich müsste mich bei dir bedanken. Ich habe mit deinem Geliebten geschlafen, dem Vater deines Kindes und du warst bereit, mir zuzuhören. Das ist großartig." Rebecca umarmte die hübsche, blonde Frau herzlich. „Ich glaube, es ist kein Zufall, dass Gregor uns beide genommen hat. Auch, wenn wir äußerlich genau das Gegenteil sind. Charakterlich sind wir uns sehr ähnlich."

Chiara stimmte ihrer neuen Freundin zu.

„Bist du sicher, dass ich gehen soll? Ich kann gerne

nachher wiederkommen. Ich hole nur schnell ein paar Sachen und leiste dir noch ein bisschen Gesellschaft."

Rebecca wollte davon nichts hören. „Ich brauche ein bisschen Zeit zum Nachdenken. Du hast mir viel Stoff dafür gegeben. Aber jetzt muss ich ihn in die Reihe bringen. Das kann ich nur alleine."

Chiara war die Letzte, die dafür kein Verständnis gehabt hätte. Sie verabschiedete sich.

Zunächst empfand Rebecca Münch tatsächlich so etwas wie Erleichterung, als Ruhe in die Wohnung einkehrte. Sie bekam sogar Appetit. Doch bereits der dritte Bissen blieb ihr im Hals stecken. Und das nicht wegen der Schwangerschaft.

Obwohl sie ursprünglich nachdenken wollte, schaltete sie den Fernseher ein. Es wurde ein Fernsehfilm über eine Frau gezeigt, die schwanger von ihrem Freund betrogen und verlassen wurde. Sie konnte nicht abschalten. Gebannt verfolgte sie die Geschichte. Überraschenderweise sah sie gar nicht so sehr sich selbst in der Geschichte. Die männliche Figur erinnerte sie aber an Gregor. Der männliche Hauptdarsteller agierte in dem Film genau wie Gregor. Frauen wurden benutzt, um die eigenen Bedürfnisse zu befriedigen.

Rebecca wurde klar, dass sie und Gregor nie eine wirkliche Partnerschaft, in der einer für den anderen einstand, geführt hatten. Sie war immer für Gregor da, das erwartete er von ihr. Aber umgekehrt war es nicht so. Die abgelehnte Schwangerschaft war der Gipfel einer Reihe von Enttäuschungen.

Gregor hielt sich für großartig und großzügig, da er die materiellen Bedürfnisse befriedigte. Über die emotionalen machte er sich keine Gedanken. Vielleicht lag es daran, dass er auch niemanden an sich heranließ.

Rebecca schüttelte sich bei dem Gedanken. Sie wollte Gregor nicht weiter in Schutz nehmen. Das hatte sie zur Genüge getan, als er noch lebte,. Es wurde Zeit, die Realität zu sehen. Entschlossen schaltete sie den Fernseher ab. „Fehlt eigentlich nur noch ein kitschiges Happy End.", murmelte sie.

Sie holte Schreibblock und Stift aus dem Arbeitszimmer und begann ihre Gedanken aufzuschreiben. Dabei bemerkte sie, dass es das erste Mal war, dass sie es wagte, im Wohnzimmer etwas anders zu tun, als Wein zu trinken und fernzusehen. Ein bisschen Unordnung bekam dem Raum gut, fand sie. Es machte ihn weniger kalt. Sie schaute sich um.

Sie stand vom Sofa auf und machte einen Rundgang durch die Wohnung. Aus der Küche und dem Arbeitszimmer suchte sie farbenfrohe Gegenstände zusammen und drapierte sie im Wohnzimmer. Nach und nach füllte der Raum sich mit Farbe. Eine bunte Patchworkdecke, die ihre Mutter ihr genäht hatte, lag nun über dem weißen Sofa, drei Vasen in unterschiedlichen Farben und Formen standen zwischen den weißen Pflanzen auf der Fensterbank und bunte Kissen aus dem Schlafzimmer, die sie einfach auf den Boden legte, gaben dem Raum Wärme. Zufrieden mit dem Resultat ihrer Bemühungen, setzte sie sich erneut auf das Sofa.

Dennoch wurde sie weiter von Unruhe getrieben. Sie kam ins Grübeln. Alles ging kreuz und quer durcheinander. Zum Schluss gab sie auf. Sie duschte und legte sich ins Bett. Zunächst schlief sie erschöpft ein. Ein Blick auf den Wecker verriet ihr jedoch, dass sie nicht mal zwei Stunden geschlafen hatte. Sie hatte geträumt. Konnte sich aber nicht erinnern. Lediglich das Gefühl der Angst war ihr geblieben. Das Licht in der Diele konnte sie nicht beruhigen. Nervös wanderte sie durch die Wohnung, dann zielstrebig ins Arbeitszimmer.

Während ihrer Beziehung war sie nie versucht, in Gregors Sachen zu wühlen. Auch jetzt hatte sie Hemmungen. Aber das Gefühl, endlich erfahren zu wollen, wer der Mann war, mit dem sie zusammengelebt hatte und von dem sie ein Kind bekam, war stärker.

„Mark, Mark, steh auf."

An der Wohnungstür des Dozenten wurde heftig geklopft. Erschrocken sprang er aus dem Bett. Britt war ebenso alamiert. Bevor sie eine Frage stellen konnte, war Mark an der Tür. Dabei war ihm nicht bewusst, dass er unbekleidet war. Erst der erstaunte Blick seiner Mutter machte ihn auf seinen Zustand aufmerksam.

„Was ist mit Vater?", verlangte er zu wissen, während er gleichzeitig nach seiner Jeans Ausschau hielt.

„Wieso mit Vater?"

Mark ließ die Hose, die er gerade überziehen wollte, sinken. „Wieso polterst du hier gegen die Tür, wenn nichts mit Vater ist?"

„Aber es ist was passiert."

Aufgeregt erzählte sie ihrem Sohn von den Ereignissen der Nacht. So erschüttert Mark war, musste er dennoch lachen.

„Wie kommst du so schnell an solche Informationen? Der Tag hat noch nicht mal richtig angefangen und du weißt schon alles."

Nicht ohne Stolz erinnerte sie ihren Sohn an ihre Freundschaft mit der Frau des Ortsbrandmeisters.

„So, wie der Husen sich aufführt, könnte man glatt glauben, dass er Gregor Dietz umgebracht hat. Das hätte ich dem Mann nie zugetraut. Dabei konnte ich ihn ja noch nie leiden. Aber für so schäbig hätte ich ihn nicht gehalten."

Mark Tegtmeyer wurde bei den Verdächtigung flau. „Mutter", ermahnte er sie, „du kannst nicht einfach jemanden beschuldigen. Seine Frau zu schlagen, macht einen nicht gleich zum Mörder. Und du hast selbst gesagt, dass überhaupt nicht klar ist, ob er selbst das Feuer gelegt hat." Anna Tegtmeyer nahm es ihrem Sohn übel, dass er sie ermahnte.

„Wirst schon noch sehen, dass ich recht habe. Der Mann hat Dreck am Stecken."

Beleidigt wandte sie sich ab. Mark schloss die Tür hinter ihr und lehnte sich mit dem Rücken dagegen. Er fuhr sich mit den Händen durch die Haare und durchs Gesicht. Erst als Britt, die nach ihm sah, ihn ansprach, fasste er sich wieder. „Was ist los?"

Zunächst zuckte er mit den Schultern, bevor er die Neuigkeiten seiner Mutter wiederholte. Dabei unterschlug er die Mordanschuldigungen. Britt, ohne persönliche Verbindung zu den Dorfbewohnern, fand die Geschichte spannend. Als sie versuchte, Mark an sich heranzuziehen, wehrte er sie ab.

„Tut mir leid, Britt. Ich muss nachdenken. Die Sache geht mir nahe. Weißt du, bisher sah für mich alles nach einem Mord aus politischen Gründen aus. Aber alles, was in den letzten Tagen passiert ist, scheint darauf hinauszulaufen, dass es doch persönliche Motive gibt. Und verdächtig sind Menschen aus meinem Freundes- und Nachbarkreis, die ich niemals mit einer solchen Sache in Verbindung gebracht hätte. Das macht mich fertig."

Britt saß mit angezogenen Beinen auf einem Stuhl, in der Sitzecke der Küche. Als die alte Frau an die Tür klopfte, hatte sie sich in der Eile ein T-Shirt von Mark übergezogen. Es war ihr mindestens drei Nummern zu groß und sie konnte, ohne Probleme, die Knie darunter ziehen. Mark, immer noch unbekleidet, setzte sich ihr gegenüber. Es überstieg Britts Vorstellungsvermögen, im eigenen Freundeskreis nach einem Mörder zu suchen.

„So was kennt man immer nur aus Krimis. Man kann sich gar nicht vorstellen, dass es so was in echt gibt."

Mark nickte. „So eine Scheiße."

„Und mit dem Mund isst du?", versuchte Britt ihn aufzuheitern und auf andere Gedanken zu bringen.

Mark war dankbar für den leichten Ton. Auf seinem Gesicht machte sich das jugendliche Lächeln breit, dass ihm die Frauenherzen in Scharen zu Füßen liegen ließ.

Auch Britt konnte sich nicht satt daran sehen. Sie ging zu ihm. Sie stellte sich mit dem Rücken zum Tisch, genau vor ihn. Sie fuhr mit dem Zeigefinger ganz leicht die Konturen seines Lächelns nach. Obwohl er eben noch jede Berührung abgelehnt hatte, tat sie ihm jetzt wohl.

„Du hast mit Abstand das schönste Lächeln, das ich je bei einem Mann gesehen habe." Es klang fast andächtig. Sie schaute auf seinen Mund. Ohne dass es ihr bewusst wurde, fuhr sie sich mit der Zunge über die Lippen. Mark fühlte sich wie elektrisiert und reagierte. Britt entging es nicht. Sie beugte sich vor und küsste ihn. Marks Hände bahnten sich einen Weg unter das große T-Shirt.

Celia ließ Frank Dormagen ins Büro bringen. Die Fahndung nach Theo Husen lief bisher ohne Erfolg. Sie wollte den Journalisten mit den Ereignissen der Nacht konfrontieren und sehen, wie diese und die Erfahrung des Gefängnisses auf ihn wirkten.

Thorsten wirkte derweil ungewöhnlich still und bedrückt.

„Alles klar?“, konnte Celia ihre Anteilnahme nicht unterdrücken.

„Ich will im Moment nicht darüber reden und vor allem nicht darüber nachdenken. Schlafen wäre gut. Einfach vergessen.“

Auf dem Weg zu ihrem Büro klopfte sie ihm aufmunternd und freundschaftlich auf die Schulter. Einen Kommentar sparte sie sich. Aus eigener Erfahrung wusste sie, wie unsinnig solche Sprüche waren.

„Wenn Dormagen gebracht wird, hätte ich dich gerne dabei. Kannst du dir Notizen machen, wenn es etwas Wichtiges gibt?“

Froh über Celias Verständnis stimmte er zu, obwohl er sonst nicht gerne die Rolle des Protokollführers übernahm.

Als es an der Tür klopfte, gingen beide davon aus, dass man Frank Dormagen aus der U-Haft brachte. Stattdessen trat Alec Snyder ins Zimmer. Celia konnte sie durch die Verbindungstür zu Thorstens Büro sehen. Sie hatte Thorsten zwar nicht im Blick, war sich jedoch sicher, dass er innerlich genauso mit den Augen rollte wie sie. Sie verhielt sich still in ihrem Büro, wartete ab und überließ es Thorsten, die Frau zu begrüßen. Überrascht stellte Celia fest, dass die Stimme der jungen Frau verlegen klang, als sie die Begrüßung erwiderte. Thorsten ließ sie zappeln. Allem Anschein nach hatte Alec Snyder noch nicht registriert, dass Celia ebenfalls anwesend war: „Ist deine Chefin auch da?“

Statt ihr zu antworten, reagierte Thorsten mit einer Gegenfrage. „Warum? Willst du ihr das Leben schwer machen oder bist du beruflich hier?“ Der Ton war schon fast feindselig.

Alec Snyder fing überraschend an zu lachen: „Meine

Güte. Deine Chefin hat es ja drauf. Was macht sie, um euch alle um den Finger zu wickeln."

„Im Gegensatz zu dir, hat sie es einfach mehr mit Freundlichkeit und Menschlichkeit." Nach kurzem Zögern setzte er noch einen drauf: „Außerdem ist sie nicht neidisch."

Verblüfft hielt die Forensikerin die Luft an.

Celia hatte genug gehört und griff ein: „Ich bin in meinem Büro", bemerkte sie kurz, ohne Begrüßung. Celia sah, wie Alec zusammenzuckte. Sie hatte offensichtlich nicht mit ihrer Anwesenheit gerechnet.

„Der Lauscher an der Wand ...", intonierte sie einen Singsang aus Kindertagen.

Celia ignorierte es, obwohl sie ihn gut genug kannte, um die Provokation darin zu erkennen. „Gibt es was Neues aus dem Haus Husen?"

Alec passte sich dem sachlichen Ton an. „Nicht viel, aber immerhin haben die Jungs von der Spurensicherung festgestellt, dass der Versuch der Brandstiftung unglaublich dilettantisch war. Entweder war derjenige unter Zeitdruck oder er ist gestört worden oder und er hat keine Ahnung. Jedenfalls hat er es sich selbst schwer gemacht. Im Keller lag so viel Material rum, das leicht brennbar war, aber das hat er nicht mit Benzin übergossen, sondern ist eher wahllos vorgegangen. So sieht es zumindest aus. Ansonsten gibt es nichts. Außer den Fingerabdrücken der Familie, ist nichts Auffälliges dabei gewesen. Wenn du mich fragst, würde ich auf den Mann tippen."

Sie hatte schnell und ohne Unterbrechung geredet, als wollte sie es hinter sich bringen. Den Eindruck verstärkte sie noch, als sie sich schon vor dem Ende ihres Satzes zum Gehen wegdrehte.

Thorsten ließ sie jedoch nicht ohne weiteres davonkommen. Durch seine privaten Probleme in Kampfstimmung, ließ er diese jetzt an Alec aus: „Hast du eigentlich nie das Gefühl, du müsstest dich für dein Verhalten entschuldigen? Oder meinst du, du hättest wegen der Geschichte, die du uns gestern über dich erzählt hast, einen Freibrief auf schlechtes Benehmen?"

Celia war zu gespannt auf die Reaktion.

Alec hielt in der Vorwärtsbewegung zur Tür inne, als hätte man einen Film angehalten. In Zeitlupe drehte sie sich zu Thorsten um. Celia konnte sehen, wie sich die Gesichtsfarbe der Frau unter der dunklen Haut rötlich färbte. Am Hals schlug ebenso sichtbar der Puls kräftiger als nötig. Alec Snyder wollte sich eben Luft machen, als sie jäh durch ein Klopfen an der Tür daran gehindert wurde. Frank Dormagen wurde gebracht. Thorsten grinste die Frau beinahe unverschämt an. Mit der Hand wies er ihr die Tür. „Ein andermal", versetzte er.

Celia, die sich von ihrem Stuhl erhoben hatte, um Frank Dormagen zu empfangen, zog anerkennend die Augenbraue in die Höhe. „Da hast du aber ordentlich ausgeteilt. Kann es sein, dass ein Teil davon deiner Eva galt?"

Statt zu antworten, begrüßte er Frank Dormagen. Thorsten führte den Journalisten in Celias Büro.

Celia begrüßte ihn mit Handschlag und ernstem Gesicht. Frank Dormagen nickte lediglich und schwieg Er nahm vor Celias Schreibtisch Platz. Thorsten setzte sich schräg hinter ihn, neben die Tür. Celia betrachtete den Mann eingehend. Unrasiert und ungekämmt wirkte er wie jemand von der Straße. Der Ausdruck seiner Augen hatte sich ebenfalls deutlich verändert. An die Stelle des kämpferischen Widerstandes war ein gehetzter, unsicherer Blick getreten. Seine nächsten Worte deuteten den Wandel ebenfalls an. „Was wollen Sie wissen?“

Celia erzählte ihm von den Ereignissen der letzten Nacht. „Egal wie Sie es drehen und wenden, Herr Dormagen, die Geschichte zieht weitere Kreise. Sie reißt Menschen mit rein, die völlig unschuldig sind. Wussten Sie zum Beispiel, dass Rebecca Münch ein Kind von ihrem Freund erwartet? Dass dieses Kind als Halbwaise aufwachsen und die Mutter irgendwann mal erzählen muss, dass der Vater mit einer Bombe ins Jenseits befördert wurde?“ Celia schwieg.

Thorsten rührte sich nicht. Frank Dormagen sackte auf seinem Stuhl zusammen. Hilflos hob er die Arme und ließ sie wieder sinken.

„Ob Sie es glauben oder nicht – ich habe nichts mit dem Tod von Gregor zu tun. Ich hätte es tun können. Ehrlich. Ich war sauer genug auf ihn. All die Jahre, die ich ihm zur Seite gestanden habe.“ Er lachte bitter. „Scheiße, ich war ein solcher Idiot. Ich wollte es einfach nicht verstehen und sehen. Dabei haben mich, weiß Gott, genug Leute gewarnt. Aber ich war so verliebt in diesen Mann. Ich wollte ihn so gerne für mich gewinnen.“ Wieder diese Lachen.

Celia blieb regungslos. Es entstand eine Pause.

„Bis zur Falschaussage bin ich gegangen.“

Celia wurde hellhörig. Mit einem Blick vergewisserte sie sich, dass Thorsten mitschrieb.

„Carola wollte gar nicht zu Mark zurück. Das habe ich mir nur aus den Fingern gesogen. Ich wollte den Keil zwischen den beiden noch tiefer treiben. Wollte endlich den Platz neben Gregor einnehmen.“

Celia konnte nicht folgen. „Von was für einer Falschaussage reden Sie?“

„Damals, als er Carola tot gefahren hat.“

„Wer?“ Thorsten konnte nicht mehr an sich halten.

Der Journalist fuhr zu ihm herum. Er hatte den Beamten vergessen und sich bei seinen Worten erschreckt. Wie immer schlug Angst bei ihm in Wut um.

„Na, wer wohl?“, raunzte er den Kripobeamten an.

Celia beschwichtigte ihn. „Erzählen Sie doch bitte mal von vorne. Wir wissen nicht, was das alles mit dem Tod von Gregor Dietz zu tun hat.“

„Gar nichts! Ich versuche Ihnen nur zu sagen, weshalb ich sauer genug auf Gregor war, um ihn umzubringen, es aber trotzdem nicht getan habe“, betonte er seine Worte fast trotzig.

Celia stöhnte lautlos. Äußerlich blieb sie gelassen.

Thorsten, so bescheinigte ihr ein erneuter Blick, hatte mehr Mühe seine Ungeduld unter Kontrolle zu halten.

„Was ist damals passiert?“

Dormagen setzte sich aufrecht auf den Stuhl. Ein sicheres Zeichen, dass er reinen Tisch machen wollte. Celia hatte es bei vielen vergleichbaren Situationen erlebt. Sie entspannte sich und ahnte, es könnte länger dauern. Was nun folgen würde, kam ihrer Erfahrung nach einer Lebensbeichte gleich. Sie täuschte sich nicht.

Frank Dormagen begann in seiner Teenager-Zeit. Er beschrieb, wie er in der Schule auf Gregor Dietz gestoßen war, wie er sich, ohne es damals zu wissen, in ihn verliebt, aber es immer für kumpelhafte Bewunderung gehalten hatte. Er gewährte ihnen einen Einblick in die Entwicklung seiner Sexualität bis hin zu der Erkenntnis der eigenen Homosexualität. Er beschrieb die Eifersucht auf Mark Tegtmeyer, dessen Nähe Gregor immer suchte.

„Dabei wusste ich genau, dass keiner der beiden schwul war. Die waren einfach befreundet. Aber ich wollte, wenn ich schon keine Beziehung zu Gregor haben konnte, wenigstens sein bester Freund sein. Aber ich hatte nie eine Chance gegen den hübschen, netten Mark. Bis Gregor die Freundschaft selbst ruiniert hat."

Er gab erneut einen bitteren Lacher von sich. „Er hat sich an Marks große Liebe Carola ran gemacht. Mark war so verliebt in sie, dass er nach ihr nie wieder eine feste Beziehung mit einer Frau eingegangen ist. Immer nur mehrere Frauen zur gleichen Zeit. Bloß nicht mehr verletzt und verlassen werden." Frank Dormagen tippte sich gegen die Stirn. „Bescheuert. Sie hätten mal Marks Eltern hören sollen. Die waren völlig verzweifelt, weil sie all ihre Hoffnungen auf Enkelkinder schwinden sahen."

Er zuckte mit den Schultern. „Und dann fährt Gregor sie tot."

Celia pfiff leise durch die Zähne. Sie waren im Laufe der Untersuchungen mehrfach auf die Geschichte gestoßen, ohne dass jemand den Grund für den Tod der jungen Frau erwähnt hatte.

„Ich war noch vor der Polizei am Unfallort, weil ich Gregor aus der Disco gefolgt war. Er hatte zuviel getrunken. Aber die Polizisten kannten ihn und mich. Nach langem hin und her haben sie auf einen Alkoholtest verzichtet. Sie hatten wohl das Gefühl, Gregor sei genug gestraft gewesen. Aber die kannten ihn so wenig wie ich. Für ihn war es ein Erlebnis unter vielen. Die Konsequenz daraus war: Er hat nicht mehr gesoffen, wenn er fahren musste. Das war alles. Getrauert?", er hob fragend die Schultern und schüttelte den Kopf. „Ich glaube nicht mal eine Woche. Wenn er die zusammenbekommt."

Celia wurde ungeduldig, riss sich jedoch zusammen.

Thorsten schrieb eifrig mit.

„Und für mich war es die Chance meines Lebens. Ich hatte Gregor, mit meiner Intervention bei der Polizei, aus der Patsche geholfen. Ich dachte, Gregor würde mir nun dankbar sein, spekulierte darauf, dass Mark es Gregor bis zu seinem Lebensende nachtragen würde, dass er die Liebe seines Lebens totgefahren hatte."

Celia konnte es nicht glauben.

„Aber ich hatte mich geirrt. Dankbarkeit kannte er so wenig wie ein Herz. Für den war christliches Verhalten mit Jesus am Kreuz gestorben. Für mich änderte sich nichts. Alles blieb beim Alten. Wenn der große Gregor mich brauchte, dann rief er nach mir. Damals für die Hausaufgaben und das Abitur, heute für einen guten Artikel in der Zeitung. Und ich Idiot bin gesprungen. Und was Mark angeht?", er lächelte ein wenig schief. „Er ist ein wenig auf Distanz gegangen. Aber wirklich gebrochen hat er auch nicht mit ihm."

Das erste Mal sah Celia, wie sich ein echtes Lächeln auf dem Gesicht des Mannes zeigte.

„Eigentlich habe ich allen Grund ihnen dankbar zu sein. Die Nacht im Bau hat mir für so einiges die Augen geöffnet."

Celia hatte genug von der Vergangenheit des Journalisten gehört. Sie wollte zurück in die Gegenwart. Ihre Frage nach dem Zusammenhang zum Heute fiel daher energischer aus, als sie beabsichtigt hatte. „Was ist in Hannover und was ist an dem Abend im Dorfgemeinschaftshaus passiert?"

Der Zeitungsmann drehte die Hände mit den Handflächen nach oben. „Nichts! Ich habe Gregor mit dem konfrontiert, was ich herausgefunden habe. Er hat mich ausgelacht. Ich habe versucht, an sein Gewissen zu appellieren." Er lachte hart. „Aber wo andere ein Gewissen haben, hat er 'ne Marmorplatte. Er hat mir eine Beteiligung angeboten. Ich habe abgelehnt. Dann sind wir im

Restaurant gelandet, das Gespräch war beendet."

Er berichtete weiter von den Ereignissen in der Nacht vor Gregors Tod, ohne noch einmal extra von Celia dazu aufgefordert werden zu müssen.

„Als die Veranstaltung im Dorfgemeinschaftshaus aus dem Ruder lief, hatte Gregor das Gefühl, er müsste seine Position sichern. Er hat versucht, mir den Text für die nächste Ausgabe zu diktieren." Er machte eine bedeutungsvolle Pause. „Und ich habe mich geweigert. Zum ersten Mal."

Dann lachte er humorlos. „Aber ich bin nicht dazu gekommen, meinen Mut auszuprobieren. Er ist vorher. Und ich hatte ein schlechtes Gewissen."

Celia glaubte ihm. Als Frank Dormagen den Kopf schüttelte, war sie irritiert.

„Nicht wegen Gregor. Wegen Mark. Darüber, dass ich ihm damals so einen Scheiß erzählt und es nicht wieder korrigiert habe. Nach dem Abend in Hannover war ich so sauer auf Gregor, weil er sich immer noch einbildete, ich würde ihm nach wie vor zur Verfügung stehen. Da bin ich zu Mark gegangen." Jetzt blickte er entschuldigend zu den beiden Beamten auf. „Ich wusste ja nicht, dass Gregor nicht mehr lange leben würde. Sonst hätte ich doch meine dumme Klappe gehalten."

Thorsten warf einen fragenden Blick zu seiner Chefin. Er wollte sich vergewissern, ob nur er auf der Leitung stand. In ihrem Gesicht konnte er die eigene Ratlosigkeit gespiegelt sehen.

Frank Dormagen ließ sie nicht lange in diesem Zustand: „Ich habe für den endgültigen Bruch zwischen Gregor und Mark gesorgt. Krasse Lüge, aber mir war alles recht, um dem arroganten Typ mal eins auszuwischen. Also habe ich Mark aufgetischt, dass seine damalige Freundin Carola, an dem Abend des Unfalls, zu ihm zurückwollte und vorher mit Gregor Schluss gemacht hatte." Seine Stimme war im Laufe der Beichte, immer leiser geworden. Es hatte allerdings gereicht, dass Celia und Thorsten jedes Wort verstanden.

In Celia stieg ein Gefühl der Übelkeit auf. Dabei hatte sie gerade angefangen, ein wenig mehr Sympathien für ihn zu entwickeln. Mit seiner Erzählung hatte er alle positiven Regungen im Keim erstickt. Dennoch wollte sie noch eine Antwort darauf, warum er sich bei den vergangenen Befragungen so wenig kooperativ gezeigt hatte. Obwohl er beteuerte, keine Erklärung dafür zu haben, kannte Celia den Grund. Und auch ihm wurde bewusst, dass er ihr nichts vormachen konnte.

„Vielleicht sollten Sie darüber nachdenken, etwas offensiver mit Ihren Informationen über sich selbst zu werden."

Thorsten geleitete Frank Dormagen hinaus. In der Tür drehte der Journalist sich noch einmal zu dem Beamten um.

„Ihre Chefin ist nicht schlecht."

Das Kompliment entbehrte jeder überheblichen Note. „Schade, dass Sie ihr so lange nicht vertraut haben. Sie hätten sich das Leben weiß Gott leichter machen können."

„Wenn er endlich mal frei ist von all seinen Versteckspielen, kann er ganz nett sein."

Thorsten hatte seiner Chefin die Worte des Journalisten wiedergegeben. Das unerwartete Kompliment beeindruckte sie wenig. Sie ließ es sich nicht anmerken. Dafür brachte sie ihre derzeitige Lage auf den Punkt: „Als Verdächtiger kommt er nicht mehr in Betracht. Und dann bleiben uns nicht mehr viele."

Kapitel 24

„Kannst du vorbeikommen?"

Rebecca, seit Tagen schon nicht mit der gesündesten Gesichtsfarbe gesegnet, wirkte beinahe grünlich. Chiara sah es am anderen Ende der Telefonleitung nicht, aber die Dringlichkeit der Frage war deutlich zu ihr durchgedrungen.

„Was ist passiert?"

Statt einer Antwort hörte sie lautes Schluchzen durch die Leitung.

„Beruhige dich Rebecca. Ich packe ein paar Sachen zusammen und komme. Aber du musst dich jetzt so lange zusammenreißen. Okay. Ich beeil mich."

Sie hielt Wort. In weniger als einer halben Stunde stand sie vor der Tür. Rebecca kam es dennoch unendlich lang vor. Wie ein Tiger lief sie in der Wohnung auf und ab. Die Türglocke erlöste sie.

Wenig später saßen sie gemeinsam in der gemütlichen Küche und schwiegen.

Auf dem Tisch vor ihnen lag ein kleines Büchlein, es erinnerte sie an ein Tagebuch, ein Aktenordner mit Strafzetteln und handschriftlichen Briefen und ein Diktiergerät. Sie hatten es mehrfach abgespielt. Der Inhalt hatte Chiara ebenso geschockt wie vor wenigen Stunden Rebecca.

„ Was willst du jetzt tun?" Chiara sprach so leise, als müsse sie ihre Worte vor Lauschern schützen.

Rebecca brach erneut in Tränen aus. Chiara konnte es ihr nicht verdenken. Gleichzeitig war sie wütend auf Gregor Dietz, der diese Gefühle in Rebecca auslöste.

Eins war ihr deutlich geworden. Gregor war nicht erst als Politiker zu dem menschenverachtenden Mann geworden. Er war es bereits lange vor seiner Karriere. Die Unterlagen auf dem Tisch bewiesen es.

„Puh, ich kann gut verstehen, wenn du das Kind von so einem Mann nicht haben willst. Der konnte weder Mitleid buchstabieren noch empfinden."

„Wie kommst du darauf, ich könnte das Kind deshalb ablehnen? Der kleine Wurm kann doch nichts für den Charakter seines Vaters." Rebecca war aufgebracht.

Nach der ersten Überraschung über Rebeccas heftige Reaktion lachte Chiara befreit auf.

Rebecca erschloss sich der Grund für die plötzliche Heiterkeit nicht.

„Rebecca, du hast dich für das Kind entschieden. Du verteidigst es ja schon richtig."

Zum ersten Mal seit Gregors Tod spürte Rebecca so etwas wie Zuversicht. „Was mache ich mit den Unterlagen? Ich glaube, ich muss sie der Polizei übergeben. Aber mir tun die Eltern so leid. Was muss das für ein Gefühl sein, wenn man so viel Schlechtes über den Sohn erfährt. Für mich ist es ja schon schlimm. Ich mag gar nicht daran denken, wie es für sie sein muss."

Chiara überlegte: „Vielleicht müssen die Eltern ja nicht alles wissen. Du solltest mit der Kripobeamtin reden. Auf mich hat sie einen recht menschlichen Eindruck gemacht."

Über Telefon hatte man ihnen mitgeteilt, dass eine Frau sie dringend sprechen wollte. Mit Eva hatte keiner gerechnet. Celia, die Eva noch nie persönlich begegnet war, bemerkte, dass sie noch hübscher war, als die Fotos hatten ahnen lassen. Nur ihre verkniffenen Züge um den

Mund entstellten das schöne dunkle Gesicht. Ihr Verhalten machte sie ebenfalls nicht sympathischer.

„Herzlichen Dank, dass Sie Thorsten gegen mich aufbringen und ihm auch noch Unterschlupf gewähren, wenn er einfach abhaut. Nicht eben die Art Frauensolidarität, die ich von jemandem wie Ihnen erwartet hätte. Oder brauchen Sie einen Mann? Ist Ihnen der Staatsanwalt nicht mehr gut genug?"

Gegen ihren Willen musste Celia lachen. Die Situation kam ihr grotesk vor. Eva, die mit einer heftigen Antwort gerechnet hatte, war sprachlos.

Thorsten machte sich das zunutze. Er zog seine Freundin ins Büro. Sorgfältig verschoss er alle Türen.

„Sag mal, bist du jetzt von allen guten Geistern verlassen? Was bildest du dir ein, hier aufzukreuzen und meiner Chefin eine solche Szene zu machen? Ich habe nicht bei ihr übernachtet. Aber selbst wenn, würde es dir nicht das Recht geben, in diesem Ton mit ihr zu reden."

Diskret verließ Celia den Raum.

Auf dem Gang vor ihrem Büro machte sich Celias Schlafmangel bemerkbar. Erschöpft lehnte sie sich gegen die Wand und schloss die Augen. Entschlossen raffte sie sich nach einem kurzen Augenblick wieder auf.

„Hey du, was für eine nette Ablenkung?" Begeistert schob Jaron eine dicke Akte, in der er gelesen hatte, zur Seite und kam hinter seinem Schreibtisch auf Celia zu.

Mit dem Kinn wies sie auf die Unterlagen. „Die nächste Verhandlung?"

Jaron schüttelte den Kopf. „Das dauert noch, bis wir den Fall vor Gericht haben. Aber wenn es so weit ist, freue ich mich drauf. Es geht um die Kinderschieber aus Rumänien."

Jaron hatte Celia vor Kurzem davon berichtet. Es gruselte sie immer noch bei dem Gedanken an die Verbrechen der Rumänen. Dabei hatte sie zutiefst erschüttert, dass es sich bei den Tätern nicht ausschließlich um Männer handelte.

Die warme Umarmung ihres Freundes genoss sie sehr. Die Wange an seine Brust gelehnt, schloss sie ihre Augen. Zärtlich legte Jaron eine Hand an ihr Gesicht und streichelte vorsichtig mit dem Daumen über ihre zarte Haut. Zufrieden seufzte Celia auf. „Und jetzt bitte nach Hause beamen und ein heißes Bad."

Jaron lachte: „So schlimm?" Sanft führte er sie zum Sofa in seiner Besucherecke. Er bestellte Kaffee bei seiner Sekretärin, bevor er sich zu ihr setzte.

„Was verschafft mir die Freude deines Besuches?", erkundigte er sich im Plauderton. Er wusste, Celia würde erst richtig reden, wenn der Kaffee vor ihnen stand.

Celia verdrehte die Augen. „Eine weitere wild gewordenen Frau."

„Wieso eine weitere? Wer noch, außer dir?"

„Wie komisch du doch sein kannst", witzelte Celia.

„Oh, eine Begegnung mit der Forensik?", vermutete Jaron. „Auch. Vor einer Stunde. Aber jetzt befindet sich Thorstens Liebste in unserem Büro und geifert da sehr laut rum. Du hättest mal hören sollen, wie die mich angegiftet hat."

„Ich denke ihr kennt euch nicht?" Celia lachte erneut: „Tja, das hält manche Menschen nicht davon ab, sich daneben zu benehmen." Sie wurde ernst. „Sie ist davon ausgegangen, dass ich Thorsten in der letzten Nacht beherbergt habe. Dabei hat sie wohl durch den Tüddel bekommen, dass wir beide zusammenwohnen. Jedenfalls hat sie mir unmoralische Hintergedanken unterstellt."

„Wann hättest du je unmoralische Gedanken", foppte Jaron Celia.

Ihr Geplänkel wurde durch den Kaffee unterbrochen.

„Der Fall macht mich irre", wurde Celia ernst.

„Habt ihr Theo Husen noch nicht gefunden?"

Celia schüttelte den Kopf. Dann schilderte sie die Befragung des Journalisten. Jaron hörte nachdenklich zu. Am Ende wirkte er so ratlos wie Celia und Thorsten zuvor.

„Bleibt doch im Grunde nur Theo Husen übrig", resümierte er. „Ja, so wie es bisher aussieht. Aber ...", Celia wiegte zweifelnd den Kopf.

„Du glaubst nicht an ihn als Täter?" Es war mehr eine Feststellung als eine Frage.

Celia hob ratlos die Hände. „Ich bin sicher, wir haben etwas übersehen. Ich muss noch mal in Ruhe die Fakten durchgehen."

Celia fühlte sich unruhig und getrieben. Sie erhob sich von dem Sofa und ging nervös im Büro des Staatsanwaltes auf und ab. Jaron beobachtete sie nachdenklich. Er konnte ihre Unzufriedenheit gut nachvollziehen. Er war froh, dass er am Ende der Kette saß und erst zum Zug kam, wenn der Fall weitgehend abgeschlossen war. In nur wenigen Fällen stellte sich vor Gericht heraus, dass der Angeklagte als Täter ausschied.

„Habt ihr etwas übersehen? Was ist mit seiner Lebensgefährtin? Sie tut sich doch recht leicht mit seinem Tod und hat sich auffällig schnell mit der Geliebten zusammengetan?"

Celia verwies auf das sehr solide Alibi der Frau.

„Berufskiller?"

Celia winkte ab. „Danach sah die Bombe nicht aus. Es sei denn, derjenige hätte genau das beabsichtigt. Halt ich aber für unwahrscheinlich. Und die Frau hatte keine auffälligen Bankbewegungen.“

„Die Geliebte.“

Sie spielten auch diese Variante durch – am Ende mit dem gleichen Ergebnis.

„Und du bist sicher, dass der Journalist endgültig aus dem Rennen ist?“

Nach den Berichten, die Celia ihm geliefert hatte, bestanden Jarons Meinung nach keine Zweifel.

„Komm ruhig rein. Die Wogen haben sich geglättet. Die Furie hat das Haus mit Feuerstoß verlassen.“

„Und nun?“

„Ende!“

„Oh.“ Damit hatte Celia nicht gerechnet. „Bist du sicher?“ Thorsten lachte auf. „So sicher war ich mir noch nie. Wenn du sie weiter erlebt hättest, wärest du genauso sicher. Du kannst dir nicht vorstellen, was Eva hier abgezogen hat. Selbst wenn sie hier auf Knien ankommen würde – das Ding ist durch.“

„Das muss ja sehr hart gewesen sein. Ich kenne dich nicht so kompromisslos.“

Thorsten stöhnte. „Hör bloß auf. Die Kompromisse habe ich an anderer Stelle immer und immer wieder geschlossen. Nur geholfen hat es nicht. Sie ist immer dominanter und zickiger geworden. Das hätte ich mir lieber sparen sollen. Vielleicht sollte ich daran in Zukunft denken. Wenn ich mich überhaupt je wieder auf eine Frau einlasse“, schloss er nicht ganz ernst. Dabei wirkte er weniger mitgenommen, als in den letzten Tagen.

Das Telefon läutete und hinderte sie an der Vertiefung des Themas. Thorsten griff zum Hörer. Dann hielt er den Daumen hoch. „Alles klar. Postiert euch vor der

Zimmertür. Aber geht nicht rein. Hindert ihn nur daran, das Weite zu suchen. Wir sind gleich da."

Während er aus der Schreibtischschublade seine Dienstwaffe nahm, informierte er Celia.

„Du hattest Recht. Theo Husen hat sich nicht abgesetzt, sondern ist tatsächlich in der Nähe geblieben. So ein Schwachkopf."

Beim Verlassen des Büros läutete das Telefon erneut. Sie ließen es klingeln.

Ratlos legte Rebecca den Telefonhörer in die Ladestation. „Die sind nicht im Büro." Sie zuckte mit den Schultern.

Chiara gab keine Ruhe. „Die müssen ja aber irgendwann wieder zurückkommen Wir fahren einfach hin und geben die Unterlagen persönlich ab. Und dann nutzen wir die Gelegenheit und fahren zu Gregors Eltern und erzählen ihnen, dass sie Großeltern werden. Vielleicht hilft ihnen das ein wenig über ihren Kummer hinweg."

Rebecca behagte weder die eine und noch die andere Idee: „Den ganzen Weg nach Buxtehude, nur um ein paar Papiere abzuliefern? Du spinnst doch. Und ich kann doch nicht einfach bei Gregors Eltern hineinspazieren und sagen: ‚Hallo hier bin ich. Und ich habe Ihr Enkelkind im Bauch.' Das ist doch lächerlich."

Chiara, die immer schon wusste, was sie wollte, gab nicht so schnell klein bei.

Celia erkannte in dem Streifenbeamten den Mann, der bei den Eltern Dietz vor den Türen gestanden hatte.

„Ich sehe sie immer vor entscheidenden Türen stehen. Gut gemacht. Und vielen Dank. Sie haben uns sehr aus der Patsche geholfen."

Zu seiner Schande merkte der Streifenbeamte, wie sein Gesicht rot anlief. Celia ignorierte es. Thorsten allerdings konnte ein leichtes Grinsen nicht unterdrücken. Der junge Beamte bemerkte es zum Glück nicht.

Ohne auf eine Reaktion zu warten, betrat Celia das Hotelzimmer, nachdem sie kurz angeklopft hatte.

Theo Husen saß auf einem Sessel vor einem großen Fenster. Er schaute nicht auf. Seine Haltung spiegelte seinen seelischen Zustand wieder – zusammengesunken und gebrochen.

„Herr Husen?“ Celia sprach leise und behutsam. Thorsten bewunderte einmal mehr das Feingefühl seiner Chefin. Ihm war klar, dass er weit weniger sanft mit dem Mann umgegangen wäre. Für ihn war er ein Verdächtiger und bei allem, was er sich geleistet hatte, brauchte man ihn nicht mit Samthandschuhen anzufassen. Aber der Gesichtsausdruck des Mannes verriet, dass Celia mit ihrer Art richtig lag. Thorsten hielt sich im Hintergrund, als Celia auf ihn zuging und auf dem Sessel gegenüber Platz nahm. Ihre Ellbogen auf die Beine gestützt, beugte sie sich zu ihm. Geduldig wartete sie auf seine Bereitschaft, mit ihr zu reden. Theo Husen hatte in den letzten Stunden seinen Stolz eingebüßt. Er sah sie mit rot geränderten Augen an und hielt ihr die Hände hin.

Sie schüttelte den Kopf: „Zuerst reden wir.“ Immer noch war ihre Stimme sanft und leise. „Ich glaube, es gibt einiges, was Sie mir zu sagen haben.“

Langsam nahm Theo Husen die Arme wieder runter. Er schien enttäuscht, dass Celia ihn nicht festnahm.

„Sie wissen doch bestimmt schon alles. Ich habe meine Frau umgebracht, ich habe das Haus angezündet, ich habe das Grundstück verkauft, obwohl es mir nicht mal gehörte, habe meine Töchter enttäuscht und mich auf einen Mann eingelassen, von dem ich besser mehrere Kilometer Abstand gehalten hätte. Was gibt es dazu noch zu sagen?"

Celia schüttelte bedächtig den Kopf. „Sie hatten mehr Glück als Verstand. Ihre Frau hat alles ohne großen Schaden überstanden und auch Ihr Haus konnte gerettet werden. Sie kommen in diesem Fall einigermaßen glimpflich davon. Ich möchte lieber mit ihnen über Gregor Dietz reden."

Celia wartete nicht darauf, dass die Erkenntnis und mit ihr die Erleichterung eintrat

„In Anbetracht dessen, was ich mir in letzter Zeit geleistet habe, ist es sicher nicht leicht, mir zu vertrauen und zu glauben. Aber dennoch bleibt die Tatsache bestehen, dass ich Gregor Dietz kein Haar gekrümmt habe."

Nun drangen langsam die Worte Celias in sein Bewusstsein. „Meine Frau lebt wirklich? Ich habe sie nicht umgebracht?" Bevor Celia eine Antwort geben konnte, brach er in Tränen aus. Er schluchzte wie ein Mann, der genau das noch nie getan hatte. Auch jetzt versuchte er, sein Gefühl unter Kontrolle zu bringen. Es gelang ihm nicht. Zum ersten Mal seit ihrer ersten Begegnung spielte er kein Theater. Nur langsam gewann er die Oberhand über seine Gefühle zurück. Celia ließ ihm Zeit.

Thorsten bewegte sich leise und langsam. Er wollte die Aufmerksamkeit nicht auf sich lenken.

Celia hatte ihre angespannte Haltung ein wenig gelockert und saß zurückgelehnt im Sessel. Ihren Blick hielt sie unverwandt auf den Apotheker gerichtet. Ihrem Gesicht waren ihre Gedanken nicht abzulesen.

„Es macht keinen guten Menschen aus mir, wenn ich Ihnen erzähle, warum ich mich so verhalten habe, wie Sie es in den letzten Tagen mitbekommen haben", sagte Husen leise. „Aber vielleicht können Sie mich dann ein wenig besser verstehen."

Celia hatte so ihre Zweifel. Aber auch davon spürte Husen nichts. Die Hoffnung, sich in ein besseres Licht zu rücken, trieb ihn. Er rang die Hände.

Er erzählte den Kripobeamten seinen Werdegang, den sie teilweise bereits aus dem Mund seiner Frau gehört hatten. Sie hörten von seinem Ehrgeiz, dem Eindruck, den seine Frau als Tochter aus reichem Haus auf ihn gemacht hatte.

„Meine Frau war mit ihrer Rolle als Mutter nicht zufrieden. Zumindest nicht als alleinige Aufgabe. Und dann hat sie, als die Kinder endlich so weit waren, wieder angefangen zu arbeiten. Zwar nur ehrenamtlich, aber immerhin. Und während sie Anerkennungen und Erfolge anhäufte, ging es mit meinem Laden den Bach runter."

Er lachte verächtlich, als er auf die Apotheken zu sprechen kam, die ihm, seiner Meinung nach, den Rang abgelaufen hatten mit ihrer billigen Werbung: „Wie im Fernsehen. Hinter dem Tresen laufen Verkäuferinnen rum, als müssten sie auf den Laufsteg. Alles ist aus Plastik und auf der Strecke bleibt die Qualität. Aber die will heute auch keiner mehr." Er war wieder er selbst, so wie ihn Thorsten und Celia kennengelernt hatten. Überheblich und selbstgefällig.

Celia richtete sich unauffällig auf. Thorsten entging der kleine Ruck jedoch nicht. Vielleicht, weil er selbst ungeduldig wurde. Sein Block war leer. Nichts, was der Mann von sich gegeben hatte, war es wert, vermerkt zu werden. Kein einziger Punkt auch nur im Ansatz ermittlungsrelevant.

„Herr Husen?" Celia unterbrach den Apotheker mit

deutlicher Stimme. Das vorsichtige Vorgehen, zu Beginn des Gesprächs, wurde durch eine fordernde Haltung abgelöst. Husen schaute Celia überrascht in die Augen.

„Es wird Zeit über Gregor Dietz zu reden. Wir wissen, dass Sie gemeinsame Sache mit ihm gemacht haben. Wir wollen wissen, was in letzter Zeit passiert ist und wer außer Ihnen ein Motiv gehabt haben könnte, ihn umzubringen."

„Ich war das nicht. Ich hatte überhaupt keinen Grund", überschlug sich seine Stimme bei der eilfertigen Beteuerung. „Glauben Sie mir. Warum hätte ich ihm was tun sollen. Ich habe doch an ihm verdient. So ein Mensch bin ich nicht."

„Davon war letzte Nacht aber wenig zu spüren." Thorsten hatte genug von dem wehleidigen Gestammel. Celia hinderte ihren Kollegen nicht.

Theo Husen zuckte unter seinen Worten zusammen. „Das war doch was ganz anderes", zischte er den Beamten an.

„Nicht so schnell, Herr Husen", nötigte Celia ihn, sich wieder ihr zuzuwenden. „Ihr Verhalten zeigt eindeutig, dass Sie Gewaltpotential in sich tragen. Und die Filme, die sie sich im Internet anschauen, vermitteln auch keinen anderen Eindruck."

Der Hieb hatte gesessen, stellte Thorsten befriedigt fest. Mit ihrer freundlichsten Stimme hatte Celia ins Schwarze getroffen. Für einen kurzen Augenblick hatte es den Anschein, als wolle Theo Husen sich in seiner gewohnt überheblichen Art aufplustern. Stattdessen sackte er in sich zusammen: „Sie wissen es?" Seine Stimme war kaum hörbar.

Thorsten war angewidert. Celia reagierte nicht. Nur ihre Stimme war schneidend. „Vielleicht kommen Sie jetzt langsam mal auf den Punkt! Gregor Dietz hatte keine Skrupel. Auch nicht denen gegenüber, mit denen er zuvor noch gemeinsame Sache gemacht hat. Wenn sich neue Wege aufzeigten, ließ er bisherige Weggefährten fallen. Gehörten Sie auch dazu oder hat er Sie erpresst, als Sie kalte Füße bekamen, nachdem Sie verstanden hatten, dass Frank Dormagen Ihr Spiel durchschaut hat? Sie wollten doch aussteigen."

Theo Husens Stimme quietschte vor Aufregung. „So ein mieser Typ. Er hat mich ausgelacht. Mich." Er holte tief Luft bevor er weiter sprach. Seine Stimmlage erreichte wieder normale Frequenzen.

„Gregor Dietz hat 'ne Menge Leute vor den Kopf gestoßen!" Thorsten nickte. „Frank Dormagen hat fast die gleichen Worte benutzt. Glaubst du ihnen?"

„Du meinst, ob es nicht auch möglich wäre, dass sie beide unter einer Decke stecken?"

So weit war Thorsten noch nicht mit seinen Überlegungen, aber die Theorie klang gar nicht so abwegig.

„Wäre doch immerhin eine Möglichkeit. Beide fühlen sich gekränkt und hintergangen und sinnen auf Rache", spann er den Gedanken weiter.

Sie befanden sich auf dem Weg ins Präsidium.

Theo Husen hatten sie alleine, erschöpft und erniedrigt zurückgelassen. Der Hinweis darauf, dass die Beamten über seine Aktivitäten im Internet Bescheid wussten, hatte ihm den Rest gegeben. Aber Celia und Thorsten waren dadurch nicht weitergekommen. Die Information, die Theo Husen über den Abend im Dorfgemeinschaftshaus noch beigesteuert hatte, war am Ende ohne Belang. Es machte ihn nicht verdächtiger als er vorher war. Es entlastete ihn auch nicht.

Kapitel 25

Erschöpft schlürfte Mark Tegtmeyer den schlechten Cappuccino, den die Mensa verkaufte. Er schloss die Augen und versuchte, sich auf Brit zu konzentrieren. Es gelang ihm jedoch nicht, die Gedanken an das, was seine Mutter ihm erzählt hatte, zu verdrängen. Sie hatten ihn den ganzen Tag nicht losgelassen.

Noch nie hatte er eine derart unkonzentrierte Vorlesung gehalten. Noch nie hatte er so wenig von den Reaktionen seiner Studenten mitbekommen. Seine Stärke war, noch während der Vorlesung, Schwingungen seiner Zuhörer zu fühlen, zu merken, wenn sie nicht folgen konnten oder Fragen aufkamen. Heute war nichts davon zu ihm durchgedrungen.

Als sich zwei Hände von hinten auf seine Schultern legten und begannen, diese sanft zu massieren, ließ er es geschehen. Die Berührung tat ihm wohl. Ein vorsichtiges Lächeln schlich sich auf sein Gesicht. „Hallo Schöne, mach' so weiter und ich verspreche dir mein Königreich."

Brit lachte und war dankbar für den leichten Ton in seiner Stimme. „Ich verzichte auf das Königreich, wenn ich dafür einen Kuss bekomme?"

„Hier vor allen Menschen?" Mark tat entsetzt. Brit stahl sich schnell einen flüchtigen Kuss. Bevor sie sich auf den freien Platz gegenüber setzen konnte, griff Mark nach ihrem Arm und zog sie zu sich auf den Schoß. Ihm waren die erstaunten Blicke einiger Dozenten um ihn herum durchaus bewusst. Er ignorierte sie. Er nahm das Gesicht der Studentin in seine Hände und zog es näher an sein Gesicht.

Brit schaute ihm ernsthaft in die Augen. „Was war bei der Vorlesung mit dir? Bist du krank? Fühlst du dich nicht gut?“

Mark ignorierte die Fragen. Er konzentrierte sich auf ihren Mund. Er ließ sich Zeit dabei, seinen und ihren Mund zusammenzubringen. Als sie sich endlich berührten, fühlte er, wie ihm endlich wieder warm ums Herz wurde. Er konnte sich nicht vorstellen, wie er es all die Jahre ohne die Wärme einer Beziehung ausgehalten hatte.

Brit war es, die sich aus dem Kuss löste. „Sag mir, was los war. Ich habe dich noch nie so erlebt.“

Mark richtete sich auf. Mit einer Hand fuhr er über sein Gesicht. „Diese ganze Geschichte bei uns im Ort geht mir weit mehr an die Substanz, als mir lieb ist. Die Sache mit Gregor war schon schlimm, aber das von letzter Nacht mit Theo Husen ...“

Brit rutschte nun doch von seinem Schoß auf den freien Platz. Sie blickte ihm unverwandt in die Augen. Sie wollte mehr hören.

„Man glaubt immer“, begann er leise, „das Unglück passiert anderen. Nicht einem selbst. Man weiß, dass es wirklich böse Menschen gibt. Aber wir wollen partout nicht wahrhaben, dass sie sich in unserem näheren Umfeld befinden. Das Böse geschieht woanders und jemand anderem. Aber beide Theorien sind in den letzten Tagen über den Haufen geworfen worden. Kein schöner Gedanke, um ehrlich zu sein.“

Brit schwieg.

Mark zögerte, bevor er fortfuhr: „Früher bedeutete der gewaltsame Tod eines Freundes immer, dass er sich mit dem Moped oder dem Auto um den Baum gewickelt hatte. Das war schlimm genug.“ Er hätte gerne weiter gesprochen. Im letzten Moment änderte er seine Meinung.

Brit spürte, dass sie nicht mehr erfahren würde. Noch nicht. „Möchtest du alleine nach Hause oder möchtest du mit zu mir? Was sollen wir mit dem Rest des Tages anfangen?“ Brit war nach wie vor unsicher. Aber sie wollte Klarheit.

Mark schaute sie einen Moment belustigt an. Dann zog er sie von ihrem Stuhl hoch an sich heran. „Ich würde furchtbar gerne mit zu dir. Weit weg von dem ganzen Drama bei uns in Neuenfelde.“

„Hey Jaron, wir sind auf dem Weg ins Präsidium“, beantwortete Celia den Anruf ihres Freundes knapp. Ein deutlicher Hinweis an ihn, dass sie nicht alleine im Auto saß.

„Bei mir sind zwei Frauen, die euch sicher interessieren. Da bei euch im Büro niemand war, hat man sie zu mir geschickt. Kommt doch gleich zu mir.“ Er hatte aufgelegt, bevor Celia nachfragen konnte, um wen es sich handelte.

Thorsten warf einen kurzen, fragenden Blick auf seine Chefin.

„Die Töchter Husen?“

Celia zuckte die Schultern. „Vielleicht. Lassen wir uns doch einfach überraschen.“

Thorsten hatte etwas gegen Überraschungsbesuche. Vor allem, wenn er hungrig war. Und das war er. Missmutig stellte er fest, dass er nichts gegessen hatte, seit er überstürzt Monas Wohnung verlassen hatte.

„Celia, halt bitte an einer Bäckerei an. Ich sterbe vor Hunger. Ich weiß, dass du keine Probleme damit hast, tagelang ohne Nahrung auszukommen, aber ich brauche jetzt was zwischen die Zähne, sonst fällt meine Laune auf den Nullpunkt.“

„Da ist sie doch sowieso schon", provozierte ihn Celia.

„Weißt du, ich bin überhaupt nicht so frustriert, wie ich vielleicht sein sollte. Eher fühle ich mich erleichtert."

Nachdem Celia den Wagen eingeparkt hatte, wandte sie sich ihrem Kollegen zu.

„Kuck nicht so skeptisch. Es stimmt wirklich, ich mache mir nichts vor. Ich glaube, ich habe mich innerlich schon vor einiger Zeit von Eva getrennt. Deshalb habe ich es vielleicht auch immer auf die Auseinandersetzungen ankommen lassen, statt sie zu verhindern."

Celia hatte Zweifel an seinen Ausführungen. Dafür hatte er bisher seine tiefen Gefühle zu deutlich erkennen lassen, um nun an die glatte, reibungslose und von jedem Gefühl freie Trennung zu glauben. Thorstens Absichten mit Eva waren ernste gewesen. Er wollte Zukunft und Kinder mit ihr. Celia wusste, dass man solche Gefühle nicht von heute auf morgen einfach ins Gegenteil umkehrte. Sie ging davon aus, dass Thorsten seine Kränkung nicht wahrhaben wollte. Sie behielt ihre Gedanken für sich. In ihrer eigenen jüngeren Vergangenheit hatte sie selbst erlebt, wie sehr man mitunter an Selbsttäuschungen festhielt, um der Wahrheit nicht ins Gesicht sehen zu müssen.

„Ich bin sicher, du machst das Richtige. Und wenn du jemanden zum Reden brauchst, sag Bescheid, okay?" Sie verpasste ihm einen leichten Knuff mit der Faust gegen die Wange.

Thorsten verschwand, erleichtert, dass Celia ihn nicht weiter ausfragte, in die Bäckerei.

Während Celia auf Thorsten wartete, stellte sie fest, dass der Himmel sich bezogen hatte. Die stickige schwüle Luft drang schnell ins Auto. Sie verzichtete dennoch auf die Klimaanlage.

„Wollen wir wetten, dass es Rebecca und Chiara sind?"

Thorsten sah Celia einigermaßen verständnislos an. Er begriff erst langsam, wovon sie sprach. „Wieso sollten die beiden zu uns kommen. So ein Blödsinn. Du glaubst doch nicht im Ernst, dass die den Weg von Hannover fahren, um mit dir zu reden. Das geht schließlich auch am Telefon."

Celia lächelte. „Vielleicht wollen sie uns was zeigen? Ich habe einfach so ein Gefühl."

Thorsten lachte sie aus. „Klar, wie deine hochgeschätzte Miss Marple, oder? Weibliche Intuition?" Thorsten ärgerte Celia gerne mit ihrem Faible für alte Kriminalfilme.

„Komm schlag ein", hielt sie ihm die Hand zur Wette hin. Thorsten weigerte sich.

Wetten gingen gegen sein großes Bedürfnis nach Sicherheit. Er würde ein Spielcasino nicht mal betreten.

Celias leichter Ton war verflogen, als sie erneut zu sprechen begann. „Ich habe noch mal nachgedacht. Wenn man genau überlegt, dann haben wir die ganze Zeit in die falsche Richtung ermittelt. Ich bin sicher, es geht nicht um den Politiker und es geht auch nicht um die Startbahn. Es geht um die Vergangenheit. Und deshalb glaube ich, dass Rebecca Münch etwas gefunden hat."

Thorsten kam so schnell nicht mit. Er wurde ungehalten. „Wie kommst du auf einmal darauf?", versuchte er die Gedankengänge seiner Chefin nachzuvollziehen.

Celia ließ ihn nicht zappeln: „Wir haben gepennt. Nachdem wir die Unterlagen in seinem Büro gefunden hatten, haben wir gedacht, wir hätten alles, was wichtig ist. Ich bin überhaupt nicht auf die Idee gekommen, in seiner Wohnung nach weiteren Informationen zu suchen."

Auch wenn sie Thorsten keinen Vorwurf machte, hatte er das Gefühl, sich verteidigen zu müssen. „Ich war doch in seiner Wohnung. Da war nichts. Weder in der einen noch in der anderen."

„Wir haben aber auch nicht gesucht, oder? Lass uns einfach abwarten."

Rebecca Münch hatte den Kampf gegen den Starsinn ihrer neuen Freundin Chiara verloren. Nach zähen Diskussionen befanden sie sich am Ende doch gemeinsam im Auto auf dem Weg nach Buxtehude.

„Aber bilde dir nicht ein, dass ich auch so bereitwillig zu Gregors Eltern fahre. Da bekommst du mich nicht hin."

Chiara hatte nur gegrinst. Und Rebecca beschlich das Gefühl, dass sie vor Ablauf des Tages genau dort, bei Gregors Eltern, landen würde. Insgeheim musste sie Chiara sogar zustimmen. Sie konnte, wenn sie sich nun mal entschieden hatte das Kind zu bekommen, es den Eltern nicht vorenthalten. Egal, wie ihr Sohn gewesen war, sie konnten nichts dafür und hatten das Recht zu erfahren, dass es ein Enkelkind geben würde. Vielleicht wollten sie ja gar nichts von ihr und dem Baby wissen oder sogar endgültig mit ihrem Sohn und seinem Leben abschließen.

Nun saßen sie dem Staatsanwalt gegenüber und schwiegen, nachdem sie sich zuvor gemeinsam die mitgebrachten Unterlagen angesehen hatten. Chiara nahm Jaron näher ins Visier. Es war für beide Frauen die erste Begegnung mit ihm. Anfänglich war das Model fast ein wenig eingeschüchtert. Sicher auch, weil sie nicht damit gerechnet hatte, dass der Staatsanwalt in Gestalt eines jungen, ungemein attraktiven Mannes daher kommen würde. Rebecca reagierte dagegen gar nicht. Sie war weder beeindruckt noch verlegen. Sie war mit sich beschäftigt und mit dem, was in den letzten Tagen über sie hereingebrochen war.

„Hat Ihr Lebensgefährte die Unterlagen vor Ihnen versteckt?" Jaron führte ein oberflächliches Gespräch. Er wollte Celia nicht vorgreifen.

Chiara deutete sein Verhalten als Rücksicht auf Rebecca. Es machte ihn ihr noch sympathischer. Nach kurzem Klopfen betraten Celia und Thorsten das Büro. Obwohl Celia Jaron diskret begrüßte, war für Chiara die Vertrautheit zwischen den beiden erkennbar. Die Blicke des Staatsanwaltes ließen keine Zweifel an seinen Gefühlen. Neidlos konzentrierte sie sich wieder auf ihre neue Freundin. Rebecca schien mit ihren Gedanken nach wie vor weit weg zu sein. Celia übernahm die Führung des Gesprächs so selbstverständlich, als hätte sie gewusst, dass Jaron auf sie gewartet hatte.

Mark Tegtmeyer hatte es sich leichter vorgestellt. Er dachte, in anderer Umgebung auf freundlichere Gedanken kommen, sich mit neuer Liebe ablenken zu können. Tatsächlich musste er sich aber eingestehen, dass es dadurch sogar noch schwieriger wurde. Brit war leise aufgestanden, in der Annahme, er würde schlafen. Er hatte sie in dem Glauben gelassen. Jetzt fuhrwerkte sie in der Küche herum. Sie tat es leise, aber er konnte es riechen.

Immer noch im Himmelbett auf dem Rücken liegend, ließ er mit geschlossenen Augen die vergangenen Stunden Revue passieren. Die leichte Unsicherheit, die Mark bei Brit an der Uni gespürt hatte, verlor sich in ihren eigenen vier Wänden. Hier war sie wieder die souveräne junge Frau. Ohne seine Zustimmung abzuwarten, war sie ins

Badezimmer gegangen, hatte Wasser in die Wanne laufen lassen, Kerzen angezündet, Wein und Gläser auf einem kleinen Tisch daneben gestellt und begonnen, ihn auszuziehen. Aus ihrem kleinen Wohnzimmer drang leise klassische Musik.

„Hey, es ist helllichter Tag", machte er den halbherzigen Versuch eines Einwands.

Sie quittierte ihn mit einem nachsichtigen Lächeln. „Genau."

Danach ließ er Brit gewähren. Der Wein blieb unberührt, die Kerzen erloschen im spritzenden Wasser. Lachend stellten sie fest, dass die Wanne zu klein war und das Himmelbett bedeutend mehr Bewegungsfreiheit bot.

Ruth Husen öffnete träge die Augen, als sie das leise Klopfen an der Zimmertür vernahm. Bevor sie den Besucher hereinbitten konnte, öffnete sich bereits die Tür. Sie hatte mit einer Krankenschwester gerechnet, die das Tablett vom Mittagessen abräumen würde. Als sie stattdessen ihren Mann erblickte, erschrak sie. Theo Husen hatte die Reaktion vorhergesehen. Abwehrend hob er die Hände und blieb direkt hinter der Tür stehen, als wolle er signalisieren, dass von ihm keine Gefahr ausging. Ohne ihn zu grüßen, sah Ruth Husen fragend zu ihm herüber. Sie musste sich anstrengen, um die leisen Worte ihres Mannes zu verstehen.

Ihre Antwort kam laut und vernehmlich. „Du bist mindestens zehn Jahre zu spät. Ich habe dir schon viel verziehen, ohne dass du darum gebeten hast. Aber das geht jetzt nicht mehr. Die gerichtliche Verfolgung deiner Taten kann ich nicht mehr verhindern. Allerdings werde ich nicht als Nebenklägerin vor Gericht auftreten. Damit ist mein guter Wille dir gegenüber erschöpft."

Sie machte eine kurze Pause. Sie hob die unverletzte Hand und drehte sie mit der Handfläche nach oben. „Ich möchte, dass du gehst und die Scheidung akzeptierst. Danach möchte ich dich nicht mehr sehen. Es tut mir leid. So hatte ich mir unsere Ehe bei Gott nicht vorgestellt."

Sie schloss die Augen. Theo Husen erkannte, dass es nichts mehr zu sagen gab. Wie ein geprügelter Hund verließ er das Krankenzimmer. Das erste Mal in seinem Leben ließ er den Gedanken der eigenen Schuld an der Situation zu.

Er hatte ausgiebig geduscht, sich rasiert und versucht, mit dem Dreck, die miesen Gefühle der letzten Nacht wegzuspülen. Äußerlich sauber, hatte sein Seelenlen aber dem heißen Wasser getrotzt. Frank Dormagen fluchte. Da er alleine war, störte es niemanden. Einen kurzen Moment überlegte er, in die Zeitungsredaktion zu gehen. Er verwarf den Gedanken. Zuerst benötigte er eine neue Strategie, um seinen Kollegen zu begegnen. Je drehte sich ihm der Magen um, als ihm bewusst wurde, dass er nicht einmal sicher war, ob er überhaupt noch Kollegen hatte, denen er gegenübertreten musste. Matt vor Entsetzten ließ er sich auf einen Sessel fallen. Er war unfähig, Kontakt zu seinem Chef zu suchen, um die Situation zu klären.

Nach einer Weile kämpfte er sich mühsam in die Diele, um die Post durchzusehen. Viel war es nicht. Keiner der vier Briefe kam aus der Redaktion, keiner kam von einem Anwalt. Die erste Erleichterung wich der Erkenntnis, dass eine Kündigung auch am nächsten Tag noch kommen konnte.

Er sank erneut auf den Sessel. Wie schon so oft in der

Vergangenheit, siegte seine Feigheit auch diesmal über den Mut, den Anforderungen zu begegnen. Er war ehrlich genug, um es zu erkennen, jedoch nicht fähig, etwas daran zu ändern.

Kapitel 26

„Was wollen Sie jetzt tun? Glauben Sie, die Unterlagen haben etwas mit dem Mord an Gregor zu tun?"

Obwohl Celia ein sehr klares Gefühl hatte, wiegelte sie ab. Kurz und knapp, beinahe unhöflich, bedankte sie sich bei den beiden Frauen und verabschiedete sie. Erneut war es der von Thorsten belächelte Instinkt, der sie zur Eile trieb. Selbst Jaron war über die scheinbar unbegründete Hektik, die Celia mit einem Mal an den Tag legte, überrascht. Er äußerte sich jedoch erst, als die Frauen verwirrt das Büro verlassen hatten.

„Schaut mich nicht so an. Ich kann es nicht erklären. Aber ich glaube, er ist unser Mann. Und ich glaube, dass wir uns beeilen müssen, wenn wir ihn kriegen wollen. Also", wandte sie sich direkt an Jaron, „willst du mit?"

Obwohl er nach dem Erlebnis in Köln gerne bei jeder Verhaftung, die Celia vornahm, dabei gewesen wäre, lehnte er ab. Eine Vernunftentscheidung, die ihm, wie er genau wusste, leidtun würde, sobald Celia gegangen war.

„Ich weiß ja nicht, wie es dir geht, aber ich habe den seltsamen Eindruck, die hat uns eben ziemlich schnell abserviert."

Chiara war überrascht. Durch das passive und beinahe regungslose Verhalten Rebeccas war sie überzeugt, dass ihr solche Feinheiten entgehen würden. „Ja, das Gefühl hatte ich auch. Ich weiß aber nicht so genau, ob sie einfach unhöflich war oder ob sie so viel zu tun hat." Chiara empfand immer noch große Sympathie für die Kommissarin und wollte ihr nichts Böses unterstellen.

„Was machen wir jetzt?“ Die Frage war überflüssig, wie Rebecca genau wusste. Der Blick, den Chiara ihr zuwarf, zeigte deutlich, dass sie ihre Meinung nicht geändert hatte. Widerstandslos stieg sie zu Chiara ins Auto.

Obwohl Mark Tegtmeyer überhaupt keinen Appetit verspürte, bedankte er sich überschwänglich bei Brit. Er hatte sie kommen hören. Aber er hatte das Spiel weiter gespielt und so getan, als schliefe er noch. Vorsichtig und liebevoll hatte sie einen Kuss auf seine Lippen gehaucht. Erst dann hatte er die Augen geöffnet. Der Blick in ihre glücklichen Augen, hatte ihn zu Tränen gerührt. Tapfer kämpfte er sie hinunter, zwang sich zu einem Lächeln.

„Hm, hier duftet es nach einem guten Essen.“

„Wer hart arbeitet, hat sich ein gutes Essen verdient“, witzelte sie ein wenig anzüglich.

Obwohl ihm nicht danach war, musste Mark lachen. Er fühlte eine wohlige Zufriedenheit in sich aufsteigen. Die Entspannung, die sich vorhin nicht hatte einstellen wollen, überkam ihn jetzt. Er setzte sich auf und Brit stellte ein großes Tablett auf seine Beine. Sie selbst kletterte auf der anderen Seite ins Bett. Sie kuschelte sich an seine Schulter. Für einen Moment legte er seinen Kopf auf den ihren, streifte mit den Lippen leicht über ihren Haaransatz. Er nahm bewusst ihren Duft wahr. Er passte zu ihr. Sie roch nach Rosen. Obwohl er eben noch fest geglaubt hatte, keinen Bissen herunterschlucken zu können, machte er sich heißhungrig über das Essen her.

„Hey, lass mir auch was übrig, immerhin habe ich heute wegen dir auf meine wichtigste Mahlzeit verzichtet“, zog sie ihn auf.

„Oh, entschuldige“, er meinte es ernst, „ich hatte so einen Appetit. Ich habe überhaupt nicht an dich gedacht.

Ist wieder typisch für mich." Er machte ein zerknirschtes Gesicht.

Brit sah ihn an und schüttelte den Kopf: „Ist es ganz und gar nicht. Du bist der Typ, der immer erst an die anderen denkt und sehr viel später erst an sich selbst."

Mark überkam Übelkeit. Er wusste nicht, wie er Brit erklären sollte, wie er wirklich war. Aber er war sicher, dass er genau das musste – ihr die Wahrheit über sich und sein Leben erzählen.

„Brit, ich muss mit dir reden", setzte er schon zu einer Erklärung an und schob dabei das Tablett zu Brit hinüber. „Ich bin lange nicht so gut wie du glaubst."

Brit schob entschlossen das Tablett wieder zu ihm hinüber und setzte sich kerzengerade auf. „Mark, um Gotteswillen, ich habe die Bemerkung doch nur so dahin gesagt. Das war ein Scherz." Es war offensichtlich, dass sie immer noch glaubte, es ginge um das Essen.

Mark wollte sie unterbrechen. Dann überlegte er es sich anders. „Du bist unglaublich süß." Er nahm sie vorsichtig in den Arm, um nicht das Tablett umzuschmeißen.

Auch wenn Chiara mit dem Weg über die Kellertür ins Haus vertraut war, nahm sie mit Rebecca den offiziellen Eingang. Rebecca rieb sich die vor Aufregung feuchten Hände an ihrer modischen Jeans ab. Chiara fuhr ihr beruhigend mit der Hand über den Rücken. Dankbar lächelte Rebecca sie an.

„Ich glaube, hier ist keiner. Lass uns wieder fahren." Rebecca war der Wunsch nach Flucht ins Gesicht geschrieben.

Chiara lächelte sie freundlich aber unnachgiebig an. „So schnell kann kein Mensch an einer Tür sein. Und die beiden sind nicht mehr die Jüngsten. Also lass ihnen ein wenig Zeit. Wirst schon sehen, es wird alles gut."

„Ha, für dich vielleicht."

Martha Dietz schaute ratlos von einer Frau zur anderen. Dann trat die Erkenntnis ein. Spontan griff sie nach Rebeccas Arm, zog sie zu sich und nahm sie in den Arm.

„Sie armes Kind. Es tut mir so leid. Können wir Ihnen irgendwie helfen?"

Rebecca ließ die Umarmung fassungslos über sich ergehen. Mit eine solchen Begrüßung hatte sie nicht gerechnet. Die Alte ließ Rebecca frei und bedachte Chiara mit einem Lächeln.

„Wie schön, dass Sie Frau Münch begleitet haben. Ich wusste im ersten Moment nicht, wo ich Sie hinstecken sollte. Aber jetzt weiß ich es wieder. Entschuldigen Sie, dass ich Sie nicht gleich erkannt habe."

Chiara wehrte ab. Bei all den Gesprächen mit Rebecca, hatte sie inzwischen verdrängt, zu welcher Gelegenheit sie hier zuletzt gewesen war. Martha Dietz hatte Rebeccas Hand ergriffen und zog sie hinter sich her ins Haus. Ratlos schaute Rebecca sich nach Chiara um, als hätte sie Angst, alleine zurückgelassen zu werden. Das Model folgte den beiden. Mit Erleichterung stellte sie fest, dass Gregors Mutter sie nicht, wie bei ihrem Besuch mit Gregor, ins überhitzte Wohnzimmer mit der abgestandenen Luft führte, sondern in die Küche.

„Eberhard", rief Martha Dietz bereits in der Diele nach ihrem Mann, „schau mal, wen wir zu Besuch haben?"

Mühsam erhob sich der alte Mann von seinem Stuhl. Die Ereignisse der letzten Tage waren ihm noch deutlicher ins Gesicht gezeichnet als seiner Frau. Er hatte dunkle Ringe unter den Augen und die Falten schienen Chiara um einiges tiefer, als sie diese von der ersten Begegnung in Erinnerung hatte. Ratlos sah er von einer

Frau zur anderen. Anders als bei seiner Frau stellte sich bei ihm keine Erinnerung ein. Martha Dietz bemerkte es. Sie stellte die Frauen vor. Ob er sich darüber freute, sie zu sehen, ließ er nicht erkennen. Wortlos reichte er ihnen die Hand. Mit dem Kinn wies er auf die Stühle. Rebecca fühlte sich in ihrem Unbehagen bestätigt. Und auch Chiara bekam erste Zweifel an ihrer Idee.

Frau Dietz, schien die Regungen zu spüren. „Eberhard hat das alles sehr mitgenommen. Männer leiden anders als Frauen. Die fressen leider alles in sich rein, statt den Tränen mal freien Lauf zu lassen."

Unter anderen Umständen hätten die Worte gehässig gewirkt. Martha Dietz streichelte ihrem Mann jedoch liebevoll, wenn auch unbeholfen, über den Arm und ihre Worte hatten eher einen besorgten als boshaften Klang. Eberhard Dietz entfuhr ein tiefer Seufzer.

Rebecca lächelte ihn aufmunternd an. Sie fühlte sich nach dieser Erklärung besser.

Ohne sich nach ihren Wünschen zu erkundigen, setzte Martha Dietz Kaffee auf und begann den Tisch zu decken. Es war offensichtlich, dass sie ihre Trauer durch Geschäftigkeit unter Kontrolle halten wollte.

„Sie waren mit Gregor hier wegen der Versammlung?" versuchte Eberhard Dietz, ein Gespräch zu beginnen.

„Ja genau. Ich war die Sekretärin Ihres Sohnes. Wir haben schon mal Kaffee zusammen getrunken." Chiara hoffte inständig, dass ihr die Lüge glatt genug über die Lippen kam, damit die beiden alten Menschen nichts von ihrer eigentlichen Rolle ahnten.

Martha Dietz hatte jedoch andere Sorgen. Sie befürchtete, ihr Mann würde in seiner Trauer den Anstand vergessen. Also führte sie das Gespräch. „Wie geht es Ihnen?", wandte sie sich direkt an Rebecca. „Schade, dass wir uns erst jetzt wieder begegnen. Aber Gregor hat immer gesagt, Sie seien ein Stadtkind und es würde Sie nichts aufs Land ziehen."

Erschrocken schlug sie sich mit der Hand auf den Mund. Aber Rebecca lachte nur. „Machen Sie sich keine Sorgen. Es ist ganz gut, wenn wir offen miteinander reden. Sonst hat der Besuch doch keinen Wert?"

Eberhard und Martha Dietz nickten heftig zu den Worten der jungen Frau.

„Gregor hat meine Worte nicht ganz richtig wieder gegeben. Ich wäre gerne öfter mitgekommen. Aber irgendwie hat es nie geklappt. Meistens hatte Gregor noch andere Termine direkt vorher oder im Anschluss und das ließ sich dann mit meiner Arbeit nicht vereinbaren. Daher ist es nur bei dem einen Mal geblieben."

Eberhard Dietz tauschte einen Blick mit seiner Frau. „Da ist es wieder."

Martha Dietz nickte: „Ja, glaube ich auch."

Sie wandte sich an Rebecca: „Gregor, das haben wir in den letzten Tagen erfahren, hat in vielen Dingen nicht die Wahrheit gesagt oder sie schlicht nach seinen Bedürfnissen ausgelegt. Wir glauben Ihnen, dass es nicht an Ihnen gelegen hat, dass wir uns erst einmal gesehen haben. Gregor war falsch."

Rebecca und Chiara warfen sich einen bestürzten Blick zu, als Matha Dietz nach diesen Worten in Tränen ausbrach. Sie hatten nicht damit gerechnet, dass die beiden alten Menschen bereit waren, der Wahrheit so gnadenlos ins Gesicht zu sehen. Eberhard Dietz, dem die Überraschung der beiden jungen Frauen aufgefallen war, versuchte zu erklären: „Ich war nicht bereit, unseren Sohn so zu sehen, wie er wirklich war. Ich habe ihn immer auf ein Podest gestellt und da habe ich ihn gelassen, ohne je zu überprüfen, ob er da überhaupt noch hingehört. Und dann musste ich feststellen, dass er uns verkauft hat." Er lächelte unbeholfen und ein wenig zynisch, als er die Achseln hob, um seine Unfähigkeit zu unterstreichen. Mit dem Kinn wies er zu seiner Frau: „Martha hat es viel früher bemerkt. Aber ich habe sie nie ausreden lassen, wollte nicht hören, was sie zu sagen hat. Selbst dann noch, als der Kripobeamte hier mit den Unterlagen der Bank ankam und den Kaufvertrag für unser Haus und unser Grundstück auf den Tisch gepackt hat."

Diesmal lachte er hörbar abfällig auf. „Wollen Sie wissen, was ich beinahe getan hätte?"

„Eberhard nicht", versuchte seine Frau ihn an einer Beichte zu hindern.

Er wischte ihren Einwand mit einer Handbewegung fort. „Lass gut sein, Martha, wenn wir nun mal bei der Wahrheit sind, dann kann auch alles auf den Tisch."

Wieder den Frauen zugewandt fuhr er unbeirrt fort: „Ich habe nach meiner Frau geschlagen, als sie die Wahrheit über Gregor ausgesprochen hat. Ich wollte es einfach nicht hören. Gott sei Dank war der junge Beamte schnell genug, um das Schlimmste zu verhindern."

Es war offensichtlich, dass dies seine Art der Entschuldigung war. Er hatte seinen Fehler öffentlich eingestanden. Etwas, dass den Männern seiner Generation nicht unbedingt eigen war.

Rebecca war das Eingeständnis ein wenig peinlich. Und auch Chiara rutschte unruhig auf ihrem Stuhl hin und her. Nur Martha Dietz schaute ihren Mann bewundernd an, bevor sie liebevoll, immer noch hinter seinem Stuhl stehend, den Arm um seine Schultern legte. „Nun ist es gut, Eberhard. Wir müssen sehen, wie wir mit dem Bild unseres Sohnes fertig werden. Was er uns hinterlassen hat, ist sicher nichts, auf das wir stolz sein könnten. Und wir werden wohl mit dem Gedanken daran, was wir bei ihm falsch gemacht haben, ins Grab gehen müssen."

Rebecca wollte die beiden Alten gerne trösten. Es kam ihr so ungerecht vor, dass sie sich nun auch noch selbst die Schuld am Verhalten ihres Sohnes gaben. Chiara stupste Rebecca auffordernd mit dem Knie unter dem Tisch an.

Rebecca zögerte nur noch einen Moment. „Ich weiß nicht, wo ich anfangen soll. Es gibt zwei Gründe für meinen Besuch."

Chiara zog irritiert die Stirn kraus. Sie wusste beim besten Willen nicht, was der zweite Grund sein sollte. Sie erfuhr ihn als Rebecca Münch unbeirrt weitersprach. Sie erzählte von ihrer eigenen Begegnung mit den Kripobeamten und was dabei für sie offenkundig geworden war. „Ihr Sohn hat ohne mein Wissen eine Eigentumswohnung gekauft. Sie läuft zwar auf meinen Namen, aber ich habe nichts damit zu tun. Da ich kein Geld dafür bezahlte, habe ich das Gefühl, sie gehört eigentlich Ihnen. Schließlich sind Sie die nächsten Verwandten. Vielleicht, wenn Sie die Wohnung wieder verkaufen, können Sie sich hier was Neues leisten und brauchen nicht ins Altenheim."

In der Küche herrschte Stille. Es dauerte eine ganze Weile, bis erneut Martha Dietz als erste das Wort ergriff: „Und der zweite Grund ihres Besuchs?" Es klang keineswegs fordernd, sondern durchaus liebenswürdig.

Die nächste Offenbarung bereitete Rebecca bedeutend mehr Schwierigkeiten, als sie angenommen hatte. Mit einem Mal merkte sie, dass ihr doch nicht gleichgültig war, wie die beiden auf die Ankündigung eines Enkelkindes reagieren würden. Daher kamen die Worte ein wenig verlegen und schüchtern heraus. Selbst Chiara, direkt neben ihrer Freundin sitzend, hatte Probleme, die Worte zu verstehen. Lediglich das letzte Wort des Satzes schwang deutlich im Raum nach.

Das Ehepaar Dietz schaute sich an, als wollte es sich versichern, das gleiche verstanden zu haben. Beide setzten zu einer Frage an. Eberhard Dietz brach jedoch ab und überließ es seiner Frau, die Worte zu hinterfragen. Man merkte ihr jedoch die Unsicherheit an. Ihre Worte waren fast so schwer zu verstehen wie vorher Rebeccas. Und doch schwang deutlich die Hoffnung heraus, eine positive Bestätigung zu erhalten. Sie erhielten sie: „Ja, ich bin schwanger von Gregor."

Die Gesichter der beiden Alten erhellten sich, als hätte man ihnen mit einem mal wieder Leben eingehaucht.

„Wusste Gregor Bescheid?"

Chiara zuckte unter der Frage zusammen.

Rebecca zögerte mit der Antwort. Auch wenn die Eltern Dietz allem Anschein nach bereit waren, sich dem wirklichen Charakter ihres Sohnes zu stellen, wollte Rebecca die Misere nicht verschärfen. Aber ihr Zögern war den Eltern Antwort genug. Erneut blickten sie sich an, bevor Eberhard Dietz zu einer Reaktion ansetzte: „Er wollte das Kind nicht?" Er sprach aus, was für beide offensichtlich schien und es war mehr eine Feststellung als eine Frage.

Rebecca mied den Blick in ihre Augen. Sie wollte die erneute Enttäuschung, die sie aus den Worten heraus gehört hatte, nicht bestätigt sehen. Zu deutlich war ihr ihre eigene Ernüchterung über ihren Lebensgefährten bewusst. Wie musste es erst für Eltern sein, sich von allem verabschieden zu müssen, was man einmal über sein eigenes Kind geglaubt hatte. Da sie den Blick nach wie vor gesenkt hielt, bemerkte sie die Veränderung im Gesichtsausdruck der alten Frau nicht. Erst als sie wieder zu sprechen anfing, hörte Rebecca es heraus. Martha Dietz war voller Mitleid für die junge Frau. Es rührte Rebecca zu Tränen und sie schämte sich, je Zweifel an der Richtigkeit dieses Besuches gehabt zu haben. Sie warf Chiara einen dankbaren Blick zu.

Martha Dietz kam um den Tisch auf Rebecca zu, ergriff ihre Hand, als sie von ihrem Mann unterbrochen wurde. „Lass mich das machen", wies er seine Frau an. Sie lächelte, als wüsste sie genau, was er zu sagen hatte.

Rebecca und Chiara waren verblüfft, über die eingespielte Verständigung. „Sie sollten die Wohnung behalten. Das heißt, wenn Sie sie überhaupt wollen. Wir brauchen sie nicht, aber Sie müssen ja sich und das Kind nun alleine finanzieren und da ist es doch vielleicht ganz hilfreich, wenn Sie nicht auch noch für die Miete aufkommen müssen."

Die Worte klangen unbeholfen. Umso bedeutsamer war der Sinn. Martha Dietz sah ihren Mann mitfühlend an, wandte sich dann selbst an Rebecca. „Was mein Mann sagen wollte: Sie schulden uns nichts. Wenn Gregor die Wohnung auf Ihren Namen gekauft hat, dann soll es auch so sein. Ich hoffe bei Gott, dass er es aus Fürsorge für Sie getan hat. Wenigstens das möchte ich glauben dürfen. Und", sie zögerte, als verließe sie mit einem Mal der Mut, um weiter zu sprechen aber sie gab sich einen Ruck: „nach allem, was Sie mit Gregor erlebt haben, bin ich nicht sicher, ob Sie uns nicht verurteilen, immerhin sind wir die Eltern und mitverantwortlich, was aus unserem Sohn geworden ist."

Rebecca und Chiara setzten gleichzeitig zu einem heftigen Widerspruch an, wurden aber durch eine

Handbewegung der Frau zum Schweigen gebracht: „Nein, nein, das müssen wir uns leider vorhalten. Die eigenen Kinder kommen nun mal selten auf andere Leute. Aber, wenn Sie uns nicht ganz und gar verurteilen, “ erneut zögerte sie und sah ihren Mann hilflos an. Er nickte und sie sprach weiter: „Wir würden gerne die Großeltern für Ihr Kind sein. Und wir möchten Sie gerne unterstützen, wann immer Sie Hilfe nötig haben. So schrecklich es ist, aber Geld haben wir jetzt durch Gregors Tod mehr als genug.“

Für einen Moment herrschte Schweigen in der Küche. Chiara merkte, dass sie die Luft anhielt. Sie war sich nicht sicher, wie Rebecca auf den Vorschlag der beiden Alten reagieren würde. Sie hätte nicht erklären können, warum sie so dachte, aber sie wünschte sich inständig, dass Rebecca bereit war, das Ehepaar an ihrem Leben und dem des Enkels teilhaben zu lassen.

Kapitel 27

Fassungslos stand Ruth Husen in der großen Diele ihres Hauses und starrte auf die Verwüstung, die dort herrschte. Im Wohnzimmer waren die Kampfspuren des gestrigen Abends noch deutlich erkennbar. Niemand hatte sich die Mühe gemacht, den Telefontisch wieder aufzustellen, überall waren die Fußabdrücke der Polizisten und Feuerwehrmänner zu sehen, die mit nassen und dreckigen Schuhen oder Stiefeln durchs Haus gelaufen waren. Und über allem lag der schafte Brandgeruch. Ruth Husen hing an ihrem Haus – auch, weil es ihr Elternhaus war.

Ihre jüngste Tochter stand regungslos hinter ihr und beobachtete sie. Ihr war nicht wohl. Schon als ihre Mutter sie vom Krankenhaus angerufen hatte und ihr erzählte, dass sie auf eigene Verantwortung die Klinik verlassen würde, überkam sie ein ungutes Gefühl. Es wäre ihr bedeutend lieber gewesen, ihre Mutter in der Sicherheit des Krankenhauses zu wissen. Sie kam gar nicht auf den Gedanken, mit ihren Schwestern Rücksprache zu halten. Ihre Mutter hatte sie nicht um Rat gefragt, sondern bestimmt aufgefordert, sie abzuholen. Es gab keinen Spielraum für eine Diskussion. Lara Husen kannte ihre Mutter gut genug, um das zu wissen. In solchen Momenten verfluchte sie es, die einzige in der Nähe der Eltern zu sein. Ihre Schwestern würden ihr die Hölle heiß machen. Dabei wussten sie genau, welch ein Dickkopf ihre Mutter sein konnte.

Lara zuckte mit den Schultern und konzentrierte sich wieder auf ihre Mutter. Die stand nach wie vor bewegungslos im Hauseingang. Lara tippte ihr vorsichtig an die Schulter: „Hey, was ist? Willst du hier Wurzeln schlagen? Oder hast du es dir anders überlegt? Wir können auch zu mir fahren. Dann bleibst du erstmal eine Weile bei mir, bis das Haus …“

Weiter kam sie nicht. Einhalt gebietend, hob Ruth Husen die gesunde Hand: „Nein Kind, ich habe es mir nicht anders überlegt. Da muss ich durch.“

„Mutter“, protestierte Lara.

Ruth Husen schüttelte den Kopf. „Das hier, ist nur das Ende einer Kette von Fehlern, die ich gemacht habe – die Krönung“, lachte sie.

Entschlossen schob Lara sich an ihrer Mutter vorbei. Sie war wütend. Eine weitere Unterbrechung ihrer Mutter ignorierte sie: „Weißt du, wenn hier jemand eine Kette von Fehlern gemacht hat, dann ja wohl Papa. Dein Fehler lag darin, ihn nicht zu verlassen, aber das kann man nicht als wirklichen Fehler betrachten. Und jetzt musst du dir nur darüber klar werden, was er dir als Krönung, wie du es nennst, angetan hat. Ob er vielleicht auch der Mörder von Gregor Dietz ist, ist ja noch nicht raus. Also hör auf, mit deinem schlechten Gewissen. Denk endlich mal an dich.“

Ruth Husen hatte ihre Tochter seit der Pubertät nicht mehr so wütend erlebt. Die junge Frau bebte am ganzen Körper. Sie lächelte ihr besänftigend zu. Lara ignorierte das Lächeln. Sie war zu sehr in Fahrt. Endlich konnte sie der über Jahre angestauten Wut auf ihren Vater Luft machen. „Die ganze Zeit hast du immer wieder versucht, es ihm recht zu machen, zwischen uns zu vermitteln, damit wir seine Verachtung nicht zu sehr spüren. Aber glaubst du wirklich, wir hätten es nicht mitbekommen. Wir hätten ja blind, taub und völlig verblödet sein müssen.“

Sie schnappte nach Luft. In der Aufregung hatte sie das Atmen vergessen.

Begütigend kam ihre Mutter auf sie zu. Mit der gesunden Hand berührte sie ganz leicht den Arm ihrer Tochter.

„Lara, es ist vorbei. Es ist gut. Ich werde lernen, mich nicht mehr für seine Fehler zu entschuldigen. Ich werde lernen seine Fehler, nicht mehr als meine anzusehen. Aber ganz egal, was er in all den Jahren getan haben mag – er ist kein Mörder."

„Mutter!" Laras Stimme schnappte über.

Diesmal ließ die Mutter sie nicht zu Wort kommen: „Er war heute im Krankenhaus. Er hat sich, auf seine Art, für das entschuldigt, was er gestern getan hat. Und er ist sogar fast soweit gewesen, für den Rest ebenfalls um Verzeihung zu bitten."

Während sie sprach, hatte sie ihre Tochter durch die Diele geführt. Jetzt standen sie in der Küche. Dort war der Rauchgeruch am wenigsten präsent. Und auch sonst schien dieser Raum von allem verschont geblieben zu sein.

„Ich brauche einen Tee. Möchtest du auch einen?"

„Nein, will ich nicht. Ich will auch mit dir kein nettes Plauderstündchen abhalten. Wie kannst du so ruhig und gleichmütig über Vater reden und darüber, was er getan hat. Wie kannst du ihm einfach so vergeben?"

Fassungslos ließ sie sich auf einen der weißen Küchenstühle fallen, die um einen achteckigen Tisch herum standen. Ruth Husen ließ den Wasserkocher stehen und setzte sich zu ihrer Tochter an den Tisch. Sie drückte mit der gesunden Hand die ihrer Tochter. Sie drückte sie. Lara ließ es geschehen, es besänftigte sie jedoch keineswegs. Sie setzte zu einer neuen Beschimpfung an.

„Lara, hör auf damit!" Die Worte waren deutlich und ließen keinen Widerspruch zu. Wesentlich leiser und auch wieder mit weicher Stimme sprach Ruth Husen weiter: „Es ist immer leicht, jemanden die Schuld für sein Unglück zu geben. Aber wie man es auch dreht und wendet, an einer zerbrochenen Beziehung sind immer zwei Menschen beteiligt. Und es reicht einfach nicht, die Schuld für das, was Vater mit euch gemacht hat, nur ihm anzulasten. Mich trifft mindestens genauso viel Schuld."

Sie hob ihre Hand um einen Einwand ihrer Tochter bereits im Keim zu ersticken. „Nein Lara, ich hätte viel entschiedener dagegen angehen können, euch schützen müssen, vor seinen Tiraden, seiner Missachtung. Aber ich habe nur versucht, es auszugleichen, indem ich euch anders behandelt habe. Das reicht aber leider nicht. Schaut euch doch an. Keine von euch lebt in einer Partnerschaft. Keine hat es geschafft, eine Beziehung zu führen, die länger als ein Jahr dauerte. Und du glaubst, das liegt nur an Vater? Nein, das ist kurzsichtig. Das liegt genauso an mir. Ich hätte mich viel früher von ihm trennen müssen. Nicht erst, als ihr groß wart und es mir nahegelegt habt. Da war der Zug schon abgefahren."

Erschöpft hielt sie inne. Lara saß wie versteinert. Ihr Gesicht hatte jede Farbe verloren.

„Mama, wie kannst du das denken?"

„Was?" Ruth Husen verstand die Worte ihrer Tochter tatsächlich nicht.

„Wie kommst du auf die Idee, unsere Beziehungen hätten was mit dir und Vater zu tun?" Während sie die Frage stellte, fiel ihr die Unsinnigkeit auf. Ihre Mutter brauchte ihr keine Antwort zu geben. Als Ruth Husen die Erkenntnis im Gesicht ihrer Tochter wahrnahm, schossen ihr Tränen in die Augen. Sich immer noch an den Händen haltend, saßen Mutter und Tochter in Gedanken versunken und weinten.

„Es tut mir leid“, flüsterte Ruth Husen, „ich habe mich immer so stark gefühlt, so überlegen. Aber, dass ich geblieben bin und euch nicht geschützt habe, war Feigheit. Ich bereue es so, dass ich euch das nicht erspart habe.“ Lara widersprach nicht mehr.

Frank Dormagen schreckte aus seiner Lethargie hoch, als das Telefon läutete. Obwohl er sich am liebsten vor dem Entgegennehmen des Anrufs gedrückt hätte, griff er nach dem Hörer und meldete sich. Wie er erwartet hatte, war es die Zeitung. Man zitierte ihn zur Redaktionsbesprechung. Die Kollegin erkundigte sich nicht nach seinem Befinden, stellte keinerlei persönliche Frage.

„Ich komme“, lautete seine schlichte Antwort. Was blieb ihm übrig? Die Fakten sprachen für sich. Sein neuer Status erlaubte ihm keine andere Möglichkeit. Er griff den Hausschlüssel, sein Handy und verließ die Wohnung.

Als er wenig später die das Büro betrat, versuchte er sein inneres Zögern zu unterdrücken. Ob es ihm gelang, war anhand der Reaktion seiner Kollegen nicht erkennbar. Sie ignorierten sein Eintreten. Rainer Schüttler, der Chefredakteur, bedachte ihn dagegen mit besonderer Aufmerksamkeit. Ohne ihn zu begrüßen, wies er mit dem Kinn zu einem freien Platz am Konferenztisch seines Büros. Sich der Situation anpassend, setzte der Journalist sich schweigend auf den zugewiesenen Stuhl. Üblicherweise waren die Konferenzen von großer Unruhe geprägt. Jeder wollte dem Chef seine Ideen vermitteln, war darauf bedacht, auf die erste Seite zu kommen. Heute herrschte gespanntes Schweigen. Keiner schaute zu Frank Dormagen. Aber auch untereinander mieden sie jeden Blickkontakt.

Schüttler schien die veränderte Situation nicht aufzufallen. Er setzte sich ein wenig aufrechter, als er das Wort ergriff: „Herr Dormagen", begann er. Dem Journalisten wurde schlecht. Es gab kein schlechteres Zeichen, als gesiezt zu werden. Er behielt recht. „Ich habe lange überlegt, wie ich mit Ihren Alleingängen der letzten Zeit umgehen soll."

Er schaute sich die Gesichter der anderen Mitarbeiter an. „Dass ich reagieren muss, steht sicher auch für Sie außer Frage. Ich bin mir vollkommen darüber im Klaren, dass Sie keine Gelder veruntreut haben, ich habe es überprüft. Stehenbleibt jedoch die Tatsache, dass Sie den Namen der Zeitung missbraucht haben. Das kann und das werde ich nicht durchgehen lassen. Sie arbeiten nicht als freier Mitarbeiter, sondern Teil eines fest angestellten Teams."

„Gegenwart", dachte Frank Dormagen und ein kleiner Hoffnungsschimmer keimte in ihm auf.

„Bisher hatten Sie so etwas wie einen Sonderstatus, da Sie besondere Beziehungen in der Lokalpolitik nutzen konnten. Ihnen ist sicher klar, dass der keine Gültigkeit mehr besitzt."

Frank Dormagen wappnete sich für das, was kommen musste.

Mark Tegtmeyer betrachtete Brits Gesicht. Die Intensität machte die junge Frau verlegen.

„Schau mich nicht so an", wehrte sie sich gegen die Blicke. Mark lächelte und streichelte zärtlich ihre Wange. Sie lagen gesättigt und befriedigt im großen Himmelbett. Mark verlangte es danach, Brit mehr über sich zu erzählen. Aber er erkannte in dem Wunsch auch den egoistischen Drang, seine Last mit jemandem zu teilen. Er wusste, es wäre eine weitere Ungerechtigkeit ihr gegenüber. Dabei hatte er das Gefühl, ihr ohnehin genug angetan zu haben.

„Ich muss gehen", raffte er sich zu einem Entschluss auf. Obwohl es sie überraschte, nickte Brit, als wäre es selbstverständlich, dass er nun gehen würde. Insgeheim hatte sie darauf gehofft, eine Wiederholung des gestrigen Tages zu erleben. Einen weiteren gemeinsamen Tag und eine weitere gemeinsame Nacht. Sie fühlte Unruhe in sich aufsteigen.

Mark spürte es. Er drehte sich ihr ganz zu und nahm sie in den Arm. „Es gibt ein paar Dinge, die ich klären muss. Das hat nichts mit dir zu tun. Im Gegenteil, du gibst mir die Kraft, es umzusetzen. Ich bin froh über das, was wir in den letzten Tagen miteinander erlebt haben. Und weil es so wertvoll ist, muss ich zuerst Klarschiff machen."

So unschuldig die Worte klangen, Brit fühlte Bedrohung. Sie formulierte ihre Gefühle jedoch nicht. „Prima", gab sie sich betont munter, „dann kann ich ja meine Vorlesung aufarbeiten. Ich hatte heute einen von den ganz merkwürdigen Dozenten."

Lebhaft sprang sie noch vor Mark aus dem Bett und begann, sich anzukleiden. Als sie an ihren Kleiderschrank ging, um sich ein paar neue Sachen heraus zu holen, trat er, schon in Jeans, hinter sie und umarmte sie. Er legte seinen Kopf auf ihre Schulter und schloss die Augen.

„Ich wünschte, ich könnte hier bleiben und dich weiter riechen und fühlen. Du bist mir so vertraut.", flüsterte er ihr ins Ohr.

Sie drückte ihr Gesicht an seines und umfasste seine Hände vor ihrem Bauch. Sie wusste, sie brauchte über ihre Gefühle kein Wort zu verlieren.

Abrupt ließ er sie los und wandte sich nicht schnell genug ab um zu verhindern, dass sie im letzten Moment die Tränen in seinen Augen wahrnahm. Bevor er das Zimmer verlassen konnte, drehte sie sich zu ihm und ergriff seine Hand. Sie zog ihn zurück. „Mark was ist los?“ Sie fühlte nicht nur Unbehagen, sie bekam es mit der Angst.

Mark versuchte sich und sein Verhalten ins Lächerliche zu ziehen. „Wusstest du nicht, dass ich ein sentimentaler Träumer bin?“, lachte er über sich selbst. Brit nahm ihn in den Arm und hielt ihn fest, als sein Lachen in lautes Schluchzen überging.

Chiara strahlte über das ganze Gesicht, als sie Rebeccas Reaktion hörte. „Ich bin froh, wenn Sie die Großelternrolle bei unserem Kind einnehmen wollen. Ich ...“ Weiter kam sie nicht. Die Tränen des alten Ehepaares und ihre eigenen, verhinderten jedes weitere klare Wort.

„Gott, ist das nett. Normalerweise sieht man sowas immer nur bei Rosamunde Pilcher“, versuchte das Model die drei anderen ein wenig aufzumuntern. Ein missglückter Versuch, die eigene Rührung zu unterdrücken.

Martha Dietz schluchzte laut und vernehmlich. Dann zog sie ein weiteres Taschentuch aus dem Ärmel ihrer Bluse. Die Geste erinnerte Chiara an ihre eigene Großmutter, die ihre Taschentücher an der gleichen Stelle aufbewahrt hatte. Martha Dietz reichte das saubere Tuch ihrem Mann. Mit einem dankbaren Blick wischte er sich die Tränen aus den Augen.

„Brauchst du auch noch eins?“, scherzte Chiara. Aber Rebecca schüttelte ernst den Kopf. „Geht schon!“

Eberhard Dietz räusperte sich. Offensichtlich rüstete er sich für eine Ansprache. „Martha ich weiß nicht, wie du das siehst, aber eigentlich gehört eine Flasche Sekt auf den Tisch.“

Martha Dietz schaute zunächst bestürzt. Dann besann

sie sich. Rebecca Münch war nicht so leicht zu überzeugen. Sie schüttelte heftig den Kopf.

„Das kann nicht Ihr Ernst sein. Wir können doch hier nicht Sekt trinken, obwohl Gregor noch nicht mal beerdigt ist."

Chiara Liefers hatte nicht so viele Skrupel. „Es geht nicht um Gregor. Wenn ich es richtig verstehe, geht es um dich und das Kind. Im Grunde genommen habt ihr alle etwas gewonnen, trotz eures Verlustes. Und ich finde, es ist ein Grund zu feiern."

Martha Dietz, die die anhaltenden Vorbehalte der jungen Frau spürte, wiegelte ab: „Vielleicht hat Frau Münch ja nicht unrecht. Wir können den Sekt sicher auch später trinken."

Rebecca war erleichtert.

Kapitel 28

„Schon mal was davon gehört, dass man nie schneller fahren sollte, als der eigene Schutzengel fliegen kann?"

Thorsten, der bei dem rasanten Fahrstil seiner Chefin nicht ernsthaft Angst spürte, wollte doch zumindest die Beweggründe dafür verstehen können.

„Aus irgendeinem Grund habe ich das Gefühl, dass die Zeit drängt."

„Denkst du, der setzt sich ab?"

Celia zuckte hilflos die Schultern.

„Oh Scheiße, verfluchte ..." Celia war Thorsten um wenige Sekunden zuvor gekommen. Auch ihm lag ein heftiger Fluch auf den Lippen. Seiner wäre allerdings weniger deftig geworden. Der Grund für die ungeduldige Entgleisung war ein Schwertransporter, der vor ihnen die Straße blockierte. Es war ein Zulieferer der Firma FlyPlan. Er beförderte Flügel für ein Großflugzeug. Auf den ohnehin recht engen Straßen, war an ein Überholen überhaupt nicht zu denken. Celia atmete dreimal tief ein und löste bewusst die verkrampften Hände vom Lenkrad. Im Schritttempo fuhren sie hinter dem begleiteten Transport her. Celia hatte sich gerade mit der Situation abgefunden, als vor ihnen die Bremslichter aufleuchteten und der gesamte Konvoi zum Stehen kam.

Celia stöhnte: „ Das kann doch nicht wahr sein. Was geht denn jetzt ab?"

Durch die Breite des Fahrzeugs war ihnen die Sicht auf die Straße vor ihnen verstellt. Celias Ungeduld hatte sich auf Thorsten übertragen. Nervös klopfte er mit den Fingern auf das Armaturenbrett. Das trug ihm einen ungnädigen Blick ein. Als nun auch noch Thorstens Handy klingelte, reagierte Celia vollends genervt. „Was denn nun noch?"

Beruhigend legte Thorsten eine Hand auf ihre Schulter. „Entspann dich. Wenn du hier ausflippst, geht es auch nicht schneller." Und mit einem Blick auf sein Handy: „Es ist nicht dienstlich. Du wirst es nicht glauben, Eva sucht Kontakt."

Celia begann zu lachen. Auch über sich selbst. „Tut mir leid. Geh schon ran. Ich beruhige mich derweil."

Der Verkehr war scheinbar in beiden Richtungen zum Erliegen gekommen. Auch aus der Gegenrichtung kamen keine Fahrzeuge. Celia lehnte sich bewusst entspannt zurück, den Kopf gegen die Kopfstütze gelehnt, und schloss für einen Moment die Augen.

Thorsten hatte das Gespräch angenommen. Sein Verhalten war merklich distanziert. Er ließ Eva abblitzen.

„Ja, aber die Zeiten sind vorbei, Eva. Wenn du es gestern nicht mitbekommen hast, sage ich es dir heute gerne noch einmal."

Er lauschte ihrer Antwort, schüttelte abwehrend den Kopf. „Egal, wie du das findest – ich wohne erstmal bei Mona, die du ja leider nie kennenlernen wolltest. Und wenn unsere Beziehung überhaupt noch eine Chance haben soll, dann nicht so. Dann wirst du dich auf ein vernünftiges Gespräch einlassen müssen." Ohne eine weitere Erwiderung abzuwarten, beendete er das Telefonat.

Celia lachte erneut. „Wow, ich wusste gar nicht, dass du so hart sein kannst."

Auch Thorsten lachte befreit: „Klar, du hast mich immer für ein Weichei gehalten, oder?"

Celia boxte ihn gegen die Schulter: „Nicht ganz. Aber jetzt will ich endlich wissen, was da los ist. Du fragst in der Zentrale nach, ob die was haben. Ich steige aus und schaue nach.“

Thorsten bediente den Funk. Celia verschwand aus seinem Blickfeld. Als sie wenige Augenblicke später zurückkam, sah er ihr an, dass sie seine Informationen nicht mehr benötigte.

„Los komm“, winkte sie ihn heran.

Thorsten bemerkte den angespannten Gesichtsausdruck und verließ den Wagen. Er lief hinter Celia her. Die hatte sich, ohne auf ihn zu warten, umgedreht und war in die Richtung zurückgeeilt, aus der sie gekommen war. Noch bevor Thorsten den Schwertransporter rechts passiert hatte, bemerkte er den Verkehrsunfall. Ein Auto war frontal gegen einen Baum gefahren. Thorsten überkam ein mulmiges Gefühl. Drei Schritte weiter erkannte er das Auto.

Lara unterbrach als erste das Schweigen. „Vielleicht sollten wir mal über eine Familientherapie nachdenken?“ Sie versuchte, dem Vorschlag einen witzigen Unterton zu verleihen. Aber der Mutter war die Ernsthaftigkeit nicht entgangen. Sie zuckte mit den Schultern.

„Dafür ist es nie zu spät. Aber ich bin mir sicher, dass es nicht nötig ist. Wenn wir endlich bereit sind, der Wahrheit ins Auge zu blicken, können wir sicher in der Zukunft unser Verhalten ändern.“

Lara Husen konnte die Überzeugung ihrer Mutter nicht teilen. Sie war keineswegs sicher, aus dem Gefühlsschlamassel alleine herausfinden zu können. Sie wusste, auch ohne dass sie jemals ernsthaft darüber gesprochen hätten, dass es bei ihren Schwestern vergleichbar war. Die Erfahrungen mit ihrem Vater, das Gefühl immer zu wenig zu sein, hatte sie alle dazu getrieben, in ihren jeweiligen

Berufen Großartiges zu leisten. Aber es hatte sie auch daran gehindert, sich jemals tiefer auf eine Beziehung zu einem Mann einzulassen. Immer fühlten sie sich unwürdig. Aber keine der drei Schwestern hatte sich der Situation bisher gestellt. Es wurde Zeit.

Wie benommen verließ Frank Dormagen die Redaktionskonferenz. Erleichterung und Kränkung kämpften um die Vorherrschaft bei seinen Empfindungen. Die Kränkung siegte, wie er nach wenigen Metern an der frischen Luft spürte. „Scheiße", konnte er einen lauten Fluch nicht länger unterdrücken. Immer wieder sah er die Bilder aus der Konferenz vor seinem geistigen Auge: Die Genugtuung in den Blicken seiner Kollegen, nachdem sie die Worte des Chefs vernommen hatten. Das leichte Grinsen der Kollegin, als Schüttler ihr Frank als Redakteur unterstellte, der keinen eigenen Handlungsspielraum mehr hatte. Es würde in nächster Zukunft keine Möglichkeit mehr geben, sich eigene Lorbeeren zu verdienen. Damit waren die Chancen auf eine Bewerbung bei großen, namhaften Zeitungen in weite Ferne gerückt.

Als er bei diesen Erwägungen angelangt war, stutzte er. Dann lachte er laut und zynisch auf. Er blieb mitten auf dem Gehweg stehen. Die Leute drehten sich nach ihm um, aber es störte ihn nicht. Er hatte seinen Gedanken an die verpatzten Bewerbungen noch nicht zu Ende gedacht, als ihm klar wurde, dass er es nie getan hätte. Er hätte sich nie bei einer anderen Zeitung beworben. Dafür fehlte es ihm an Mut. Er fühlte sich nur hier im gewohnten Kreis sicher. Deshalb war er nie weggegangen und würde es sicher auch in Zukunft nicht tun. Es gab also keine Degradierung. Es spielte einfach keine Rolle. Er würde seinen Job machen, wie man es von ihm verlangte und damit gut. Und er würde erneut aufsteigen, es ihnen schon zeigen. Schnell fand er zu seiner Selbstzufriedenheit zurück, unfähig sich ernsthaft nachhaltig mit seinen Schwächen auseinanderzusetzen. So schnell er die Überheblichkeit zurückgewonnen hatte, schwand sie wieder, als das Handy klingelte und er das Gespräch annahm.

Jaron hatte Mühe, unter den lauten Schluchzern Celias Worte zu verstehen. Seit Celia vor zehn Minuten nach Hause gekommen war, saß sie im Wohnzimmer auf dem Sofa und weinte sich, von Jaron gehalten, an seiner Schulter aus. Jaron versuchte gar nicht erst, sie mit Worten zu trösten.

„Ich war so verdammt blind. Überall bin ich auf die Geschichte gestoßen." Ihre Worte wurden deutlicher, während das Schluchzen nachließ.

„Erzähl von vorne", forderte er sie auf.

Sie setzte sich aufrecht, wischte mit dem Handrücken die Tränen aus ihren Augen. Sie war bereit. „Es wäre absolut nichts passiert, wenn Frank Dormagen, der Idiot, den Mund gehalten und Mark nicht diese Lüge aufgetischt hätte, dass seine ehemalige Freundin zu ihm zurückwollte. Dormagen hat Mark erzählt, sie hätte sich von Gregor getrennt, bevor der sie totgefahren hat. Aber in seinem Stolz und seiner Eitelkeit hat er nur an sich und seine billige Rache gedacht."

„Wird er überleben?"

Celia zuckte hilflos mit den Schultern. „Konnten die Ärzte noch nicht sagen. Er liegt nach wie vor im Koma. Und selbst wenn er wieder aufwacht, ist nicht klar, wie es weitergeht, ob er möglicherweise bleibende Schäden behalten wird."

Wieder liefen Celia Tränen übers Gesicht.

„Warum habe ich das nicht früher geschnallt? Jaron, war ich auch zu überheblich?“

Statt einer Antwort, nahm er sie erneut in den Arm. Mit der nächsten Frage versuchte er, ihr zu mehr Sachlichkeit zu verhelfen. „Woher hast du die Informationen?“

Celia war nun soweit, die Geschichte im Zusammenhang zu erzählen.

„Der Verlust seiner Freundin hat Mark Tegtmeyer lange daran gehindert, wieder eine normale Beziehung zu Frauen aufzubauen. Er hat entweder mehrere Verhältnisse gleichzeitig gehabt oder aber die Beziehung, wenn sie zu eng wurde, beendet. Brit ist die erste Frau, auf die er sich eingelassen hat, bei der er sich geöffnet hat. Aber als Frank Dormagen ihm die Geschichte aufgetischt hat, ist alles wieder hochgekocht. Tegtmeyer hatte das Gefühl, nur mit der Geschichte abschließen zu können, wenn er Gregor umbringt. Tja, und das hat er dann gemacht.“

Jaron hob eine Augenbraue.

Celia fuhr fort: „Er hat Brit eingeweiht, weil er es nicht mehr für sich behalten konnte. Aber sie konnte ihn nicht daran hindern zu fahren. Weil sie ein so mulmiges Gefühl hatte, ist sie hinter ihm her und war die Erste am Unfallort. Sie hat uns alles erzählt. Sie kommt morgen aufs Präsidium, um eine offizielle Aussage zu machen.“

„Man kann Frank Dormagen nicht belangen.“

Celia nickte bedauernd. „Das habe ich befürchtet. Ich hätte ihn gerne wegen Anstiftung drangekriegt. Aber die wird sich niemals beweisen lassen. Eigentlich gab es sie ja auch nicht. Dafür habe ich ihn angerufen und ins Krankenhaus zitiert. Ich wollte, dass er sieht, was er angerichtet hat.“

Jaron lachte. Das war eine Aktion, wie er sie von Celia kannte. „Und hat es gewirkt?“

Celia konnte sich ein Lächeln abringen. „Und ob."

Sie erzählte, wie Frank Dormagen zusammengebrochen war. Seine Aufgeblasenheit war aus ihm gewichen wie die Luft aus einem angestochenen Luftballon. Danach hatte er die Geschichte, die Celia und Thorsten zuvor von Brit erfahren hatten, bestätigt.

Celia fühlte die gleiche Übelkeit in sich aufsteigen, wie in dem Moment, als Dormagen seinen Bericht beendet hatte.

„Was für eine Ironie. Mit Brit hatte er alle Chancen, wieder ein normales Liebesleben zu führen. Dormagen hat aber vorher alle Wunden wieder aufgerissen. Was für ein Arschloch."

„In eurem Fall gab es von der Sorte sowieso ein paar zu viel, finde ich."

Celia gab Jaron recht: „Pervers, dass ausgerechnet der, der moralisch einwandfrei ist und sich nie was zu Schulden kommen lassen hat, am Ende zum Mörder wird."

Beide schwiegen für einen Moment. Dann sah Celia Jaron in die Augen. „Ich mache mir ernsthaft Vorwürfe. Wenn ich einen Tag früher drauf gekommen wäre, würde Mark jetzt nicht im Krankenhaus liegen und mit dem Leben kämpfen müssen. Wir hätten diesen Selbstmordversuch verhindern können."

Jaron schüttelte den Kopf. „Mach dich nicht mehr runter als nötig. Du weißt genau, dass du keine Chance hattest. Wenn Rebecca Münch und Chiara Liefers nicht die Mitschnitte vorbeigebracht hätten, würden wir es bis heute nicht wissen. Alleine aufgrund der alten Geschichte ließ sich doch kein Verdacht erahnen. Celia, das war ein Verrat, wie man ihn zu hunderten täglich zu hören bekommt."

Celia musste ihm zustimmen, wenn auch schweren Herzens.

„Im Grunde können wir doch froh sein, dass der Dietz so arrogant war und alles aufgenommen hat."

Celia widersprach nicht. „Ja, dadurch bekamen Dormagens Worte, dass er Mark angelogen habe, erst Gewicht. Bis dahin hatte ich sie gar nicht ernst genommen."

Jaron war froh, dass Celia vernünftigen Argumenten gegenüber wieder zugänglich war. Er nahm sie liebevoll in den Arm. „Alles wieder gut?"

Celia überlegte einen Moment. Dann nickte sie, wenn auch noch verhalten. „Ich hoffe, er überlebt. Ich wünsche ihm so sehr, dass er noch ein Chance im Leben bekommt."

Krimis aus dem Norden

im MCE-Verlag

Wolfgang Röhl
Inselkoller

Auf der Nordseeinsel Diekerum ist Krieg um die Feriengäste ausgebrochen. Ein Investor will das Eiland auf modernen Stand bringen. Bernhard Hamm, bekannt aus Röhls Krimikomödie „Im Norden stürmische Winde“, findet die Leiche eines Mannes am Strand. Hamm versucht, das Rätsel um die Leiche aufzudröseln.

Paperback, 220 S., ISBN: 978-3-938097-16-8

Thorsten Beck
Tim Börne Trilogie

Der Anwalt Tim Börne, allein erziehender Vater mit Kanzlei in Harburg, wird in spannende Kriminalgeschichten verstrickt. In der Trilogie Harburg Blues, Ausgestempelt und Der chinesische Pfeil geht es um korrupte Baufirmen, Mord in einem Fahrzeugwerk und um die chinesische Mafia.

Paperback, 255 S. ISBN: 978-3-938097-07-6

www.mce-verlag.de

Krimis von Thomas B. Morgenstern

im MCE-Verlag

Thomas B. Morgenstern
Jacob Ovens

Hochstapler * Betrüger * Deichbauer

Wir schreiben das Jahr 1717: Am Heiligabend werden die Menschen an der Unterelbe von einer der schwersten Sturmfluten der Geschichte heimgesucht. Deichbauer versuchen, die Riesenlücke in dem Schutzwall zu schließen – ohne Erfolg. Da taucht ein gewisser Jacob Ovens auf, der vollmundig Hilfe verspricht. Doch letztlich verfolgt der obskure Ovens ganz andere Interessen als die Sanierung des maroden Deiches ...

Gebunden, 155 Seiten, ISBN: 978-3-938097-18-2

Der Milchkontrolleur von Thomas B. Morgenstern als Hörbuch – gelesen von Peter Kühn

5 CDs (ungekürzte Fassung) 360 Minuten

ISBN: 978-3-938097-08-3

MCE HÖRBUCH